अछूत

अछूत

अंतर्राष्ट्रीय प्रसिद्धि-प्राप्त उपन्यास UNTOUCHABLE
का हिन्दी अनुवाद

मुल्कराज आनंद

राजपाल

स्थापित 1912
100 वर्षों की
श्रेष्ठ प्रकाशन परम्परा
राजपाल

₹ 325

ISBN : 9789350641484

ACHHOOT (Novel) by Mulkraj Anand

(Hindi edition of *Untouchable*)

मुद्रक : जी.एस. ऑफसेट, दिल्ली

राजपाल एण्ड सन्ज़

1590, मदरसा रोड, कश्मीरी गेट, दिल्ली–110006

फोन : 011–23869812, 23865483, 23867791

website : www.rajpalpublishing.com

e-mail : sales@rajpalpublishing.com

www.facebook.com/rajpalandsons

प्रस्तावना

कुछ वर्ष पहले, मेरी ही लिखी हुई पुस्तक 'ए पैसेज टु इण्डिया' की एक प्रति मेरे हाथ लगी, जिसे शायद किसी कर्नल ने पढ़ा था। पुस्तक पढ़ने के बाद, अपनी भावनाओं के वशीभूत होकर उसने पुस्तक के प्रथम पृष्ठ पर ही लिख दिया ; 'होते ही जला डालो'। उसी से कुछ नीचे उसने लिखा था : 'लेखक का दिमाग़ गन्दा है, देखें पुस्तक की पृष्ठ संख्या 215'। मैंने जल्दी से पृष्ठ 215 पलटा, जहां मुझे ये शब्द दिखाई दिये : 'चन्द्रपुर के भंगियों ने हड़ताल कर दी, जिसके परिणामस्वरूप आधे कमोड गन्दे पड़े रह गये।' उस टिप्पणी के कारण मैंने फ़ौजी समाज से सदा के लिए अपने सम्बन्ध समाप्त कर दिये।

ख़ैर, यदि उस कर्नल ने 'ए पैसेज टु इण्डिया' को गन्दा समझा, तो 'अछूत' के विषय में वह क्या सोचेगा, जिसमें भारत के एक शहर के भंगी के एक दिन की व्यथा-कथा का वर्णन किया गया है? यह पुस्तक साफ-सुथरी है या गन्दी है? कुछ पाठक जो स्वयं को साफ-सुथरा मानते हैं, इस पुस्तक के दर्जन-भर पृष्ठों को पढ़ने से पहले ही लाल-पीले हो जाएंगे और कुछ भी कहने का दावा नहीं कर सकेंगे। मैं भी यह दावा नहीं कर सकता लेकिन इसका कारण कुछ और है। मुझे तो यह पुस्तक अवर्णनीय स्वच्छ प्रतीत होती है और मेरे पास इस विषय में कहने के लिए शब्द नहीं हैं। शब्दाडम्बर और वाक्जाल से बचते हुए पुस्तक सीधे पाठक के दिल तक जाती है और उसे शुद्ध कर देती है। हममें से कोई भी शुद्ध नहीं है, यदि होते, तो हम जीवित न होते। निष्कपट व्यक्ति के लिए सब कुछ शुद्ध हो सकता है और यही उसके लेखन की निष्कपटता है, जिसमें लेखक पूर्णतः सफल हुए हैं।

मानव के मलत्याग करने का व्यवहार भी कैसा अजीब व्यवहार है। प्राचीन यूनानी लोग इसकी कोई परवाह नहीं करते थे। वे बड़े समझदार और प्रसन्न व्यक्ति थे। लेकिन हमारी और भारतीय सभ्यता अत्यन्त विलक्षण बन्धनों में बंध गयी है। हमारा बन्धन मात्र एक सौ वर्षों पुराना है और हममें से

कुछ इसे खोलने का प्रयास कर रहे हैं। हमें बचपन से ही मल त्याग करने को लज्जाजनक लगने का प्रशिक्षण दिया गया है, जिसके कारण अनेक गम्भीर बुराइयां पनप गयी हैं–शारीरिक भी और मनोवैज्ञानिक भी। आधुनिक शिक्षा इसका सामना करने का प्रयास कर रही है। भारतीय उलझन कुछ अलग प्रकार की है। अनेक पूर्व–बस्तियों की भांति इस प्रक्रिया को आवश्यक और प्राकृतिक मानते हैं। उनमें इसके प्रति कोई ग्रन्थि नहीं है। लेकिन उन्होंने एक बीभत्स दु:स्वप्न विकसित कर लिया है, जिसकी जानकारी पश्चिम को नहीं है। उनका विश्वास है कि मानव–मल धार्मिक रूप से अस्वच्छ और प्राकृतिक रूप से अरुचिकर है और जो इसे साफ करते हैं, वे समाज से बहिष्कृत है। वास्तव में, मानव–मस्तिष्क किसी भी चीज़ को घृणित रूप में प्रस्तुत कर सकता है। कोई जानवर इस विषय पर ऐसा कुछ भी नहीं कहेगा, जैसा श्री आनन्द के इस उपन्यास 'अछूत' का नायक कहता है : 'वे सोचते हैं कि हम गन्दे हैं, क्योंकि हम उनकी गन्दगी को साफ करते हैं।'

भंगी किसी गुलाम से भी गया–गुज़रा है। कोई गुलाम अपने मालिक और अपने काम को बदल सकता है अथवा स्वतन्त्र हो सकता है, लेकिन भंगी सदा–सदा के लिए बंधा हुआ है। उसका जन्म ही ऐसी स्थिति में होता है, जिससे वह छुटकारा नहीं पा सकता और जहां उसे धर्म के आधार पर सामाजिक–सम्पर्क से बहिष्कृत माना जाता है। उसे अस्वच्छ माना जाता है और जब कभी वह किसी से छू जाता है, तो छू जाने वाले व्यक्ति भ्रष्ट हो जाते हैं। उन्हें स्वयं को स्वच्छ करना पड़ता है और अपने नित्यकर्म को दोबारा से व्यवस्थित करना पड़ता है। जब वह सार्वजनिक मार्ग पर चलता है, तो रूढ़िवादियों के लिए घृणित चीज़ बन जाता है और उसका कर्त्तव्य होता है कि वह पुकार कर लोगों को चेतावनी दे कि वह आ रहा है। इसमें कोई सन्देह नहीं कि गन्दगी उसकी आत्मा तक पहुंच जाती है और तब वह स्वयं के बारे में सोचता है कि उन क्षणों में उसे क्या होना चाहिए। कई बार यह भी कहा जाता है कि इतना अप्रतिष्ठित हो जाता है कि वह इसकी परवाह ही नहीं करता लेकिन जिन्होंने उसकी समस्या को सोचा–समझा है, उनकी राय ऐसी नहीं है और मैं भी ऐसा नहीं कहता। मुझे याद है, अपने भारत प्रवास के दौरान मैंने देखा कि भंगी अत्यन्त दयनीय दिखाई देते थे, वे दूसरे नौकरों की अपेक्षा अधिक रूपवान होते थे और मैं जिन्हें जानता था, उनमें से एक में कवि जैसी कल्पना भी थी।

'अछूत' जैसा उपन्यास कोई भारतीय ही लिख सकता है और वह भी ऐसा भारतीय जिसने अछूतों का भली-भांति अध्ययन किया हो। कोई यूरोपियन भले ही वह कितना सहृदय क्यों न हो, बक्खा जैसे चरित्र का निर्माण नहीं कर सकता; क्योंकि वह उसकी मुसीबतों को इतनी गहराई से नहीं जान सकता; और कोई अछूत भी इस पुस्तक को नहीं लिख सकता; क्योंकि वह क्रोध और आत्म-दया में उलझ जाता। प्रस्तुत पुस्तक में लेखक श्री आनन्द एक आदर्श स्थिति नें हैं। वह क्षत्रिय हैं और यह आशा की जा सकती है कि गन्दगी का भाव उन्हें विरासत में नहीं मिला होगा। वह अपने बचपन में उन भंगियों के बच्चों के साथ खेले थे, जो एकभारतीय रेजिमेण्ट से सम्बद्ध थे। वह उन बच्चों को पसन्द करते हुए ही पले-बढ़े और उन्होंने उस त्रासदी को समझा, जिसे उन्होंने नहीं भोगा था। उनके पास पूरी जानकारी और तटस्थता का उचित सम्मिश्रण है। वह दर्शन के माध्यम से उपन्यास के क्षेत्र में आये हैं और इसीलिए उन्होंने बक्खा के चरित्र को गाम्भीर्य प्रदान किया है। इस कारण उन पर अस्पष्टता का आरोप भी लगाया जा सकता है, लेकिन उनका नायक कोई कपोल-कल्पना नहीं है, अपितु एक जरा-सा, बांका, भव्य, असल भारतीय है। उसका डील-डौल भी अतिविशिष्ट है। उसका चौड़ा एवं बुद्धिमत्तापूर्ण चेहरा, मनोहारी धड़ और भारी नितम्ब, जो उसके काम करते समय दिखाई देते हैं अथवा जब वह फ़ौजी जूते पहने पैर पटक कर बाहर के बीचोबीच अपने हाथों में एक कागज में सस्ती मिठाई लिए हुए चहलकदमी करता है।

पुस्तक की योजना साधारण है, लेकिन इसका अपना रूप-स्वरूप है। सारा क्रियातन्त्र एक ही दिन में अत्यन्त छोटे-से क्षेत्र में पूरा हो जाता है।

छू जाने जैसी अनर्थकारी घटना प्रात: काल घटित होती है और धीरे-धीरे विष फैलता जाता है। यहां तक कि हॉकी-मैच जैसी सुखद घटनाएं और देहात में घूमना भी पीछे छूट जाता है। अनेक कंटीले उतार-चढ़ाव के बाद हम उस समाधान पर पहुंचते हैं, जहां पुस्तक समाप्त हो जाती है। देखा जाए, तो समाधान तीन हैं। पहला समाधान कर्नल सिंह का है - यीशू मसीह। यद्यपि बक्खा का हृदय यह सुनकर द्रवित हो जाता है कि यीशू मसीह जात-पात का लिहाज़ किये बिना सब लोगों को गले लगा लेते हैं, तथापि वह ऊब जाता है; क्योंकि वह धर्मप्रचारक उसे यह बता ही नहीं पाता कि यीशू मसीह कौन हैं। इसके पश्चात् दूसरा समाधान है : गांधी। गांधी भी यही कहते हैं कि सब भारतवासी एक समान हैं। गांधी द्वारा यह बताया जाना कि उनके आश्रम में

एक ब्राह्मण एक भंगी का काम करता है, बक्खा के हृदय को छू लेता है। इसके बाद तीसरा समाधान सामने आता है, जिसे एक आधुनिकतावादी कवि के मुख से कहलवाया गया है। यह समाधान नीरस है, लेकिन सीधा-सादा व स्पष्ट है और अत्यन्त विश्वासोत्पादक है। अछूतों को बचाने के लिए किसी देवता की आवश्यकता नहीं है और न किसी आत्म-बलिदान अथवा त्याग की ही जरूरत है। आवश्यकता है, सीधे-सादे और एक मात्र साधन - फ्लशसिस्टम - की। शौचालय बनवाकर और जल-निकासी का उचित प्रबन्ध करके, पूरे भारत में अछूत समस्या जैसी बुराई को समाप्त किया जा सकता है।

कुछ पाठक जो कुछ घटित हो चुका है उसे पढ़ने के बाद पुस्तक के अन्तिम भाग को बकवास कह सकते हैं, लेकिन यह निष्कर्ष ही लेखक की योजना का अनिवार्य अंश है। यह पुस्तक का चरमोत्कर्ष है और इसका तिगुना प्रभाव होगा।

बक्खा अपने पिता के पास और अपने उसी गन्दे बिस्तर के पास लौट आता है। कभी वह महात्मा गांधी के बारे में सोचता है, तो कभी कुछ और। उसके दिन भी फिरेंगे। आसमान में नहीं, तो धरती पर बदलाव अवश्य आयेगा और शीघ्र ही आयेगा।

- ई. एम. फॉर्स्टर

अछूत

अछूतों की बस्ती, शहर और छावनी की सीमा से दूर और अलग, दोनों के बीच दो क़तारों में बसी, मिट्टी की दीवारों से बने मकानों का एक झुण्ड, जहां सफ़ाई कर्मचारी, मोची, धोबी, नाई, पानी लाने वाले, घास काटने वाले तथा हिन्दू समाज के अन्य अछूत रहा करते थे। गली के पास एक नाला था, जिसमें कभी स्वच्छ और पारदर्शक जल बहता था, लेकिन जो अब पास में बने सार्वजनिक शौचालयों की गन्दगी तथा किनारों पर सूखने के लिए डाली गयी मुर्दा जानवरों की खालों तथा उपलों के लिए गधों, भेड़ों, घोड़ों, गायों और भैसों के गोबर के ढेर से निकलने वाली तीखी एवं दमघोटू दुर्गन्ध के कारण दूषित हो गया था। किसी भी मौसम में जल-निकासी की व्यवस्था न होने के कारण वह स्थान एक दलदल बन गया था, जहां से अत्यन्त घिनावनी बू निकलती रहती थी। सब मिलाकर, इस छोटी-सी बस्ती के बाहर फैले लोगों और जानवरों के कचरे के ढेर और भीतर पसरे घिनावनेपन और गन्दगी ने इस स्थान को रहने के अयोग्य बना रखा था।

कम-से-कम लक्खा जमादार का बेटा बक्खा तो यही सोचता था, जो अठारह वर्ष का हट्टा-कट्टा नवयुवक था। लक्खा शहर और छावनी के सब भंगियों का जमादार था तथा बस्ती के अन्तिम छोर पर, दूर नाले के किनारे तीन क़तारों में बने सार्वजनिक शौचालयों का सरकारी अधिकारी था। उन दिनों, बक्खा दूर-दराज़ के अपने किसी चाचा के साथ, एक ब्रिटिश रेजिमेण्ट की बैरकों में प्रशिक्षणार्थी के रूप में काम कर रहा था तथा गोरे लोगों के जीवन की तड़क-भड़क से सम्मोहित हो गया था। अंगरेज सिपाही उसके साथ मानवोचित व्यवहार किया करते थे, इसलिए बक्खा अपने को सभी अछूतों से बेहतर मानने लगा था। मोची के बेटे छोटा और धोबी के बेटे रामचरण को छोड़कर अन्य सब अछूत अपने में सन्तुष्ट थे। छोटा अपने बालों में ढेर-सा तेल लगाकर अंगरेजों की भांति एक ओर से मांग निकाला करता था, हॉकी खेलते समय नेकर पहना करता था, अंगरेजों की भांति सिगरेट फूंका करता था तथा धोबी का बेटा रामचरण छोटा व बक्खा की नक़ल उतारा करता था।

शरत्काल की एक सुबह, जब बक्खा अधजगा लेटा हुआ था, तो अपने घर की हालत पर विचार करने लगा, जहां वह एक पुराने चिपचिपे कम्बल में लिपटा हुआ, बारह फ़ीट लम्बे और पांच फ़ीट चौड़े, गीले, धुंधले, एक कमरे वाले मिट्टी से बने मकान के कोने में बिछी एक बदरंग नीली चटाई पर लेटा हुआ था। उसकी बहिन उसके पास ही एक चारपाई पर सोई हुई थी तथा उसका बाप और भाई गेरुए रंग की पैबन्द लगी रज़ाई ओढ़े बान की टूटी-फूटी चारपाई पर लेटे ख़र्राटे भर रहे थे।

बुलाशाह शहर में रातें ठण्डी हुआ करती थीं। सदा ही इतनी ठण्डी होती हैं, जितने दिन गरम होते हैं। हालांकि सर्दी-गरमी दोनों में, बक्खा कपड़े पहने हुए सोया करता था, फिर भी, नीचे नाले के पास से आती तेज़-तीखी हवा, सवेरे-सवेरे, अधूरे कम्बल को चीरती, उसके नियमित रूप से पहने हुए ओवरकोट, कच्छे, बिरजिस और फ़ौजी जूतों के बीच से होती हुई, उसके शरीर में घुस जाती थी।

करवट बदलते हुए, बक्खा कांप उठा, लेकिन फिर भी उसने सर्दी की विशेष परवाह नहीं की, चाहकर भी उसे सहता रहा; क्योंकि अपने फ़ैशन के लिए वह किसी भी सुख का त्याग कर सकता था। फ़ैशन से उसका अभिप्राय भारत में अंगरेजों और भारतीय फ़ौजियों द्वारा पहने जाने वाली पैण्टों, बिरजिसों, कोटों, पट्टियों और जूतों आदि के ढंग से था। एक बार उसके पिता ने गाली देते हुए उससे कहा था, ''मां के लाडले! एक रज़ाई ले ले, बान की चारपाई पर बिस्तर बिछा ले और गोरे अंगरेजों के उस कम्बल को उतार फेंक, वरना उस पतले-से कपड़े में ठण्ड से मर जायेगा।'' लेकिन बक्खा आधुनिक भारत की औलाद था। यूरोपियन पहनावा उसके मन पर अपना प्रभाव जमा चुका था, कठोर साधना ने उसकी प्राचीन भारतीय चेतना को कुचल डाला था और उन तर्कों को नष्ट कर दिया था कि भारत में ढीली-ढीली वेशभूषा ही मनुष्य के शरीर के लिए सर्वाधिक उपयोगी होती है। जब वह पहले-पहल अपने चाचा के साथ ब्रिटिश रेजिमेण्ट की बैरकों में रहने गया था, तो बक्खा ने अंगरेज सिपाहियों को आश्चर्य और विस्मय से देखा। अपने प्रवास के दौरान भी उसने अंगरेज सिपाहियों के जीवन को देखा था, जो अपने कम्बलों में लिपटे, अजीब क़िस्म के छोटे-छोटे केनवस के बिस्तरों पर सोया करते थे, परेड पर जाते थे और फिर अपने हाथों में चांदी मढ़े छोटे-छोटे डब्बे लिये और मुंह में सिगरेट दबाये बाज़ारों में सैर किया करते थे। बक्खा ने भी उन्हीं की भांति जीने की चाहत पाल ली। उसे बताया गया कि वे साहब थे—ऊंचे लोग। बक्खा को लगा कि उनके-जैसे कपड़े पहनकर कोई भी साहब बन सकता है। इसलिए जहां तक हो सकता था, उसने हर बात में उनकी नक़ल

करना आरम्भ कर दिया। एक अंगरेज सिपाही से पैण्ट मांग ली। उसी सिपाही ने बक्खा को अपनी बेकार पड़ी एक बिरजिस भी दे दी। एक हिन्दू सिपाही ने तो उसे एक जोड़ी जूते और पट्टियां भी देने की कृपा कर दी। दूसरी चीज़ों के लिए, वह शहर में फटे-पुराने कपड़े बेचने वाले के यहां जाता था और बड़ी हसरत-भरी निगाहों से उस दुकान को देखा करता था। जब वह बालक था, तो लकड़ी के एक स्टाल पर चढ़ गया, जहां छांटकर अलग कर दी गयीं लाल और ख़ाकी रंग की वर्दियां, टोपियां, चाकू, कांटे, बटन, पुरानी किताबें तथा एंग्लो-इण्डियन जीवन का पुराना फुटकर सामान रखा रहता था। बक्खा उन सबको छूने के लिए लालायित रहा करता था। लेकिन दुकानदार के पास जाकर किसी चीज़ की क़ीमत पूछने की हिम्मत नहीं कर पाता था कि कहीं उसकी क़ीमत ऐसी न हो, जिसे वह चुका न सके अथवा कहीं उसकी बातों से दुकानदार यह न समझ ले कि वह किसी सफ़ाई कर्मचारी का बेटा है। इसलिए वह दुकानदार के उस विचित्र संग्रह को देखता रहता था और अपने आपसे चुपचाप कहा करता था: 'मैं भी साहब-जैसा दिखूंगा, उनकी तरह चलूंगा, जैसे वे चलते हैं, दो-दो की जोड़ियों में, छोटा मेरा साथी होगा। लेकिन मेरे पास इन चीज़ों को ख़रीदने के लिए पैसे नहीं हैं।' तब उसकी कल्पना टूटकर बिखर जाती थी और वह हतोत्साहित होकर दुकान से चला आता था। फिर उसे अंगरेजों की बैरकों से कुछ राशि मिल गयी। जो वेतन मिला था, वह उसे अपने पिता को देना था, लेकिन उसने अंगरेज फ़ौजियों से जो बख़्शीश इकट्ठी की थी, वह दस रुपये थी। हालांकि वह फटे-पुराने कपड़े बेचने वाले दुकानदार के यहां से अपनी इच्छानुसार सब चीज़ें नहीं ख़रीद सकता था, फिर भी, उसने एक जैकेट, एक ओवरकोट और एक कम्बल—जिसे ओढ़कर वह सोया करता था—ख़रीद लिये। इसके बाद भी उसके पास कुछ राशि बच गयी, जिससे वह 'रेड-लेम्प' सिगरेट का आनन्द ले सकता था। उसका बाप उसके फ़ुज़ूलख़र्च पर नाराज़ हुआ था और उसे अछूत बस्ती के लड़के—यहां तक कि छोटा और रामचरण भी—बक्खा की इस नयी वेशभूषा का मज़ाक़ उड़ाया करते थे और उसे 'पिलपिली साहब' कहा करते थे। निःसन्देह, बक्खा जानता था कि उसके जीवन में उन अंगरेजी कपड़ों के सिवा और कुछ भी अंगरेजी नहीं था, लेकिन वह अपने उस नये ढंग को बनाये रखना चाहता था और हर हालत में भारतीयता से बचे रहने की कोशिश करते हुए दिन-रात उन कपड़ों से चिपका रहता था। भले ही रात में सर्दी से कांपता रहता, लेकिन भारतीय रज़ाई को बेकार ही समझता रहा।

सर्दी के कारण उसके सशक्त शरीर में तीखी कंपकंपी दौड़ गयी और उसके

रोंगटे खड़े हो गये। उसने करवट ली और अन्धकार में ही न जाने किस चीज़ की प्रतीक्षा करता रहा। वे रातें बड़ी भयंकर हुआ करती थीं। कितनी ठण्डी और कष्टदायी! उसे दिन अच्छे लगते थे; क्योंकि दिन में सूरज चमकता था और अपना काम निबटाने के बाद वह अपने कपड़े धो सकता था तथा सड़क पर घूम सकता था, जो उसे अछूत बस्ती के विशिष्ट व्यक्तियों और उसके दोस्तों की ईर्ष्या का पात्र बना देता था। लेकिन रातें! 'मुझे अवश्य ही दूसरा कम्बल चाहिए,' बक्खा ने स्वयं से कहा। 'तब बापू मुझसे रज़ाई लेने के लिए नहीं कहेगा। वह हमेशा ही मुझे डांटता रहता है। मैं उसके लिए इतना काम करता हूं। वह मेरी सारी तनख़्वाह ले लेता है। उसे सिपाहियों से डर लगता है। वे उसे गालियां देते हैं, वह मुझे गाली देता है। जब वे उसे जमादार बुलाते हैं, तो वह खुश हो जाता है। अपनी इज़्ज़त पर कितना नाज़ है उसे? हर किसी से सलाम पाने के लिए ही वह निकलता है। मैं एक पल के लिए भी आराम नहीं करता, फिर भी वह मुझे गालियां देता है। अगर मैं लड़कों के साथ खेलने के लिए जाता हूं, तो वह खेल के बीच में ही आने के लिए आवाज़ लगाकर मुझे बुला लेता है और शौचालय साफ़ करने के लिए कहता है। वह बूढ़ा है, साहब लोगों के बारे में कुछ भी नहीं जानता। अब वह मुझे ही जाने के लिए कहेगा। कितनी सर्दी है? वह बिस्तर में पड़ा रहेगा, रक्खा और सोहनी भी सोये रहेंगे, जबकि मुझे शौचालयों को साफ़ करने के लिए जाना होगा।' शरीर में उठ रहे दर्द के कारण बक्खा के काले, चौड़े और गोल चेहरे पर झुर्रियां उभर आयीं और उसके शानदार नाक-नक़्श भद्दे दिखाई देने लगे। लेकिन अपने बापू की आवाज़ से उसे घृणा थी। उठने से पहले बापू के धमकी-भरे आदेश की प्रतीक्षा में बक्खा लेटा ही रहा।

"ओए बखिया! ओए, सूअर की औलाद! उठ।" बापू की ख़र्राटे से टूटी आवाज़ आयी। "उठ और शौचालयों पर पहुंच जा, वरना सिपाही नाराज़ हो जायेंगे।"

अपने सहज स्वभाववश बूढ़ा प्रतिदिन सुबह, एक पल के लिए ही सही, पर जाग जाता था और फिर दोबारा उसी तेल से चिकटी, घनी, मोटी, बदरंग, चिन्दियों वाली रज़ाई में नींद लेने के लिए घुस जाता था।

बक्खा ने बापू को चिल्लाते हुए सुना, तो अपनी आंखों को आधा खोला और अपने सिर को ज़मीन से ऊपर उठाने का प्रयास किया। गाली सुनकर वह क्रोधित हो उठा; क्योंकि उस दिन वह सवेरे से ही गिरा-पड़ा अनुभव कर रहा था। उदासी के कारण उसके चेहरे की हड्डियां पीली पड़ गयी थीं। उसे अपनी मां की मौत के बाद वह सुबह याद आ गयी, जब हालांकि वह जागा हुआ था, लेकिन यह सोचकर कि वह

सोया हुआ है, उठेगा नहीं, उसका बापू उस पर चिल्ला उठा था। उस दिन के बाद, उसके बापू ने उसे प्रतिदिन सुबह-सवेरे जगाने का नियम बना लिया। शुरू-शुरू में तो वह उसकी पुकार पर कोई विशेष ध्यान नहीं देता था, लेकिन अब जान-बूझकर उसकी परवाह नहीं करता था। ऐसा नहीं था कि वह उठ नहीं सकता था, साधारणतया वह बड़े सवेरे ही जाग जाता था। उसकी मां नें उसे जल्दी जाग जाने की आदत डाल दी थी। वह उसे पीतल का पूरा गिलास भरकर गरमागरम चाय दिया करती थी, जो उनके एक कमरे के मकान के कोने में दो ईंटों से बने चूल्हे पर मिट्टी की हांड़ी में बनी होती थी। उस गरमागरम और मीठी चाय का स्वाद कितना मज़ेदार होता था! उसे याद करके बक्खा के मुंह में सदा पानी भर आता था। सुबह होने से पहले, रात में ही, जब उसे पीने के लिए चाय मिल जाती थी। चाय पीने के बाद वह अपने कपड़े बदलकर शौचालयों की सफ़ाई करने के लिए ख़ुशी-ख़ुशी चला जाता था। जब उसकी मां मर गयी और परिवार की देखभाल का भार उसके कन्धों पर आ गया, तो सुबह-सवेरे ऐसी गिलास-भर चाय और आराम के लिए कोई समय ही नहीं बचा। इसलिए, बड़े चाव से बीते दिनों की याद करते हुए उसने चाय के बिना ही काम चलाना सीख लिया, जब वह न केवल स्वादिष्ट नाश्ते का आनन्द लिया करता था, बल्कि दुनिया-भर की शानदार चीज़ें भी उसे मिल जाती थीं। वे बढ़िया कपड़े, जो उसकी मां लाया करती थी, शहर में कभी-कभार घूमने जाना और खेलने के लिए ख़ाली दिन! उसे प्रायः अपनी मां का ध्यान आया करता था। छोटे क़द की, काली, सादे कुरते और एक लहंगे-ओढ़नी में लिपटी और झुकी हुई, वह भोजन पकाया करती थी और घर की सफ़ाई किया करती थी। हालांकि वह भी बक्खा के यूरोपियन कपड़ों को पसन्द नहीं करती थी, लेकिन फिर भी वह कितनी अच्छी थी, कितनी प्यारी, कितनी उदार! सदा ही कुछ-न-कुछ देती रहती थी, उसके लिए कपड़े ख़रीदती थी, ममता की साक्षात् मूर्ति! यह सोचकर कि वह मर चुकी थी, बक्खा कभी उदास नहीं हुआ। वह जिस संसार में रहता था, वहां दुःख को आमन्त्रण नहीं देना चाहता था, अपने विलायती कपड़ों और 'रेड-लेम्प' सिगरटों की दुनिया में। उसे लगता था कि उसकी मां उस दुनिया की नहीं थी, उसका उस दुनिया से कोई रिश्ता नहीं था।

''क्या तू उठ गया है? उठ जा, हराम की औलाद!'' उसके बाप की चिल्लाहट दोबारा आयी, जिसके कारण बक्खा उदास हो गया।

'फिर से घौंस!' बक्खा ने ज्यों ही अपने बापू की आवाज़ को दमे की खांसी के साथ दबते हुए और सांस रोककर चिल्लाते हुए सुना, तो वह थोड़ा-सा हिला और बापू

की ओर हठीलेपन से कमर घुमाते हुए अंधेरे, गन्दे, भीड़-भरे छोटे कमरे की ओर से मुंह फेर लिया। उसे लगा, मानो वह कमरा भी बापू की गालियों के साथ ही आया था। उसे लगा कि उसकी हड्डियां अकड़ गयी हैं और सर्दी के कारण उसका शरीर सुन्न पड़ गया है। एक क्षण के लिए उसे लगा कि उसे बुख़ार है। उसकी आंखों के कोर से गरम-गरम आंसू ढुलक पड़े। उसका एक नथुना रुक गया था। उसने हवा में सूं-सूं की, ताकि अपनी सांस को ठीक कर सके। उसका गला भी सूज गया था। उसने जिस हवा में सांस लिया था, लगता था, उसने भी उसकी श्वासप्रणाली को अवरुद्ध कर दिया था। बक्खा ने हवा को निगलना आरम्भ कर दिया, ताकि नाक और गले को कुछ आराम मिल सके, लेकिन जब एक ओर का अवरुद्ध नथुना खुल गया, तो दूसरी ओर का बन्द हो गया। खांसी के कारण उसके गले के भीतरी तन्तु हिल गये और वह जहां लेटा हुआ था, वहीं, कोने में, उसने ज़ोर से थूक दिया। अपनी कोहनी पर झुककर उसी चटाई के नीचे अपनी नाक साफ़ की, जिस पर वह लेटा हुआ था। फिर वह अपनी दोनों टांगों को खींचकर पुनः लेट गया और अपने पतले-से कम्बल में सिकुड़ गया। उसका सिर उसके बाज़ुओं में था और उसे बहुत सर्दी लग रही थी। वह दोबारा झपकी लेता रहा।

"ओए बक्खा! ओए तू बदमाश! भंगी की औलाद! आ, और मेरे लिए एक शौचालय साफ़ कर।" बाहर से कोई चिल्लाया।

बक्खा ने अपने शरीर पर से कम्बल उतार फेंका, अपनी टांगें घसीटीं, आधी नींद में ही अपने बाज़ुओं को हिलाया और अपनी आंखें मलते हुए व जमुहाई लेते हुए यकायक उठ खड़ा हुआ। एक क्षण के लिए वह झुका, अपनी चटाई और कम्बल को लपेटा, दिन-भर के काम-काज के लिए जगह बनायी और फिर बाहर खड़े आदमी को दोबारा चिल्लाते हुए सुनकर दरवाज़े की ओर भाग चला।

अपने बायें हाथ में पीतल का एक छोटा-सा लोटा थामे और केवल एक लंगोट लगाये, एक पतला-सा छोटा व्यक्ति खड़ा था, जिसके सिर पर एक सफ़ेद गोल टोपी थी, पांवों में खड़ाऊं थीं और उसने अपने लंगोट के कपड़े को नाक तक उठाया हुआ था। यह हवलदार चरतसिंह था, 38वीं डोगरा रेजिमेण्ट का प्रसिद्ध हॉकी-खिलाड़ी, जो अपने मज़ाक़ के लिए भी प्रसिद्ध था। वह बवासीर का पुराना मरीज़ था।

"बक्खा, बदमाश! शौचालय साफ़ क्यों नहीं है? एक भी ऐसा नहीं है, जहां कोई जा सके। मैं सब तरफ़ हो आया हूं। तू जानता है, मेरी बवासीर के लिए तू ही ज़िम्मेदार है। इन्हीं गन्दे शौचालयों पर बैठने से मुझे यह छूत की बीमारी लगी है।"

"ठीक है, हवलदारजी। मैं आपके लिए फ़ौरन ही एक शौचालय साफ़ कर देता हूं।" बक्खा ने सावधानीपूर्वक कहा और अपनी झाड़ू और टोकरी उठाने चल दिया। घर की दीवार के सामने उसके ये हथियार सजे रहते थे।

उसने उत्साहपूर्वक, तुरत-फुरत सफ़ाई कर दी। किसी प्राकृतिक झरने से गिरते पानी की गति के समान उसके फुर्तीले हाथों में आयी काम करने की गति के कारण उसके शरीर की एक-एक मांसपेशी चट्टान की भांति सख़्त हो गयी थी और खेल के समय शीशे की भांति चमचमाती थी। वह जिस फुर्ती और तत्परता से बिना दरवाज़ों वाले शौचालयों को साफ़ करते हुए, झाड़ू मारते हुए या फ़िनाइल डालते हुए एक-दूसरे की ओर दौड़ा करता था, उसे देखकर लगता था कि किसी गहरी नदी की धारा बहती जा रही है। कैसा निपुण कर्मचारी है! देखने वाले कहते। हालांकि उसका काम गन्दा था, लेकिन वह अपेक्षाकृत सदा साफ़ रहा करता था। कमोड साफ़ करते समय अथवा उन्हें रगड़ते समय वह अपनी आस्तीनों को गन्दा नहीं होने देता था। लोग सदा कहा करते थे, "वह अपने काम के लिए औरों से अच्छा है।" ऐसा नहीं था कि वह इस प्रकार के काम करने वालों से अलग, बुद्धिमान् और भावुक या प्रतिष्ठित था। लेकिन वह मामूली सफ़ाई कर्मचारी नहीं था, जो प्रायः असभ्य और गन्दे होते हैं। शायद अपने काम के प्रति उसकी यह तल्लीनता ही थी, जिसके कारण वह दूसरों से अलग दिखाई देता था अथवा अपने ढीले-ढाले कपड़ों के कारण उस दुर्गन्ध- मय दुनिया से अलग दिखाई पड़ता था। हवलदार चरतसिंह की यह निर्मल और निर्दोष सहज हिन्दू प्रवृत्ति थी कि जब वह शौचालय में कष्टप्रद आधा घण्टा बिताने के बाद बाहर आता था, तो बक्खा को देखकर आश्चर्यचकित हो जाता था।

बक्खा एक निम्नजाति का व्यक्ति था, जो इतना साफ़-सुथरा रहता था। दुर्गन्ध के प्रति यह उसके द्विजातीय होने का पूर्वाग्रह था। यद्यपि उसने बक्खा में मामूली-सी भी शंका नहीं दिखाई थी। वह मुसकराया, वह अपनी जाति को भूल गया और उसके चेहरे की व्यंग्यात्मक हंसी बाल-सुलभ हंसी में बदल गयी।

"ओए बक्खा! तू जण्टलमैन होता जा रहा है। तूने यह वर्दी कहां से ली?"

बक्खा शरमा गया। वह जानता था कि उसे इस प्रकार ऐय्याशी करने और ऊंची ज़ात के लोगों की नक़ल करने का कोई अधिकार नहीं था। वह बुड़बुड़ाया: "हजूर! यह सब आपकी मेहरबानी है।"

चरतसिंह नरम पड़ रहा था। हालांकि वह उस मुसकराहट को नहीं रोक सका, जो पिछले छह हज़ार वर्षों से ज़ात-पांत की श्रेष्ठता का प्रतीक बनी हुई थी।

"बक्खा, दोपहर में आना, मैं तुझे एक हॉकी दूंगा।" चरतसिंह जानता था कि बक्खा हॉकी का अच्छा खिलाड़ी है।

बक्खा ने अपना सिर उठाया, उसे आश्चर्य हुआ, चरतसिंह के प्रस्ताव के प्रति वह कृतज्ञ था। यह एक ईश्वरीय वरदान था। रेजिमेण्ट के सर्वश्रेष्ठ खिलाड़ी द्वारा सद्भावना का ऐसा प्रदर्शन! 'एक हॉकी-स्टिक! आश्चर्य है, यदि यह नयी हुई, तो।' उसने सोचा और विलक्षण विनम्रता से हंसता हुआ खड़ा रह गया, कृतज्ञता के भार से दबा। चरतसिंह के वादे ने बक्खा की चापलूसी में वह विशेषता पैदा कर दी, जो उसे अपने दादा-परदादा से मिली थी। दलितों, ग़रीबों और दरिद्रों की वह कमज़ोरी, जब उन्हें अचानक कोई सहायता मिल जाती है, निचले तबक़े के लोगों का वह सन्तोष, जो वर्षों से दबी पड़ी किसी इच्छा की पूर्ति के रूप में उन्हें मिल जाता है। उसने अपने ऊपर उपकार करने वाले को सलाम किया और नीचे झुककर अपने काम में लग गया।

उसके होठों पर हलकी-सी मुसकान तैर गयी, एक ग़ुलाम की मुसकान, जो मालिक की कृपालुता के कारण आ गयी थी। उसके लिए यह प्रसन्नता से अधिक गर्व की बात थी। वह धीमे-धीमे एक गीत गुनगुनाने लगा। एक शौचालय से दूसरे शौचालय की ओर जाते हुए उसके गीत की आवाज़ सुनाई देने लगी थी। फिर वह आगे ही आगे चलता गया, अपने काम को और भी शान से करते हुए और उत्सुकता से क़दम उठाते हुए। उसका हाथ इतनी तेज़ी से चल रहा था कि एक बार तो उसकी पगड़ी के बन्द भी खुल गये और कटे हुए स्थान से उसके ओवरकोट के बटन भी बाहर निकल आये। लेकिन इस पर भी बक्खा का काम नहीं रुका। उसने अपने ढीले-ढाले कपड़ों को अनाड़ीपन से संभाला और अपना काम करता रहा।

शौचालयों की ओर एक के बाद एक लोग आते गये। उनमें से अधिकतर हिन्दू थे, लंगोट के सिवा वे सब नंगे थे। उनके हाथों में पीतल के लोटे थे और उनके बायें कान पर यज्ञोपवीत लिपटे हुए थे। कभी-कभार कोई मुसलमान भी आ जाता था, जो लम्बा सूती कुरता और खुला पाजामा पहने होता था तथा अपने हाथ में तांबे की केतली लिये होता था।

बक्खा ने अपनी आस्तीन से माथे का पसीना पोंछने के लिए काम को कुछ देर के लिए रोक दिया। उसकी त्वचा पर ऊनी कपड़ा अच्छा और खुरदरा लगा, लेकिन जलन-भरी गरमाहट छोड़ गया। लेकिन यह उत्तेजना बड़ी सुखद थी, वह दुगने जोश से अपना काम करता रहा। 'जल्दी ही मेरा काम समाप्त हो जायेगा', उसने अपने आपसे कहा। वह अपने काम को समाप्त करने ही वाला था, लेकिन काम के समाप्त

हो जाने पर भी उसे स्वर्ग का सुख मिलने वाला नहीं था। ऐसा नहीं था कि वह काम से जी चुराता था, दरअसल, वह कोई भी काम करना नहीं चाहता था। उसे पता ही नहीं था कि उसके लिए काम एक प्रकार का नशा था, जिसके कारण उसे शानदार स्वास्थ्य मिला था और भरपूर नींद आती थी। इसलिए वह लगातार काम करता रहता था, अनवरत, सांस लेने के लिए भी नहीं रुकता था, भले ही काम की अधिकता से उसके अंग-प्रत्यंग हांफने लगते थे।

अन्त में, वह सवेरे-सवेरे ही दूसरी बार शौचालयों की तीसरी क़तार तक जा पहुंचा कि उसकी कमर ऐंठ गयी और उसने अपने आपको उस आसन से सीधा किया, जिसमें वह तब तक लगातार काम करता आ रहा था। उसने शहर की ओर देखा। उसकी आंखों के आगे धुंधला-सा एक परदा था, जो पिछली रात उसके द्वारा जलाई गयी गन्दगी से उठकर नाले के ऊपर से उठने वाली भाप के बादलों के साथ मिलने से बन गया लगता था। इसी धुएं की हलकी-सी परत के बीच से वह जल्दी-जल्दी शौचालयों की ओर जाते हिन्दुओं के अधनंगे काले शरीरों को देखा करता था। उनमें से कुछ शौचालय हो आये थे और नाले के किनारे की मिट्टी से अपने पीतल के लोटों को मांज रहे थे, कुछ दूसरे, राम-राम, हरे राम की धुन पर अपने ऊपर पानी उड़ेलते हुए और अपने बाज़ुओं को रगड़ते हुए नहा रहे थे अथवा अपने पैरों और हाथों को धो रहे थे, दातुन को चबाकर ब्रश का आकार दे रहे थे, शोर मचाते हुए कुल्ला कर रहे थे, नाले में थूक रहे थे और अपनी नाक को ज़ोर-ज़ोर से साफ़ कर रहे थे। बक्खा ने जब से अंगरेज बैरकों में काम करना आरम्भ किया, उसे स्नान करने के भारतीय ढंग से तथा इस प्रकार कुल्ला करने और थूकने से बहुत घृणा होती थी; क्योंकि वह जानता था कि अंगरेज सिपाहियों को यह सब नापसन्द था। अंगरेज सिपाही भारतीयों को 'काला आदमी, ज़मीन पर हगने वाला' कहकर गाली दिया करते थे। लेकिन इसके साथ ही उसे अंगरेज सिपाहियों को नहाने के लिए नंगा जाते देखकर भी शर्म आती थी। वह अपने आपसे कहा करता था, 'कितना शर्मनाक है!' वहां साहब लोग भी थे, वे जो भी करते थे, वह फ़ैशन था। लेकिन उसके अपने देशवासी सब देशी थे। अंगरेजों की भांति वह भी बहुत आश्चर्य किया करता था। किसी हिन्दू को अपनी धोती ढीली करके अपनी नाभि से नीचे कमर के निचले भाग पर पानी डालते और घबराहट में भाव-विभोर होकर कुछ गुनगुनाते हुए देखकर अंगरेजों की भांति उसे भी बहुत आश्चर्य होता था। उसने एक मुसलमान के अभद्र व्यवहार को भी देखा, जो अपने ढंग से शुद्ध होकर मस्जिद में जाने से पहले अपनी पैण्ट की जेबों में हाथ डाले जा रहा था। 'मुझे आश्चर्य

होता है कि ये अपनी प्रार्थना में क्या कहते हैं ?' उसने अपने आपसे पूछा। 'ये क्यों उठते, बैठते, झुकते और मुड़ते हैं, मानो कोई व्यायाम कर रहे हों ?' उसे याद आया, उसने रेजिमेण्ट में बैंड बजाने वाले के लड़के अली से पूछा था कि वे ऐसा क्यों करते हैं, लेकिन अली ने उसे कुछ नहीं बताया और यह कहते हुए कि बक्खा उसके धर्म का अनादर कर रहा है, वह नाराज़ हो गया। उसे सभी हिन्दू स्त्री-पुरुषों का वह चिरपरिचित दृश्य भी याद आ गया, जो शहर के बाहर खुले में प्रातःकाल उकड़ूं बैठा करते थे। 'कितना शर्मनाक !' उसने सोचा। 'इन्हें इस बात की भी परवाह नहीं कि कौन उन्हें देखता है ? किस प्रकार यहां बैठ जाते हैं ? इसलिए गोरे अंगरेज उन्हें 'काला आदमी, ज़मीन पर हगने वाला' कहते हैं।' वे यहां शौचालयों में क्यों नहीं आते ? फिर उसे याद आया कि यदि वे शौचालयों तक आते, तो उसका काम बढ़ जाता। उसे यह विचार पसन्द नहीं आया। अपने पिता की जगह गलियों की सफ़ाई करने का विचार उसे अच्छा लगता था। 'यह काम आसान है।' उसने अपने आपसे कहा। 'मुझे बेलचे की मदद से केवल गाय का गोबर या घोड़ों की लीद ही उठानी होगी और झाड़ू से सड़क की धूल हटानी होगी।'

"एक भी शौचालय साफ़ नहीं है, तुम्हें तनख़्वाह मिलती है, तो तुम्हें काम भी करना चाहिए।"

बक्खा अचानक पलटा और उसने चिड़चिड़े व बूढ़े सूद्ख़ोर रामानन्द को अपनी तेज़ दक्षिण भारतीय शैली में अपने ऊपर चिल्लाते हुए देखा। दोनों हाथ जोड़कर वह रामानन्द के सामने झुका, जो उसे घूर रहा था। उसके कानों में लालजटित सोने की बालियां थीं। उसने पारदर्शक मलमल के कपड़े का एक लंगोट लगाया हुआ था, बढ़े हुए पेट पर एक क़मीज़ पहनी हुई थी और अपने सिर पर रस्सी के समान पगड़ी की टोपी पहनी हुई थी। 'महाराज' कहते हुए बक्खा शौचालयों की ओर भागा और अपने काम में जुट गया।

वह फ़ौरन समझ गया कि वह अपने काम में चूक गया था। चौथी बार शौचालयों की सफ़ाई करते समय वह सब कुछ भूल गया। अपने माथे से बहते हुए पसीने को, अपने शरीर की गरमी को और अपनी शक्ति को जानकर उसे लगा कि वह चुक गया है।

उसके घर के पास चिमनी से निकलते धुएं की फुहारों ने उसे अपने अगले काम पर जाने के लिए चेतावनी दी। वह आधे-अधूरे मन से उस ओर चल दिया और कुछ देर के लिए एक तिकोने बेलचे को उठाने के लिए रुकने के बाद, ईंटों से बने छोटे-से

पिरामिड के सूराखों को अपनी टोकरियों में इकट्ठा करके लाये तिनकों से भरना आरम्भ कर दिया।

ज्यों ही उसने चिमनी में बेलचे से कचरा डाला, तिनकों के छोटे-छोटे टुकड़े हवा में उड़े और उसके कपड़ों पर चिपक गये। कुछ बड़े टुकड़े ज़मीन पर ही इकट्ठा होने लगे, जहां से उसे उन्हें अपनी झाड़ू से दोबारा इकट्ठा करना था। लेकिन वह अनजान बना अपना काम करता रहा। उसका यह भुलक्कड़पन अथवा ख़ालीपन बहुत देर तक बना रहा। उसे जो काम करना पड़ता था, उससे उस पर एक प्रकार की निश्चयात्मकता छा गयी थी। तिनकों से भरी टोकरियों पर झुकते हुए उसने उन्हें बेलचों में भरकर इकट्ठा किया और उन्हें तब तक जाली में डालता रहा, जब तक वह भर न गयी। फिर उसने एक लम्बी कुरेदनी उठायी और आग को भड़का दिया। आग तुरन्त भड़क उठी और अचानक ही मिट्टी लाल, सुनहरे व काले धुएं के कारग इस प्रकार चमक उठी, मानो वह क्रोधित हो उठी हो अथवा तिनकों के ढेर से उसे किसी अलग प्रकार की शक्ति प्राप्त हो गयी हो।

गरमी के कारण बक्खा की नसों के रक्त में झुनझुनी होने लगी; क्योंकि वह भट्टी के सामने ही खड़ा था। उसका काला, गोल और ठोस चेहरा सौन्दर्य से चमक उठा। उसके शरीर का गठन बहुत आकर्षक था। वह उस पर फबता था और उसके शरीर के अंगों को समानता और सम्पूर्णता प्रदान करता था, ताकि कोई भी कह सके : 'यह है एक व्यक्ति।' उसके गन्दे धन्धे और उस अमानवीय पदवी के विपरीत, जिसके कारण जन्म से ही उसकी निन्दा की जाती थी, उसका व्यक्तित्व उसे कुलीनता प्रदान करता था।

यह एक बड़ा काम था, जिसमें लगभग बीस मिनट लग गये। फिर भी, बक्खा ने इससे किसी प्रकार की थकान अनुभव नहीं की, जैसा वह अपने पिछले काम से किया करता था। जलती लपटों में उसे एक प्रकार का अपनापन लग रहा था। इससे उसे एक प्रकार की शक्ति प्राप्त होती लग रही थी, कुछ नष्ट कर डालने की शक्ति। उसे लगा कि उसके भीतर कुछ त्याग करने की भावना भरती जा रही है, मानो जलन अथवा विध्वंस उसके लिए एक प्रकार की सभ्यता हो।

जब चिमनी में टोकरी का अन्तिम तिनका और कूड़ा समा गया, तो बक्खा ने उसका मुंह बन्द कर दिया और वापस चल दिया। उसे प्यास लगी थी, उसके होठों के किनारे सूख गये थे। उसने कुल्हाड़ी, टोकरी, झाड़ू और ब्रशों को यथास्थान रख दिया और चिमनी से निकलते धुएं से भरी हवा को सूंघते हुए अपनी झोंपड़ी के दरवाज़े की

ओर मुड़ गया। अपने कपड़ों को झाड़ते हुए और उन्हें सीधा करते हुए, ज्यों ही वह कमरे में घुसा, वह प्यास से तड़प रहा था। कोने में पड़े बरतनों की ओर लापरवाही से देखते हुए उसे लगा कि उसे चाय चाहिए। लेकिन ज्यों ही उसने पूरे कमरे को देखा, उसने अपने पिता को थेगली लगी रज़ाई में ख़र्राटे भरते सुना। उसका भाई कमरे में नहीं था। वह तुरन्त समझ गया कि वह कहां होगा—गली के पास ही मैदान में खेल रहा होगा। अंधेरे का अभ्यस्त होने के कारण, ज्यों ही उसने चारों ओर नज़र घुमायी, तो उसने देखा कि उसकी बहिन दो ईंटों के बीच आग जलाने का प्रयास कर रही थी। मिट्टी के फ़र्श तक अपने कूल्हों पर झुककर वह उसमें ज़ोर-ज़ोर से फूंक मार रही थी। उसका सिर ज़मीन को छू रहा था, लेकिन उसकी प्रत्येक फूंक के साथ धुएं की एक लकीर ही उठ रही थी और वह भी बुझ जाती थी; क्योंकि जिन लकड़ियों को जलाया जा रहा था, वे गीली थीं। जब उसने अपने भाई के क़दमों की आहट सुनी, तो वह थक-हारकर बैठ गयी। धुएं के कारण उसकी आंखें पानी से भर गयी थीं। वह घूमी, तो उसने अपने भाई की ओर देखा। आंसू उसके गालों से नीचे ढरकने लगे।

"क्या तू उठेगी और मुझे इसे सुलगाने देगी ?" बक्खा ने कहा और बिना किसी उत्तर की प्रतीक्षा किये वह कमरे के कोने की ओर बढ़ा, अपने घुटनों पर बैठ गया, झुककर लकड़ियों को हिलाया और उन्हें फूंकने लगा। उसका बड़ा और गोल चेहरा असली धोंकनी की भांति फूल गया, जिससे निकलकर हवा चूल्हे तक फरफराई, पहले कुछ चिनगारियां निकलीं और फिर गीली लकड़ियां धधक उठीं। उसने चूल्हे पर मिट्टी की हांड़ी चढ़ा दी।

उसकी बहिन ने कहा, "उसमें पानी नहीं है।"

"मैं घड़े में से पानी ले लूंगा," कोने की ओर जाते हुए बक्खा ने कहा।

"घड़े में भी पानी नहीं है," बहिन ने उत्तर दिया।

"ओह!" थके हुए और भड़कते हुए बक्खा ने मन-ही-मन कहा। एक क्षण के लिए हारकर वह घड़े के पास झुका और खड़ा रह गया।

सोहनी ने अत्यन्त विनम्र स्वर में कहा, "मैं जाकर थोड़ा-सा पानी ले आती हूं।"

"ठीक है," बक्खा ने बिना कोई औपचारिकता दिखाते हुए कहा और दरवाज़े से बाहर जाकर बेंत की टूटी हुई कुर्सी के हत्थे पर जा बैठा। उसके घर में यूरोपियन डिज़ाइन का यही एक फ़र्नीचर था, जिसे वह अंगरेजों की भांति रहने की अपनी इच्छा-पूर्ति के लिए किसी प्रकार ले आया था। सोहनी ने घड़ा उठाया, धीरे-से अपने

सिर पर रखा और भाग ली।

किसी गोल चीज़ पर दूसरी गोल चीज़ को कैसे टिकाया जा सकता है अथवा कोई गोला किसी दूसरे गोले पर कैसे टिक सकता है, आर्कमिडीज़ अथवा यूलिड की भांति सोचने वालों के लिए यह एक विचारणीय समस्या हो सकती है, लेकिन सोहनी के लिए यह कोई समस्या नहीं थी। उसने घड़े को अपने सिर पर रखा और अपने एक कमरेवाले घर से निकलकर ऊंची ज़ातवालों के कुएं की सीढ़ियों की ओर चल दी। उसे आशा थी कि कोई सज्जन व्यक्ति उस पर तरस खाकर उसे पानी दे देगा। उसकी देह छरहरी थी। पतली नहीं थी, लेकिन भरी-पूरी थी। उसका गठन आकर्षक था, गोल नितम्ब, धनुष के आकार की कमर, जहां से उसके घाघरे की तहें लटका करती थीं और उसकी मलमल की झीनी क़मीज़ के बीच से उसकी भारी-भारी और गेंद की भांति गोल-गोल छातियां धीमे-धीमे हिलती दिखाई देती थीं। उसके पास क़मीज़ के नीचे पहनने के लिए कोई अंगिया नहीं थी। वह झूमती हुई जा रही थी। बक्खा ने उसे देखा। वह सुन्दर थी। बक्खा को उस पर नाज़ था। लेकिन ऐसा नहीं था, जैसा किसी भाई का अपनी बहिन के प्रति होता है।

अछूतों को कुएं की दीवार पर चढ़ने की मनाही थी। यदि वे कुएं से पानी निकाल लेते, तो उच्च वर्ण के हिन्दुओं के अनुसार पानी भ्रष्ट हो जाता। इसी प्रकार उन्हें कुएं के पास बने नाले तक जाना भी मना था; क्योंकि इस प्रकार नाला भी भ्रष्ट हो जाता। अछूतों का अपना कोई कुआं नहीं था। बुलाशाह-जैसे पहाड़ी शहर में कुआं खोदने के लिए कम-से-कम एक हज़ार रुपयों की लागत आती। लाचार होकर उन्हें सवर्ण हिन्दुओं के चरणों में बैठकर ही, उनकी दया पर ही निर्भर रहना होता था, ताकि वे उनके घड़ों में कुछ पानी उड़ेल दें। प्राय: वहां कोई हिन्दू नहीं होता था। वे सब अत्यन्त धनवान् थे और उसके स्नान करने अथवा रसोईघर के लिए स्वच्छ पानी पहुंचाने का काम करने वाले मौजूद थे, जो प्रतिदिन प्रात:काल ही उनके यहां पानी पहुंचा दिया करते थे। कुओं पर प्राय: वही लोग आया करते थे, जो या तो खुले में स्नान करने के शौक़ीन थे अथवा पानी पहुंचाने वालों की सेवाएं लेने में असमर्थ थे। इसलिए अछूतों को ऐसे हिन्दुओं के कुओं तक आने की प्रतीक्षा करनी होती थी, जो मेहरबानी करके उनके घड़ों में पानी उड़ेल देते थे। कुओं के चारों ओर अछूतों की भीड़ लग जाती थी। कुएं के चबूतरे के नीचे सुबह, दोपहर और रात में भी आने-जाने वालों के आगे अछूत हाथ बांधे विनती करते रहते थे और अपने दुर्भाग्य को कोसते रहते थे, अपने दुखड़े रोते

रहते थे। यदि उन्हें कोई सहायता नहीं मिल पाती थी, तो वे प्रार्थना करते थे, दुआएं देते थे, विनती करते थे कि कोई दयालु व्यक्ति आये, उनकी सुने और उनकी सहायता करे।

सोहनी जब कुएं पर पहुंची, तो वहां लगभग दस अछूत पहले से ही प्रतीक्षा कर रहे थे। लेकिन उन्हें पानी देने वाला क़ोई नहीं था। सोहनी जितनी तेज़ी से आ सकती थी, कुएं तक आयी थी, वह डरी हुई और उत्सुकतापूर्वक अपनी बारी आने की प्रतीक्षा कर रही थी कि उसने दूर से ही कुएं के पास खड़ी अछूतों की भीड़ को देखा। उसे निराशा नहीं हुई और न उसे कोई दु:ख ही हुआ कि पानी लेने वालों में उसका नम्बर दसवां था। महिला होने के नाते उसने अपने भाई की भावना को समझ लिया था। वह थका हुआ और प्यासा था। जब वह पानी लाने के लिए अपने घर से चली थी, तो उसने किसी मां की भांति महसूस किया था, जैसे कोई मां अपने बच्चों और परिजनों के लिए भोजन या पीने के लिए पानी लेने जाती है। लेकिन अब, जब वह अपने साथियों के साथ क़तार में बैठी थी, तो उसका दिल डूब रहा था। किसी आने-जाने वाले का कोई चिह्न तक नहीं था, जो उसकी सहायता कर सकता। लेकिन उसे अपनी सहनशक्ति पर भरोसा था।

रामचरण की मां, गुलाबो धोबिन ने सोहनी को आते देख लिया। रामचरण बक्खा का मित्र था। गुलाबो गोरे रंग की एक अधेड़ औरत थी। उसे देखकर लगता था कि यदि इस ढलती जवानी में भी उसका शरीर आकर्षक था, तो जवानी के दिनों में वह कितनी आकर्षक रही होगी! हालांकि अब उसका चेहरा झुर्रियों से भर गया था, फिर भी उसे अपने सौन्दर्य पर नाज़ था और वह अपने को दूसरे अछूतों से श्रेष्ठ मानती थी। इसके दो कारण थे। पहला, वह अपने को निम्न जाति वालों से श्रेष्ठ मानती थी और दूसरा, शहर के जाने-माने एक हिन्दू युवक के साथ उसके सम्बन्ध थे, जो जवानी के दिनों में उसका आशिक़ रहा था और अब तक, गुलाबों की अधेड़ावस्था में भी, उसकी सहायता किया करता था।

सोहनी के अछूतों में सबसे निम्न जाति की होने के कारण गुलाबो उसे घृणा की दृष्टि से देखती थी। सोहनी की चढ़ती जवानी ने गुलाबो की आग में घी का काम कर दिया था। वह लड़की गुलाबो को अपनी प्रतिद्वन्द्वी लगने लगी थी। गुलाबो को सोहनी के मासूम चेहरे से घृणा हो उठी थी। भले ही अपने मन में गुलाबो को भंगी की उस लड़की से कोई ईर्ष्या नहीं थी, लेकिन न चाहते हुए भी, उसने सोहनी पर छोटी-मोटी छींटाकशी कर ही दी। सौन्दर्य के लिए लोगों से मिली प्रशंसा के कारण सोहनी ने भी उसका कुछ-न-कुछ अनुमान लगा लिया था।

सोहनी की हंसी उड़ाते हुए गुलाबो ने उससे कहा, ''वापस घर जा, तुझे पानी देने वाला यहां कोई नहीं है और फिर तुझसे पहले ही हम इतने सारे यहां बैठे हैं।''

सोहनी कुटिलतापूर्वक मुसकरायी, फिर वहां बैठे किसी वृद्ध को पहचानकर उसने विनम्र भाव से अपनी ओढ़नी को सिर पर खींचते हुए थोड़ा-सा अपनी आंखों को भी ठक लिया और फिर अपने घड़े पर दीनतापूर्वक सिर झुकाकर बैठ गयी।

गुलाबो ने अपने पास बैठी जुलाहे की पत्नी वज़ीरो से कहा, ''क्या तूने कभी ऐसी निर्लज्जता सुनी है? यह भंगी की लड़की सिर पर बिना ओढ़नी लिये, सारा-सारा दिन शहर और छावनी में घूमती रहती है।''

''सच!'' वज़ीरो ने न जानने का बहाना बनाते हुए आश्चर्य से पूछा। हालांकि वह गुलाबो की गन्दी ज़बान के बारे में जानती थी, फिर भी, उसने सोहनी की ओर आंख मारते हुए उससे कहा, ''तुझे शर्म आनी चाहिए।''

वज़ीरो के दोस्ती-भरे आश्वासन पर सोहनी की हंसी न रुक सकी, वह हंस दी।

इस पर धोबिन फट पड़ी। ''अरी सोच, सोच कुतिया! रण्डी! बेहया! तेरी मां को मरे अभी कितने दिन हुए हैं? मेरे सामने हंसते हुए सोच, मुझ पर हंसते हुए सोच, मैं तेरी मां के बराबर हूं कुतिया।''

गुलाबो की गालियों पर सोहनी और भी खुलकर हंस पड़ी।

''अरी कुतिया! क्या मैं तुझे भांड़ दिखती हूं? किस बात पर हंस रही है तू, कुलटा? अरी रण्डी! क्यों इतने लोगों के सामने दांत दिखाते तुझे शरम नहीं आती?'' गुलाबो चिल्लायी और फिर उसने पास में बैठे बुजुर्ग और छोटे लड़कों की ओर देखा।

अब सोहनी भी समझ गयी कि गुलाबो ग़ुस्से में है। ''लेकिन मैंने तो इसे चिढ़ाने के लिए कुछ भी नहीं किया।'' सोहनी ने पलटकर कहा। ''इसने अपने आप यह सब शुरू किया था और अब मुझे उलटी-सीधी गालियां दे रही है। मैंने झगड़ा शुरू नहीं किया। मुझे इससे भी ज़्यादा गुस्सा करना आता है।''

इस पर गुलाबो ने ज़ोर-से बोलते हुए कहा, ''कुतिया! मुझसे क्यों नहीं बोलती? रण्डी! मुझे क्यों नहीं जवाब देती?''

''मेहरबानी करके मुझे गाली मत दे,'' सोहनी ने कहा, ''मैंने तुझसे कुछ भी नहीं कहा है।''

''तू चुप रहकर भी मुझे जलाती रहती है, तू हराम की जायी, गू-खानी, पेशाब-पीनी! भंगिन की कुत्ती! मैं तुझे दिखाऊंगी कि अपनी मां के बराबर की बेइज्जती कैसे की जाती है!'' और वह हाथ उठाकर सोहनी की ओर दौड़ पड़ी।

जुलाहे की पत्नी वज़ीरो गुलाबो के पीछे भागी और भंगी की लड़की पर हाथ उठाने से पहले ही उसे पकड़ लिया। "चुप हो, चुप, तुझे यह सब नहीं करना चाहिए।" गुलाबो को उसकी जगह पर पीछे खींचते हुए वज़ीरो ने कहा, "तुझे ऐसा नहीं करना चाहिए।"

उस छोटे-से झुण्ड में हलचल फैल गयी। चीख़-पुकार और हाय-हाय की आवाज़ें आने लगीं। घृणा, क्रोध और निन्दा की जाने लगी। पहले सोहनी कुछ डर गयी थी और पीली पड़ गयी थी, लेकिन अब, सदमे से उबरते हुए, उदास होते हुए भी वह अत्यधिक शान्त थी। ज्यों ही उसने दूर, आसमान की ओर देखा, उसने एक प्रकार की उदासी महसूस की। एक ऐसा दर्द, जिसे उसने सन्तोषपूर्ण भाव से स्वीकार कर लिया और उसी के साथ, उसने उदास होकर एक धीमी-सी आह भरी और दया की भीख मांगी। ऊपर आसमान से सूरज गरमी के तीखे व चमकदार बाणों की वर्षा कर रहा था और समय के गुज़रने की गवाही भी दे रहा था। सोहनी भी गुलाबो के साथ हुए झगड़े को भूल चुकी थी। घर पर प्रतीक्षा करते, सुबह से परिश्रम करते, प्यास और एक प्याली चाय के लिए तरसते अपने भाई की दुःख-भरी याद ने उसे घेर लिया। अभी तक कोई भी सवर्ण हिन्दू कुएं के पास नहीं आया था।

कुछ मिनट शान्तिपूर्वक बीत गये। केवल गुलाबो के सुबकने की आवाज़ें आ रही थीं। "मेरी छोटी लड़की की शादी वाले मंगलमय दिन की शुरुआत भी इस अभागी भंगिन के कारण इसी बुरी तरह हुई थी।" गुलाबो कहे जा रही थी, लेकिन उसकी ओर किसी का ध्यान नहीं था। काफ़ी देर बाद एक हिन्दू शौचालयों की ओर जाता दिखाई दिया। वह पास के रेजिमेण्ट का एक सिपाही था।

"ओ महाराज! क्या आप मेहरबानी करके हमारे लिए थोड़ा-सा पानी खींच देंगे? हम आपसे भीख मांगते हैं। बहुत देर से इन्तजार कर रहे हैं, आपकी बड़ी मेहरबानी होगी।" उसकी ओर जाते हुए भीड़ चिल्लायी। कुछ लोग उठ खड़े हुए, कुछ झुक गये और कुछ हाथ बांधकर भीख मांगने लगे। कुछ ने बैठे रहकर ही गिड़गिड़ाते हुए अपने होंठ सिकोड़ लिये।

सिपाही कोई निर्दय उजड्ड था अथवा जल्दी में था। वह कुएं के नीचे इकट्ठे हो गये लोगों की परवाह किये बिना ही चला गया।

सौभाग्य से, अछूतों की भीड़ को अचानक ही कुछ दूरी पर एक अन्य व्यक्ति आता दिखाई दिया। वह शहर के एक मन्दिर का प्रधान पुजारी पण्डित कालीनाथ था। भीड़ ने पहले से भी अधिक चिरौरी करते हुए अपनी विनती दोहरायी।

पण्डित हिचकिचाया, त्योरी चढ़ायी, अपनी भौंहें भी चढ़ा लीं और अपने हड्डी निकले धंसे हुए गालों और झुर्रियों से भरे चेहरे से भीड़ की ओर देखा। वहां इकट्ठे हुए लोगों की फ़रियाद उसे अच्छी लगी। लेकिन वह एक असभ्य और शैतान बूढ़ा था। खड़ा रहा। उसे लगा कि शायद कुएं पर थोड़ा परिश्रम करने से उसके पुराने क़ब्ज़ को कुछ लाभ पहुंच जाये। यदि ऐसा न होता, तो वह उन अछूतों की सहायता करने के लिए हरगिज़ राज़ी न होता।

वह धीरे-धीरे ईंटों से बने कुएं के चबूतरे की ओर बढ़ा। उसके छोटे व सावधानीपूर्वक उठाये क़दमों और चेहरे की विशिष्ट ऐंठन से लगा कि वह भीतर उपजे किसी दूषित विचार का शिकार था। उसने हाथ में आये काम के लिए तैयार होने में काफ़ी समय लगा दिया। वह अपने विचारों में खोया हुआ-सा लगा, लेकिन वास्तव में, वह अपने पेट की गड़गड़ाहट में खोया हुआ था। उसने सोचा, 'कल जो चावल मैंने खाये थे, यह उसी का नतीजा होना चाहिए। लगता है, मेरा पेट ऐंठ गया है। कहीं यह हलवाई की दुकान पर खाई दूध-जलेबी का परिणाम तो नहीं है। शायद लाला बनारसीदास के घर खाये भोजन ने गड़बड़ कर दी है। उसे विभिन्न प्रकार के उन पकवानों की याद आ गयी, जिन्हें वह उसके लिए परोसा करते थे। 'आह, वह खीर कितनी स्वादिष्ट होती है, दांतों से चिपककर कितना स्वाद देती है, और कड़ा प्रसाद, वह सेवइयों का हलवा, गरमागरम और चिकना, मुंह में रखते ही घुल जाने वाला! लेकिन इस गड़गड़ाहट से मेरा पेट साफ़ हो जाता है। सवेरे हुक़्क़ा पीने से क्या हुआ ? मैंने एक घण्टे तक हुक़्क़ा पिया, फिर भी कुछ नहीं हुआ।' इस प्रकार के चिन्तन में समय बीत रहा था कि उसने कुएं पर लकड़ी से बने चौखटे में लटकाने के लिए अपने हाथ में पीतल का जग उठा लिया। प्रतीक्षारत भीड़ ने सोचा कि शायद उन अछूतों की सेवा करना ब्राह्मण के लिए घृणित कार्य था, जिसके कारण उसके चेहरे पर झुर्रियां पड़ गयी थीं और वह चिड़चिड़ा और क्रोधित दिखाई दे रहा था। वे समझ नहीं सके कि यह उसका क़ब्ज़ था या उसके दुबले-पतले अंगों में शक्ति का अभाव था। लेकिन वे तुरन्त ही समझ गये। पण्डित ने घबराते हुए अपने क़दम बढ़ाये, किनारे पर रखी रस्सी से लोहे की बाल्टी को बांधा और उसे चरख़ी पर चढ़ाकर धीरे-से कुएं में नीचे धकेल दिया। उसके हाथ से हत्था फिसल गया; वज़न के कारण बाल्टी ज़ोर से ऊपर को उछली, तो पण्डित ने चरख़ी पर लिपटी पूरी रस्सी को छोड़ दिया। चरख़ी अचानक घूम गयी, तो पण्डित थोड़ा डर गया। उसने अपनी पूरी ताक़त एकत्रित करके दोबारा ज़ोर आज़माइश करना आरम्भ कर दिया। लेकिन वह गड़बड़ा गया। पानी से भरी बाल्टी को बाहर निकालने के लिए, पण्डित

को अधिक ताक़त की ज़रूरत थी। अब तक उसका सारा जीवन मन्त्रोच्चारण करते हुए अथवा सरकण्डे की क़लम से कुण्डलियां बनाते हुए ही बीता था। उसने अपनी पूरी ताक़त लगा दी और हत्थे को अस्वाभाविक रूप से घुमाने लगा। उसका चेहरा ऐंठ गया; क्योंकि अपने शरीर से जो काम लिया था, उसके कारण उसे अपना पेट हलका महसूस हो रहा था। पानी मिलने की आशा में खड़े अछूत अपने घड़ों को ठीक-ठाक करने में लगे हुए थे। वे इस उदार और दयालु व्यक्ति के पास पहुंचने को आतुर थे और उन सबका ध्यान उसी की ओर लगा हुआ था। पण्डित जब प्रयास कर रहा था, तो उन सब लोगों की इच्छाशक्ति भी उसके प्रयास में लगी हुई थी।

आख़िरकार, बाल्टी ईंटों से बने चबूतरे तक पहुंच गयी। लेकिन पण्डित का ध्यान अपने पेट की गड़गड़ाहट पर ही लगा रहा। पेट की हालत को समझते हुए क्षण-भर के लिए पण्डित अनमना हो गया। उसने अपने बाज़ुओं से निकलकर गरमाहट की एक धीमी लहर-सी अपने पेट की ओर जाती हुई महसूस की, जैसी महीनों से नहीं की थी। इसके कारण उसे आराम मिल जाता था। फिर, दुर्भाग्यवश उसके पेट के दाहिनी ओर तीखा दर्द उठा और पण्डित उत्सुक और उत्तेजित हो उठा। वह इसका अभ्यस्त था।

''पण्डितजी, मेरा नम्बर पहले है,'' गुलाबो धोबिन ने उतावली दिखाते हुए कहा और अपने आप में खोये उस ब्राह्मण का ध्यान अचानक ही भंग कर दिया।

पण्डित ने गुलाबो पर त्योरी चढ़ाई और उसकी मोहक मुद्रा की ओर कोई ध्यान नहीं दिया।

''नहीं, मैं पहले आया था,'' पीछे छिपकर खड़े एक लड़के ने कहा।

''लेकिन तू जानता है कि मैं तुझसे भी पहले यहां मौजूद था,'' कोई और चिल्लाया।

उसके बाद कुएं की ओर भगदड़ मच गयी और जैसे प्रायः होता है, पण्डित ने क्रोध में भरकर उन सब पर पानी फेंकना आरम्भ कर दिया। पण्डित के कान प्रार्थना की ओर लगे हुए थे, लेकिन उसका ध्यान किसी सुन्दर चेहरे को खोज रहा था। सोहनी भीड़ से दूर तब से धैर्यपूर्वक बैठी थी, जब से पण्डित कुएं पर आया था। पण्डित ने उसे भंगी की लड़की के रूप में पहचान लिया। वह उसे पहले भी देख चुका था, जब वह शहर की गलियों में शौचालयों की सफ़ाई करने के लिए आती थी। नयी-नवेली, उस ताज़ा कली ने—जिसकी भरी-भरी छातियों के निपल-रूपी काले मनके उसकी मलमल की क़मीज़ के नीचे से स्पष्ट रूप से खड़े दिखाई देते थे और जिसकी

आश्चर्यजनक मासूम सूरत ने—पण्डित की हृदतन्त्री को झकझोर दिया था। अपनी जन्मजात कमज़ोरी के कारण निर्लज्ज बने उस पिण्डत ने, उन वफ़ादार और श्रद्धालु बने लोगों पर दया दिखाने का निश्चय कर लिया।

"अरी तू! लक्खा की बेटी, यहां आ। तू बड़ी धीरजवाली है और धीरज का इन्आम सबसे बढ़िया होता है। धर्मग्रन्थों में भी ऐसा ही लिखा है। दूर हटो, तुम कमीनो, रास्ता छोड़ो।" पण्डित ने कहा।

"लेकिन पण्डितजी," उपकार के प्रति हिचकते हुए सोहनी बोली। इसलिए नहीं कि वह ब्राह्मण की प्रशंसा को अच्छा मानती थी, बल्कि इसलिए कि वह अपने से पहले आने वालों से डर गयी थी।

"अब आगे आ," पण्डित ने उसे उकसाया। पण्डित को अपने पेट के हलका होने का आभास हो रहा था, लेकिन वह उस सुन्दर लड़की के प्रति उपकार करने के विचार से प्रसन्न हो रहा था।

सोहनी धीरे-से आगे बढ़ी और उसने अपना घड़ा चबूतरे के नीचे रख दिया। पण्डित ने कोशिश करके बाल्टी उठायी और एक क्षण के लिए सावधानीपूर्वक उसे संभाला। सोहनी के कुछ पास आ जाने के कारण वह उत्तेजित हो उठा था। उसकी कमज़ोरी उभर आयी थी। इसलिए उसने पानी को उछाल दिया। आधे गीले, आधे सूखे, सब अछूत इधर-उधर भागने लगे।

"दूर हट जाओ रास्ते से," पण्डित चिल्लाया और उसने सोहनी के घड़े में पानी उड़ेल दिया। अछूतों को धमकाते हुए पण्डित अपनी कमज़ोरी को छिपाने का प्रयास कर रहा था। आख़िरकार, सोहनी का घड़ा तीन-चौथाई भर गया।

"क्या इतना काफ़ी होगा?" पण्डित ने विजयोल्लास में पूछा और ख़ाली बाल्टी लौटा ली।

"हां, पण्डितजी," सोहनी ने फुसफुसाकर कहा। उसका सिर विनम्रता से झुक गया था। फिर उसने अपने सिर पर उठाने के लिए घड़े को बाहर से पोंछा।

"देख, तू मन्दिर में हमारे घर के आंगन को साफ़ करने के लिए क्यों नहीं आती?" सोहनी जब चलने को हुई, तो पण्डित ने कहा, "अपने बाप से कहना कि तुझे आज से ही भेज दे।" फिर कुछ घबराकर वह सोहनी को दूर तक जाते हुए देखता रहा।

पण्डित कुछ परेशान था। लोक-लाज पण्डित की कामुकता से लड़ रही थी, जिसकी लहरें उसके रक्त में बहनी आरम्भ हो चुकी थीं।

"तू आज से ही आयेगी," पण्डित ने ज़ोर देकर कहा, ताकि सोहनी के मन में कहीं कोई भ्रम न रह जाये।

पण्डित की उस कृपा के लिए सोहनी आभारी थी। उसने लजाकर अपना सिर हिलाया और अपनी राह चल दी। उसका बायां हाथ कमर पर था और दाहिना हाथ घड़े पर, और उसके क़दम गति की किसी ताल पर पड़ते-से चलते जा रहे थे। धोबिन ने अपनी क्रोध-भरी दृष्टि से उसे देखा और नाराज़ होकर भीड़ के साथ कुएं के पास खिसक आयी, ताकि किसी नये आगन्तुक से पानी के लिए गुहार लगा सके।

वह लछमन था—एक पानी भरने वाला। एक ब्राह्मण, जिसे अपने निकृष्ट काम के बावजूद सवर्ण हिन्दुओं के यहां बरतन मांजने, उनका भोजन पकाने, उनके घरों में पानी भरने तथा उनके घरों में अन्य काम करने की आज्ञा प्रदान की गयी थी। वह लगभग छब्बीस वर्ष का एक नवयुवक था, जो बुद्धिमान् होने पर भी, ब्राह्मण की अभद्र विशेषताओं के कारण इतने निचले स्तर पर आ पहुंचा था। बांस के एक डण्डे के दोनों किनारों पर चार डोरियां बंधी हुई थीं, जिनमें घड़े लाने-ले जाने के लिए लकड़ी की चौखटें लगी हुई थीं। कन्धों से उतारकर उसने उसे धीरे-से ज़मीन पर रखा और कुएं पर चढ़ते हुए पण्डित का अभिवादन किया और 'जयदेवा' कहकर पण्डित को सम्मान देते हुए कुएं से और पानी निकालने के लिए उसे छुट्टी दे दी। ज्यों ही उसने कुएं में बाल्टी डाली, उसने घर की ओर जाती हुई सोहनी को देखा। वह उसे पहले भी देख चुका था और उसका ख़ून भी जोश मार चुका था। प्यार के आवेग का, आत्मा की उस अद्भुत आकांक्षा का, जिसे बाहर आकर पहले भय से, और फिर आत्मा से अपने पूरे क्रोध और शारीरिक एवं मानसिक आवेश के कारण वह अनुभव कर चुका था। कभी-कभी वह सोहनी के साथ मामूली-सा हंसी-मज़ाक़ भी कर लेता था, जब वह कुएं पर आती थी अथवा वहां दिख जाती थी। सोहनी भी विनम्रतापूर्वक हंसकर और अपनी चमकीली आंखों से देखकर उसका उत्तर दे दिया करती थी। लछमन उस पर जान छिड़कता था। पण्डित ने पीछे मुड़कर सोहनी को देखते हुए लछमन को देख लिया था। लछमन ने अपनी नज़रें घुमा लीं और फिर उसी प्रकार चापलूसी करते हुए—जैसा दूसरे नौकर किया करते थे—चुपचाप अपना काम करने लगा। उसने पानी से भरी बाल्टी शीघ्रता से कुएं से निकाल ली। पहले उसने पण्डित के पीतल के छोटे-से जग और गुलाबो के घड़े को भरा और फिर दूसरों की मदद करने के लिए तैयार हो गया। सोहनी का चित्र उसके मन से उतर चुका था।

वह कभी-कभी अपने मिट्टी से बने घर के कोने में दिखाई दे जाती थी, जो उसका रसोईघर था। उसका बापू उसे गाली दे रहा था। फिर वह अपने बिस्तर पर बैठकर और थेगली लगी रज़ाई ओढ़कर, अपने छोटे-से हुक़्क़े को गुड़गुड़ाने लगा।

''मैंने सोचा था कि तू मर गयी है या तुझे कुछ हो गया है और....। तू सूअर की बच्ची।'' लक्खा चिल्ला रहा था, ''क़ोई चाय नहीं, कोई रोटी का टुकड़ा नहीं, मैं भूख से मरा जा रहा हूं। चाय चढ़ा दे और उन सूअर के बच्चों—बक्खा और रक्खा—को आवाज़ दे और उन्हें मेरे पास आने के लिए कह।'' फिर उसने किसी सहृदय व्यक्ति की भांति रूखे ढंग से त्योरी चढ़ा ली, लेकिन उसे पता था कि वह कमज़ोर है। इसलिए अपने बच्चों को तंग किया करता था—अपने अधिकार को बनाये रखने के लिए, ताकि वे उसे छोड़ न दें अथवा उसे कूड़ा-कर्कट समझकर घर से निकाल बाहर न कर दें।

सोहनी ने उसका कहना मान लिया और आग पर हांड़ी चढ़ाने के बाद चिल्लाकर अपने भाइयों को बुलाने लगी।

''वे बखिया, वे रखिया, तुम्हें बापू बुला रहा है।'' बहिन की आवाज़ सुनकर बक्खा अकेला ही कमरे में आ गया। रक्खा सुबह-सवेरे ही खेलने के लिए खिसक गया था।

बक्खा अपने चेहरे और गरदन से पसीना पोंछ रहा था और ज़ोर-ज़ोर से सांस ले रहा था; उसे दूसरी बार शौचालयों का चक्कर लगाना था। उसकी आंखों से आग निकल रही थी और उसका बड़ा व चौड़ा चेहरा थकान के कारण कुछ मुरझाया हुआ-सा लग रहा था। ज्यों ही वह भीतर आया, बूढ़े लक्खा ने अपने बेटे से कहा, ''मेरी पसलियों में दर्द है।'' बक्खा जब दरवाज़े में खड़ा था, तो उसकी आंखों की सफ़ेदी चमक रही थी। ''तू जा और मन्दिर के आंगन में और सड़क पर मेरे बदले झाड़ू लगा आ और उस सूअर की औलाद रक्खा को बुला। वह जहां भी है, यहां आये और शौचालयों को साफ़ करे।''

''बापू! पण्डित ने मन्दिर के घर और आंगन को साफ़ करने के लिए मुझ से कहा था,'' सोहनी ने कहा।

''ठीक है, फिर जा और तू ही कर आ। मेरा सिर क्यों खा रही है?'' लक्खा चिड़चिड़ाकर सोहनी को डांटते हुए बोला।

''क्या तुझे बहुत दर्द हो रहा है?'' बक्खा ने व्यंगात्मक ढंग से पूछा, ताकि उसके बाप को उसके क्रोध का पता लग जाये। ''अगर तू कहेगा, तो मैं तेरी पसलियों पर तेल

की मालिश कर दूंगा।''

''नहीं, नहीं,'' बूढ़े ने चिढ़कर कहा और फिर शर्म को छिपाने के लिए उसने अपना मुंह घुमा लिया। बेटे के विरोध ने उसके क्रोध को भड़का दिया था। उसकी पसलियों में कोई दर्द नहीं था, वह तो अपने बुढ़ापे के कारण किसी बच्चे की भांति काम से बचने के लिए केवल बहाना बना रहा था। ''नहीं, नहीं,'' वह बोला, ''तू जा और काम देख, मैं ठीक हो जाऊंगा।'' फिर वह धीरे-से मुसकरा दिया।

इसी बीच चाय-पत्ती, पानी, दूध और चीनी से बनी चाय तैयार हो चुकी थी। सोहनी ने उसे मिट्टी के दो बरतनों में उड़ेला, जो भीतर से चमकीले थे। बक्खा आया और उसने एक बरतन उठाकर अपने बापू को दे दिया। फिर उसने दूसरा बरतन उठाया और स्वाद लेते हुए उसे अपने होठों से लगा लिया। चाय के तीखे और गरमागरम स्वाद ने उसके शरीर में चुस्ती भर दी। उसकी जीभ हलकी-सी जल गयी थी; क्योंकि उसने अपने बापू के समान चाय को ठण्डा करने के लिए उस पर फूंक नहीं मारी थी। यह दूसरी बात थी, जो उसने अंगरेज सिपाहियों से उनकी बैरकों में सीखी थी। बक्खा के चाचा ने बताया था कि गोरे अपनी चाय का पूरा स्वाद नहीं लेते; क्योंकि वे उस पर फूंक नहीं मारते। लेकिन बक्खा—अपने चाचा और बापू—दोनों के चाय के सुड़कने को गन्दी आदत मानता था। वह अपने बापू को बताना चाहता था कि साहब लोग ऐसा नहीं करते। लेकिन अपनी आदत के अनुसार वह ऐसी किसी भी बात का सुझाव देते हुए अपने बाप का सम्मान करता था। स्वयं वह अंगरेज सिपाहियों के रिवाजों को स्वीकार कर चुका था और निर्विवाद रूप से उनका पालन भी करता था। चाय पी चुकने और सोहनी के द्वारा बापू के सामने रखी टोकरी में से रोटी का एक टुकड़ा खा लेने के बाद बक्खा बाहर चला गया। उसने पतली बेंत से बनी बड़ी झाड़ू उठायी, जिस पर लकड़ी का हत्था लगा हुआ था और एक टोकरी उठायी, जिसे सड़क पर झाड़ू लगाते समय उसका बापू ले जाया करता था। फिर वह पहली बार, यह सोचकर बाहर चला गया कि यह एक अद्भुत संयोग था कि उसकी सवेरे की इच्छा, उसके बापू ने अचानक पूरी कर दी थी।

अछूतों की गली की ओर जाने वाली गली शीघ्र ही पीछे छूट गयी। आज वह गली उसे कुछ छोटी लगी थी। जहां गली समाप्त हुई, वहां उसे सूरज की गरमी इस प्रकार फैली हुई लगी, मानो किसी अलाव से निकलकर अछूतों की बस्ती के बाहर, मैदान में, ख़ाली पड़ी जगह पर फैल गयी हो। उसने उस स्वच्छ व ताज़ा हवा में ख़ूब

गहरा सांस लिया, जहां उसके सामने खुला मैदान पसरा हुआ था। उसे उस दुर्गन्धयुक्त कचरे से निकले धुएं की दुनिया और खुली हुई दुनिया में कुछ अस्पष्ट-सा अन्तर महसूस हुआ। वह अपने शरीर को गरम करना चाहता था, अपनी धूल-धूसरित अंगुलियों पर जमा हो गयी धूल की परतों के नीचे उस गरमाहट को महसूस करना चाहता था, ताकि उसके हाथ के पीछे दिखाई दे रही नीली नसों का ख़ून पिघल जाये। उसने अपने हाथ उलट दिये, ताकि उन्हें धूप दिखा सके। उसने सूरज की ओर अपना चेहरा उठा दिया, एक क्षण के लिए अपनी आंखें खोलीं, फिर आंखों की पुतलियों को आधा बन्द और आधा खुला हुआ रखकर। अपनी ठुड्डी ऊपर की ओर उठा दी। उसे यह इतना अच्छा लगा कि वह सिहर उठा। एक विचित्र-सी सनसनी उसकी चमड़ी की सतह पर फैल गयी, जहां से गरमाहट की पुट उसकी सुन्न पड़ गयी चमड़ी के नीचे तक जा पहुंची। ऐसे स्फूर्तिदायक वातावरण में उसने उत्साह का अनुभव किया, अपने चेहरे को रगड़ा, ताकि वह ख़ूब गरम हो जाये और सूर्य की किरणें उसके रोमछिद्रों को खोल सकें। इसलिए उसने अपनी झाड़ू और टोकरी को अपने बाज़ुओं के नीचे ठीक से दबा लिया और अपनी हथेलियों से अपने चेहरे को दुलारने लगा। कुछ तगड़ी रगड़ खाकर उसे लगा कि उसके गालों का रक्त ऊंचा उठकर, आंखों के नीचे हड्डियों और उसके कानों तक जा पहुंचा है, जिसके कारण उसके कान लाल हो उठे और सिर के किनारों की ओर से पारदर्शी दिखाई देने लगे। बक्खा ने कुछ वैसा ही महसूस किया, जैसा वह सर्दियों में रविवार के दिन अपने बचपन में किया करता था, जब केवल एक लंगोटी के सिवा, वह पूरी तरह से नग्न हो जाता था और धूप में खड़े होकर अपने शरीर पर सरसों के तेल की मालिश किया करता था। यही सब याद करते हुए उसने सूर्य की ओर देखा। उसने सूर्य की शक्ति को देखा और चुंधिया गया। क्षण-भर के लिए वह खोया-खोया-सा खड़ा रहा, झिलमिलाती किरणों में किंकर्तव्यविमूढ़, केवल यह महसूस करते हुए कि वहां केवल सूर्य, सूर्य और प्रत्येक स्थान पर सूर्य ही था, उसके सिवा कुछ भी नहीं था, उसके भीतर, उसके ऊपर, उसके सामने और उसके पीछे। व्यर्थ की उदासी के होते हुए भी, यह एक सुखद अनुभूति थी, जिसमें बक्खा डूबा हुआ था।

ज्यों ही वह उस विचित्र चमकीली दुनिया से बाहर आया, जो उसने स्वयं बना रखी थी, उसे एक पत्थर से ठोकर लगी और उसने उसे लानत भेजी। ऊपर की ओर देखते हुए उसने देखा कि धोबी का बेटा रामचरण, मोची का बेटा छोटा और उसका भाई रक्खा उसे देख रहे थे। वह पानी-पानी हो गया; क्योंकि वह अपने आप से बातें करने में तल्लीन था। वे उसे सदा ही बुद्धू बनाते रहते थे—कभी उसके शरीर के वज़न

की खिल्ली उड़ाकर, कभी उसके कपड़ों के रूप को लेकर, उसके आकार को लेकर, जो किसी हाथी के समान था तथा कभी उसके बाघ की भांति लचीले नितम्बों के कारण। उसने सोचा कि यदि उन्होंने उसे अपने चेहरे की मालिश करते अथवा अपने से बातें करते देख लिया, तो वे अवश्य उसकी हंसी उड़ायेंगे; क्योंकि वह जानता था कि उन सबको यह भी पता था कि वह फ़ैशन का दीवाना था। यह एक ऐसी कमज़ोरी थी, जिसे वे उसके साथ बांट भी लेते थे और उसी को लेकर उसकी खिल्ली भी उड़ाते थे। बक्खा सदा ही धोबी के लड़के की बरौनियों तथा बिना भौंहों वाली आंखों को लेकर उससे बदला लिया करता था और कहा करता था, ''यह तो ख़ूब सारे साबुन का प्रयोग करने से आती हैं।'' रामचरण की और भी अनेक विशेषताएं थीं, एक तो यह कि गुलाबो उसकी मां थी और उसकी एक इश्कबाज़ प्यारी-सी बहिन थी और वह बौना भी था, पतला व छोटा-सा तथा गधे को हांकता था और एक आंख से काना था, जिसके कारण वह मज़ाक़ का केन्द्र बना रहता था। छोटा पर बक्खा कोई हमला नहीं करता था; क्योंकि वह ढंग से तेल लगाकर संवारे गये बाल, ख़ाकी नेकर और सफ़ेद टेनिस-जूते पहने गली का सबसे चुस्त लड़का था। बक्खा उसे एक आदर्श 'जण्टलमैन' मानता था, उसकी प्रशंसा करता और उसका अनुसरण करना चाहता था। उसके साथ उसकी घनिष्ठता थी, जिसके कारण वे दोनों चाहे आपस में ऐसे मज़ाक़ भी कर लेते थे, जो प्राय: बरदाश्त करने के योग्य होते थे।

''इधर आ बे साले,'' रामचरण ने अपनी बिना बरौनियों वाली आंख मारते हुए और ऊपर देखते हुए कहा।

''मैं तेरा जीजा बनना चाहता हूं, अगर तू बनने दे, तो,'' धोबी के लड़के की मामूली-सी गाली को मज़ाक़ में लेते हुए बक्खा ने कहा। सब जानते थे कि बक्खा उसकी बहिन का प्रशंसक था।

''अच्छा, उसकी तो आज शादी हो रही है, इसलिए तुझे तो देर हो गयी।'' रामचरण ने उत्तर दिया।

रामचरण यह सोचकर खुश था कि बक्खा अब उसके साथ ऐसा मज़ाक़ दोबारा नहीं कर सकेगा।

''अच्छा, तभी आज तूने ऐसे बढ़िया कपड़े पहन रखे हैं,'' बक्खा ने कहा। ''वाह क्या शानदार बास्कट है, थोड़ी-सी उधड़ी हुई है। मखमल पर सुनहरी धागा! तू इस पर इस्तरी क्यों नहीं करता? और यह जंजीर, यह तो मुझे पसन्द है और हां, इसके साथ कोई घड़ी भी लगी हुई है या यह सिर्फ़ फ़ैशन के लिए है?'' सुनकर रामचरण

लाल तो हो गया, लेकिन शान्त हो गया। इस बातचीत को सुनते हुए छोटा चुपचाप बैठा मुसकराता रहा। रक्खा को सर्दी लग रही थी; क्योंकि उसने अपने फटे हुए और पुराने कोट की आस्तीनों से अपने हाथों को ढक रखा था। यह कोट उसे बक्खा ने दिया था। रक्खा अपनी बांहों को अपनी छाती से चिपकाये हुए था। कुछ दूसरे अछूत अपनी क़मीज़ों और पैण्टों की चुन्नटों में से निकाल-निकालकर जुएं मार रहे थे और धूप में बैठकर इतना सुख प्राप्त कर रहे थे कि उन्हें ऊपर देखना भी गवारा नहीं था। जब वे अपने काले हाथ-पांव दिखाते हुए धूप में बैठे थे, तो उनमें एक जिज्ञासा और कुछ ढीलापन दिखाई दे रहा था। लगता था कि उनके भीतर कुछ है, जो बाहर निकलने को आतुर है, मानो वे नया जन्म लेना चाहते हों। उनके एक कमरे वाले घरों की काली, पतली और छोटी-छोटी, गन्दी जेल की-सी कोठरियों का दोष उस खुली हवा में छिपा हुआ था। वे चुप थे, मानो स्वतन्त्रता का बोझ उठाने में असमर्थ हों। परमात्मा ने उनकी उन रहस्यमय गांठों को काट दिया था, जिनके द्वारा उन्होंने अपने आप को बांध रखा था। इसने उनके अन्तरतम को पिघला दिया था। उनकी आत्माएं इस अचरज को, इसके रहस्य और चमत्कार को देख रही थीं।

कुछ समय पहले उन्होंने सिर हिलाकर बक्खा का अभिवादन किया था, लेकिन बक्खा उन्हें अपने से नीचा ही मानता था; क्योंकि वह अंगरेज बैरकों से अनेक प्रकार की जानकारी प्राप्त कर चुका था। वह अब भी उन्हें अपना पड़ोसी मानता था, अपने परिजन, जिनके जीवन, विचार और भावनाओं के साथ उसने समझौता कर लिया था। वह कुछ ही क्षणों के लिए उनके पास खड़ा हुआ था, फिर भी, वह उस अजीब एवं रहस्यमय भीड़ का एक भाग बन गया था, जो धूप सेक रही थी। ऐसी भीड़ का हिस्सा बनने के लिए किसी प्रकार की सहृदयता अथवा अभिवादन की आवश्यकता नहीं होती; क्योंकि संसार में धूप और प्रसन्नता की कोई कमी नहीं है।

इस प्रकार की निम्नवर्ग की ज़िन्दगियों के लिए, धरती के इस कूड़े-कचरे और मानवता के कूड़े के इस ढेर के लिए, मौत-जैसे जीवन के लिए, केवल मौन, कठोर मौन, संघर्ष करता हुआ मौन छाया हुआ था।

एक बार बक्खा उनके साथ आ गया, तो उन्हें लगा कि सुहानी सुबह आ गयी है।

''क्यों बे बक्खे,'' छोटा बोला, ''आज तू कहां जा रहा है?'' सूरज की धूप में उसका काला व चिकना चेहरा चमक रहा था।

''मेरा बापू बीमार है, इसलिए मैं उसकी जगह पर शहर की सड़कों और मन्दिर के आंगन में झाड़ू लगाने जा रहा हूं,'' बक्खा ने उत्तर दिया। फिर वह अपने भाई की

ओर मुड़कर बोला, "ओए रखिया! आज सवेरे तू कहां भाग गया था? बापू बीमार है और मेरे न जाने के कारण शौचालयों का सारा काम पड़ा है। मेरे भाई, जा, घर की ओर दौड़ जा, सोहनी ने तेरे लिए भी चाय बनाकर रखी हुई है।"

छोटे क़द के व लम्बे चेहरे वाले काले व गोल-मटोल रक्खा ने अपने भाई की फटकार का बुरा तो मनाया, लेकिन वह शीघ्र ही खड़ा हो गया और नाराज़ होते हुए घर की ओर चल दिया।

"तू मत जा, मत जा।" रामचरण ने शरारत करते हुए रक्खा के पीछे से कहा। "तेरा यह भाई तो जण्टलमैन बनना चाहता है, सड़कों पर काम करना चाहता है और तुझसे शौचालयों का गन्दा काम करने को कहता है।"

"ओए साले! बक-बक मत कर," बक्खा ने मज़ाक़ में कहा। "उसे जाने दे, कुछ काम करने दे।"

"आ खुटी खेलते हैं," छोटा बोला। उसने 'रेड-लेम्प' सिगरेट का पैकेट अपनी जेब से निकाला और देखने लगा कि उसमें कितनी सिगरेट हैं, ताकि वह बक्खा को भी एक सिगरेट दे सके। "आ, हम भी दूसरों के साथ मिलकर खेलेंगे।" उसने बैंडवाले और बढ़ई के लड़के गोडू की ओर इशारा किया, जो मैदान में कञ्चे खेल रहे थे।

"आ, हम भी कुछ पैसे जीत जायेंगे," छोटा ने आग्रह किया।

"नहीं, मुझे काम पर जाना है," बक्खा ने उसकी सलाह को ठुकराते हुए कहा। "बापू मुझे देख लेगा, तो नाराज़ होगा।"

"बुड्ढे को कुछ देर के लिए भूल जा, आ," छोटा ने विश्वासपूर्ण ढंग से आग्रह किया।

"आ, आ," रामचरण ने भी उसे उकसाया।

वे सब कामचोर थे और उनके मां-बाप भी उन्हें बुला सकते थे, लेकिन उन्हें ख़तरों से खेलने की आदत थी, वे सुबह की धूप कभी नहीं छोड़ते थे, भले ही उन्हें घर पर गालियां सुननी पड़ती थीं और मार भी खानी पड़ती थी। बक्खा सिद्धान्तवादी था। उसके लिए काम पहले था, भले ही वह हर प्रकार के खेलों में विजेता रहता था और खुटी में तो मार-मारकर उनका भुरता बना देता था। वह अपने काम के प्रति दृढ़संकल्प था और काम पर जाने के लिए तैयार बैठा था।

"ठीक है, रुक," छोटा ने कहा। "वह देख, बड़े बाबू का बेटा आ रहा है। आज हॉकी का क्या होगा? 31वीं पंजाबी टीम ने हमारे विरुद्ध मैच खेलने की चुनौती

दी है।''

''अगर बापू मान गया, तो मैं भी आऊंगा,'' बक्खा ने कहा। फिर उसने इधर-उधर देखा और दो छोटे-छोटे लड़कों को सफ़ेद कपड़ों में सजा-धजा देखकर और माथे तक हाथ उठाकर उनका अभिवादन किया।

''सलाम बाबूजी,'' उसने आदरपूर्वक कहा। दोनों लड़कों में से बड़ा लड़का साधारण-सा, मासूम, सीधा-सादा व दस वर्ष का था। वह इकहरे शरीर का, हृष्ट-पुष्ट, चपटी नाक वाला और उठे हुए गालों वाला था। वह पलटकर मुसकराया। छोटे लड़के की आयु लगभग आठ वर्ष थी। उसकी काली आंखों में चमक थी, उसका चेहरा अण्डाकार व शरारतपूर्ण था और सिर से लेकर मुंह, मोटे निचले होंठ और ठोड़ी तक उसका प्रत्येक लक्षण जीवन्त था।

''आओ,'' रामचरण और छोटा ने उद्धत होते हुए इठलाकर उनका अभिवादन किया। ''आज हॉकी का क्या होगा? आज 31वीं पंजाबी टीम के लड़कों के साथ मैच है।''

''हम दोपहर में खेलेंगे,'' बड़े भाई की अंगुलि पकड़े खड़े छोटे लड़के ने अपनी जगह पर खड़े-खड़े ही उत्साहपूर्वक उछलते हुए कहा। अभी उसे हॉकी पकड़ना भी नहीं आता था और न उसे इस बात की परवाह थी कि उससे खेलने के लिए भी नहीं कहा जाता था। उसे पता था कि लड़के उसे खेलने नहीं देंगे; क्योंकि अभी वह बहुत छोटा था और उन्हें डर था कि कहीं उसे चोट लग गयी, तो वह उनकी शिकायत कर देगा।

''ठीक है, क्या तुम हमें हॉकी स्टिक दे दोगे?'' दोनों लड़कों के उत्साह का लाभ उठाते हुए और उनसे पक्का वादा लेने के लिए रामचरण ने चालाकी से पूछा।

छोटे बच्चों की ज़िद के विरुद्ध यह एक प्रकार की सतर्कता थी। यदि दोपहर में उसका झुण्ड बन गया, तो भी उसे खेलने के लिए नहीं कहा जाना था। प्राय: ऐसा ही होता था।

पिता की उच्च स्थिति के कारण बड़े बाबू के बच्चों का टीम के कप्तान पर काफ़ी प्रभाव था। उनके पास दर्जन-भर से भी अधिक हॉकी-स्टिक थीं। 38वीं डोगरा बॉयज़ इलेवन में प्राय: पड़ोस के ग़रीब अछूतों के लड़के ही थे, जो दोपहर में अभ्यास मैच के लिए उधार हॉकी-स्टिक के लिए बड़े बाबू के बच्चों की उदारता पर निर्भर रहते थे। दोनों लड़कों में से बड़ा लड़का बहुत उदार था। अछूतों के साथ खेलने के लिए वह अपनी मां की गालियां भी प्रसन्नतापूर्वक सहन कर लिया करता था।

लेकिन छोटे को मनाने के लिए उसकी खुशामद करनी होती थी।

"हां, मैं हवलदार चरतसिंह से एक नयी हॉकी-स्टिक और एक नयी बॉल ख़रीदकर लाया हूं," छोटे बच्चे ने कहा। फिर अचानक चिढ़कर वह अपने भाई की ओर पलटा, उसे टहोका मारा और आश्चर्य से बोला, "आओ, क्या तुम स्कूल नहीं जाओगे? हमें देर हो जायेगी।"

बक्खा ने उस प्रदीप्त उमंग को देखा, जिसके कारण उस छोटे बच्चे का चेहरा खिल उठा था। स्कूल जाने की उत्सुकता, पढ़ना-लिखना कितना अच्छा होता होगा! स्कूल जाने के बाद कोई अख़बार भी पढ़ सकता है, साहब लोगों के साथ बातचीत भी कर सकता है। तब, पत्र प्राप्त होने पर उसे पढ़वाने के लिए किसी के पास जाना नहीं पड़ेगा और पत्र लिखने के लिए किसी को कुछ देना भी नहीं पड़ेगा। वह हीर-रांझा पढ़ना चाहता था। जब वह ब्रिटिश बैरकों में था, तो उसकी बड़ी प्रबल इच्छा थी कि ब्रिटिश सिपाहियों की भांति वह भी टिश- मिश, टिश-मिश बोले।

ब्रिटिश बैरकों में उसके चाचा ने उसे बताया था कि पहले-पहल उसने भी साहब बनने के लिए स्कूल जाने की इच्छा प्रकट की थी और स्कूल जाने के लिए वह रोया-चिल्लाया भी था। लेकिन फिर, उसके पिता ने उसे बताया कि स्कूल तो बाबू लोगों के लिए बने थे, दरिद्र भंगियों के लिए नहीं। उस समय वह इसका कारण नहीं समझ सका था। बाद में, ब्रिटिश बैरकों में रहते हुए वह समझ गया कि उसके पिता ने उसे स्कूल क्यों नहीं भेजा। वह एक भंगी का बेटा था और कभी बाबू नहीं बन सकता था। वह अभी तक अनुभव करता रहा कि वहां ऐसा कोई स्कूल नहीं था, जो उसे अपने यहां दाख़िल कर लेता; क्योंकि दूसरे बच्चों के अभिभावक अपने बच्चों को निम्नजाति के बच्चों से छू जाने के कारण उन्हें भ्रष्ट होता नहीं देख सकते थे। उसने सोचा, यह सब कितना अजीब है; क्योंकि हॉकी खेलते समय अधिकतर हिन्दू बच्चे जान-बूझकर उसे छू लेते थे और उसके स्कूल जाने पर भी शायद कोई चिन्ता नहीं करते। लेकिन अधिकारी यह सोचकर अछूतों को नहीं पढ़ाते थे कि कहीं पढ़ाते समय उनकी अंगुलियां अछूतों की पुस्तकों या कापियों से न छू जायें, अन्यथा वे भ्रष्ट हो जायेंगे। वे बूढ़े हिन्दू बड़े निर्दय थे। फिर, वह तो भंगी था। वह जानता था, लेकिन जान-बूझकर इस तथ्य को स्वीकार नहीं कर सकता था। उसने छह वर्ष की आयु से ही शौचालय में काम करना आरम्भ कर दिया था और वंश-परम्परा से चले आ रहे उसी काम को स्वीकार कर लिया था, लेकिन वह साहब बनने का स्वप्न देखा करता था। अनेक बार उसे अन्त:प्रेरणा हुई कि वह अपने आप पढ़े। ब्रिटिश बैरकों में काम करते हुए उसकी कल्पनाओं को

पर लग गये थे। वह प्राय: एकान्त में बैठकर यह जानने का प्रयास किया करता था कि पढ़ना-लिखना कैसा होता है। हाल ही में, वह इंगलिश प्राइमर की पोथी भी ख़रीद लाया था। लेकिन स्वयं पढ़ना-लिखना, वर्णमाला से आगे नहीं बढ़ सका। आज, जब वह धूप में खड़ा था और बड़े बाबू का छोटा लड़का उत्सुक होकर अपने बड़े भाई को स्कूल जाने के लिए घसीट रहा था, तो उसे बड़े बाबू के बेटे से स्वयं को पढ़ाने के लिए पूछने की अन्त:प्रेरणा हुई।

"बाबूजी," उसने बड़े लड़के को सम्बोधित करते हुए कहा। "अब आप कौन-सी क्लास में हैं?"

"पांचवीं में," लड़के ने उत्तर दिया।

"तब तो आप पढ़ना भी ख़ूब जानते होंगे?"

"हां," लड़के ने उत्तर दिया।

"अगर आप मुझे एक पाठ रोज़ पढ़ा दिया करें, तो आपको तकलीफ़ तो नहीं होगी?" लड़के को सकपकाते हुए देखकर बक्खा ने कहा, "इसके लिए में आपको पैसे दे दिया करूंगा।"

बक्खा ने अत्यन्त धीमे-से और हिचकिचाते हुए यह कहा था। प्रत्येक शब्द के साथ बक्खा की विनम्रता बढ़ती जा रही थी।

बाबुओं के लड़कों को पर्याप्त जेब-ख़र्च नहीं मिलता था। उनके माता- पिता कम-ख़र्च थे और शायद ठीक ही सोचते थे कि बच्चों को अनियमित ढंग से नहीं खाते रहना चाहिए, जैसा निम्नजाति के बच्चे करते हैं, बाज़ार से चीज़ें ख़रीदकर खाते रहते हैं। बड़े लड़के के मन में किसी से भी छिट-पुट एक-दो पैसे लेकर जमा करने की वृत्ति घर कर चुकी थी।

उसने कहा, "बहुत अच्छा, मैं पढ़ा दिया करूंगा, लेकिन...।" वह विषय को बदल देना चाहता था, ताकि पैसों के लिए उसकी इच्छा प्रकट न हो। लेकिन उसे देखकर बक्खा समझ गया कि वह क्या कहना चाहता है।

"मैं आपको हर पाठ के लिए एक आना दिया करूंगा।"

बड़े बाबू का लड़का ऐसी हंसी हंसा, जो उसके लिए बड़ी विचित्र थी। उसने अपनी सहमति दे दी और किसी साहूकार की भांति बोला, "पैसों की कोई बात नहीं है।"

"तो क्या हम आज दोपहर से ही आरम्भ कर दें?"

"हां," लड़का राज़ी हो गया था और इस बात को पक्का कर लेना चाहता था,

लेकिन उसका भाई इस समय चिड़चिड़ा हो रहा था। उसने बड़े भाई की क़मीज़ का बाज़ू पकड़कर खींच लिया, इसलिए नहीं कि उन्हें स्कूल जाने के लिए देर हो रही थी, बल्कि इसलिए कि वह अपने बड़े भाई को अमीर बनते नहीं देखना चाहता था। उसे इस बात से ईर्ष्या हो रही थी कि बड़ा भाई धन कमाने वाला था।

"आओ," छोटा लड़का चिल्लाया, "सूरज काफ़ी ऊपर चढ़ आया है। यदि हमें स्कूल पहुंचने में देर हो गयी, तो हमारी पिटाई हो जायेगी।"

बक्खा बच्चे के क्रोधित स्वभाव को समझ गया और उसने उसे भी रिश्वत देकर शान्त करने का प्रयास किया।

"तुम भी मुझे पढ़ाओगे, छोटे भइया ? मैं तुम्हें भी एक पैसा रोज़ दिया करूंगा।"

बक्खा जानता था कि इस प्रकार बच्चे की ईर्ष्या शान्त हो जायेगी और वह अपने बड़े भाई की शिकायत नहीं करेगा। बक्खा यह भी जानता था कि यदि छोटे लड़के ने अपनी मां को यह सब बता दिया कि उसका बड़ा भाई किसी भंगी के लड़के को पढ़ा रहा है, तो वह क्रोध में भड़क उठेगी और लड़के को घर से बाहर निकाल देगी। बक्खा को यह भी पता था कि वह एक धर्मपरायण महिला थी।

रिश्वत का महत्त्व समझने के कारण छोटा लड़का कुछ घबरा गया। स्कूल के लिए एक घण्टे की देर के कारण उसने अपने बड़े भाई के कुरते का किनारा खींचकर उसे ले गया।

बक्खा ने उन्हें अलग होते हुए देखा। उसे उस पाठ पर गर्व की अनुभूति हुई, जो वह दोपहर में सीखने वाला था और वह चल दिया।

"रुक जा ओ बाबू! अब तू बहुत बड़ा आदमी बनने जा रहा है।" रामचरण व्यंग्य करते हुए चिल्लाया। "अब तो तू हमारे साथ बात भी नहीं करेगा।"

"तू पागल है," बक्खा ने हंसते हुए उत्तर दिया। "मैं ज़रूर जाऊंगा, सूरज चढ़ रहा है। मुझे पहुंचकर अभी मन्दिर का आंगन साफ़ करना है।"

"ठीक है, आज हॉकी खेलते हुए तुझे अपना पागलपन दिखाऊंगा।"

"बहुत अच्छा," शहर के दरवाज़े की ओर जाते हुए बक्खा ने कहा। उसके एक बाज़ू के नीचे टोकरी थी और दूसरे के नीचे झाड़ू और दिल में कोयल के स्वर के समान एक प्यारा-सा गीत था।

टन-टन-टन-टन, उसके पीछे आती बैलगाड़ी की घण्टियां बज उठीं। अन्य पैदल चलने वालों की भांति वह भी सड़क के बीचोबीच, अपने जूतों को धूल में

घसीटते हुए चल रहा था। वह एक ओर को कूद गया, जहां म्युनिसिपल कमेटी की अकुशलता के कारण पैदल चलने वालों के लिए पटरी नहीं थी। जब वह सड़क पर जा रहा था, तो धूल के महीन कण उसके चेहरे पर आ चिपके थे और बैलगाड़ी के पहियों से बने चिह्नों को देखकर उसे बड़ी प्रसन्नता हुई थी। शहर के दरवाज़ों के पास असंख्य दुकानें थीं, जहां कुछ दूर बने श्मशान में मुर्दों को जलाने के लिए लकड़ियां बेची जाती थीं। उनमें से एक दुकान के पास कोई शवयात्रा आकर रुक गयी थी। वे लाश को एक खुली सीढ़ी पर ला रहे थे। शव एक लाल कपड़े में लिपटा हुआ था, जिस पर सुनहरी सितारे छपे हुए थे। बक्खा ने उसे देखा, तो एक क्षण के लिए मौत का डर अनुभव किया, जो किसी सांप अथवा किसी चोर के साथ हुई भेंट के समान था। फिर उसने यह सोचकर सन्तोष कर लिया कि मां ने कहा था कि सड़क पर किसी लाश को देखना बड़ा सौभाग्यदायक होता है। वह उन फल-विक्रेताओं के पास से होकर चलता गया, जहां गन्दे कपड़े पहने, मुड़े हुए सिरों और रंगी हुई दाढ़ियोंवाले मुसलमान, अपने सामने रखे गन्ने के टुकड़े काट रहे थे। उनके पीछे हिन्दू दुकानदार थे, जो बेंत के स्टूलों पर टिकी लोहे की परातों में रखकर मिठाइयां बेच रहे थे।

चलते-चलते वह पान की दुकान तक जा पहुंचा, जहां तीनों ओर से तीन शीशों और बड़े आकार के हिन्दू देवी-देवताओं के चित्रों और सुन्दर यूरोपियन स्त्रियों के चित्रों से घिरा, गन्दी-सी पगड़ी बांधे एक लड़का हरे-हरे पानों पर कत्था-चूना लगा रहा था। 'रेड-लेम्प' और 'कैंची' मार्का सिगरेटों के पैकेट उसके दाहिनी ओर बने डब्बों में सजे हुए थे और देसी तम्बाकू से बने बीड़ी के बण्डल उसके बायीं ओर क़तारों में लगे हुए थे। शीशे में अपना चेहरा देखकर बक्खा ने कुछ शर्म महसूस की, लेकिन घूमते हुए उसकी आंखें सिगरेट के पैकेटों पर जा टिकीं। वह यकायक रुक गया और अत्यन्त विनम्रतापूर्वक दुकानदार की ओर देखते हुए उसने अपने हाथ जोड़े और यह जानने के लिए प्रार्थना की कि क्या वह 'रेड-लेम्प' का एक पैकेट ख़रीदने के लिए वहां एक सिक्का रख सकता है। दुकानदार ने अपने पास रखे एक तख़्ते की ओर इशारा कर दिया। बक्खा ने अपनी इकन्नी वहां रख दी। पान वाले ने उस जगह से थोड़ा-सा पानी लेकर इकन्नी पर छिड़का, जिससे वह कभी-कभी पान के पत्तों पर पानी छिड़का करता था। इस प्रकार इकन्नी को शुद्ध करके दुकानदार ने उसे उठा लिया और पेटी में फेंक दिया। फिर उसने बक्खा की ओर 'रेड-लेम्प' सिगरेट का एक पैकेट इस प्रकार उछाल दिया, जैसे कोई क़साई अपनी दुकान के आगे सूंघते फिरते किसी कुत्ते के आगे हड्डी फेंक देता है।

बक्खा ने पैकेट उठाया और चलता बना। फिर उसने वह पैकेट खोला और उसमें से एक सिगरेट निकाली। उसे याद आया कि वह माचिस की डब्बी ख़रीदना तो भूल ही गया। वह अत्यन्त विनम्रतापूर्वक वापस लौटा, मानो वह समझ गया हो कि भंगी के लड़के को लोगों के सामने कमज़ोर ही दिखाई देना चाहिए, मानो किसी भंगी का सिगरेट पीते हुए दिखाई देना परमात्मा के प्रति कोई अपराध हो। बक्खा जानता था कि इस प्रकार ग़रीब लोगों द्वारा अमीर लोगों की भांति सिगरेट पीना धृष्टता माना जाता है। लेकिन वह उसी प्रकार सिगरेट पीना चाहता था। वह केवल यह चाहता था कि जब वह अपनी झाड़ू व टोकरी ले जा रहा हो, तो कोई उसे देख न ले। उसने एक मुसलमान को देखा, जो रास्ते के किनारे पर बनी नाइयों की खुली दुकानों के सामने, धूल में बिछे गद्दे पर बैठा अपना हुक़्क़ा गुड़गुड़ा रहा था।

"मियांजी, क्या आप मुझे अपने हुक़्क़े से कोयले का एक टुकड़ा देंगे?" उसने अनुरोध किया।

"अगर तुम कोयले से अपनी सिगरेट सुलगाना चाहते हो, तो इस तरफ़ नीचे झुककर सुलगा लो।" नाई ने उत्तर दिया।

बक्खा किसी के साथ इस प्रकार खुलकर बात करने का आदी नहीं था, मुसलमानों के साथ भी, जिन्हें हिन्दू अछूत मानते थे और इसीलिए बक्खा उन्हें अपने नज़दीक मानता था। वह किंकर्तव्यविमूढ़ हो गया, लेकिन उसने नीचे झुककर अपनी सिगरेट सुलगा ली। जब वह चहलक़दमी करते हुए सिगरेट फूंक रहा था, तो बड़ा प्रसन्न और चिन्तामुक्त अनुभव कर रहा था। जब वह अपने नथुनों से सिगरेट का धुआं बाहर निकालता, तो धुएं के छल्ले उसकी आंखों के आगे उठते और मिट जाते, लेकिन बक्खा का ध्यान तो उस सफ़ेद सिगरेट पर ही टिका था, जो प्रतिक्षण छोटी-से-छोटी होती जा रही थी और उसका गहरा स्लेटी और लाल बाहरी किनारा सुलग रहा था।

ईंटों से बने शहर के ऊंचे दरवाज़े से निकलकर मुख्य सड़क पर आने के बाद बक्खा रंगों के समन्दर में खो गया। लगभग एक महीने बाद वह शहर में आया था। शौचालयों के काम से, उसे फ़ुर्सत ही नहीं मिल पाती थी। वह आड़ी-तिरछी गलियों के मोड़ काटते हुए चलने लगा, जिनमें दोनों ओर दुकानें थीं और उनके आगे कैनवस या टाट के छप्पर टंगे हुए थे, जिनके ऊपर ऊंचे-ऊंचे छज्जे थे। बिक्री के लिए सजी हुई चीज़ों को देखकर अपने इर्द-गिर्द लगी लोगों की भीड़ में बक्खा खो गया। बाज़ार से उठ रही गन्ध को बक्खा पहली बार अनुभव कर रहा था। नाना प्रकार की चीज़ों, नालियों, अनाजों, ताज़ा और सड़ी हुई तरकारियों, मसालों, स्त्री-पुरुषों और हींग की

मिली-जुली गन्ध आ रही थी। वहां रंग-ही-रंग बिखरे पड़े थे। टोकरियों में लाल, नारंगी और जामुनी रंग के फल क़तारों में, पेशावरी फल-विक्रताओं के चारों ओर सजे हुए थे, जो सिल्क की नीली पगड़ियां, सुनहरी कढ़ाई की हुई लाल मखमल की बास्कटें और लम्बे सफ़ेद कुरते और सलवारें पहने हुए थे। ख़ून से सना गोश्त क़साई के पीछे लटका हुआ था, जो लकड़ी के एक लट्ठे पर रखकर उसका क़ीमा बनाने में लगा हुआ था और उसके सहायक उसे सीखों में लगाकर लकड़ी के कोयलों की आग पर सेक रहे थे या लोहे की काली कड़ाहियों में भून रहे थे। पीली-भूरे रंग की गेहूं की दुकान, रंग-बिरंगी मिठाइयों की दुकान, नाना प्रकार के रंगों की पगड़ियां और बुर्के, विधवाओं के लिए काले रंग से लेकर, नयी विवाहिताओं के लिए हरे, गुलाबी, जामुनी और ब्राउन रंग के और आती-जाती भीड़ के सभी रंग, गोरे-चिट्टे ब्राह्मणों से लेकर गहरे रंग वाले घसियारे और सांवले भूरे रंग के पठान!

बक्खा चकरा गया, मानो कुछ समय के लिए कहीं खो गया। उसने धक्कम-धक्का करती भीड़ से ध्यान हटाकर शानदार सजी हुई दुकानों को देखा। उसकी आंखों में किसी बच्चे के समान जिज्ञासा भरी हुई थी। कभी वह किसी लकड़हारे के कौशल को देखता, तो कभी किसी दर्ज़ी को सिलाई-मशीन चलाते। उसकी सहज-बुद्धि कह उठी, 'आश्चर्यजनक, आश्चर्यजनक!' जाने-पहचाने नज़ारों को देखते हुए भी, बक्खा को सब कुछ नया-सा लग रहा था। उसने गणेशनाथ नामक बनिये को देखा, जो एक तेज़-तर्रार कमीना आदमी था, आटे से भरी टोकरियों, देसी खांड, सूखी मिर्चों, मटर और गेहूं के ढेर के बीच बैठा था, जहां कभी नमक के छोटे-से टुकड़े और एक बूंद घी की भीख मांगते हुए बक्खा बैठा रहा था। उसने अपनी नज़र फ़ौरन हटा ली; क्योंकि कुछ ही दिन पहले बनिये और बक्खा के बापू लक्खा के बीच चक्रवृद्धि ब्याज की रक़म को लेकर झगड़ा हो चुका था, जो गणेश ने लक्खा को, उसकी पत्नी के शवदाह के लिए गहने गिरवी रखकर दिया था। वह कितनी दु:खद घटना थी। बक्खा ने उसे भूलना चाहा और अपना ध्यान कपड़े की दुकान की ओर मोड़ दिया, जहां एक बड़े पेटवाला हिन्दू लाला मलमल के सफ़ेद कुरते-धोती में सजा, अपनी गेरुए रंग की रोकड़ बही में, चित्र-विचित्र-सी लिपि में हिसाब-किताब लिखने में व्यस्त था, जबकि उसका सहायक, गांव से आये एक वृद्ध दम्पती को दिखाने के लिए मानचेस्टर कपड़े के बण्डलों को एक के बाद एक खोल रहा था और उन्हें रंगों और मिलान के बारे में बताते हुए उन देहातियों को ख़रीदने के लिए प्रेरित कर रहा था। दुकान के एक कोने में रखे ऊनी कपड़ों को देखकर बक्खा आकर्षित हो गया। उस कपड़े से साहब लोगों

के सूट बना करते थे। देहाती दम्पती के सामने एक अन्य कपड़ा भी खुला पड़ा था। बक्खा समझ गया कि उससे कुरते और तहमद बनाये जाते थे। लेकिन वह ऊनी कपड़ा, कितना चिकना और बढ़िया था, कितना महंगा लगता था! ऐसा नहीं था कि उस कपड़े को ख़रीदने की बक्खा की इच्छा नहीं थी अथवा उसे कोट-पतलून पहनने की आशा नहीं थी। उसने अपनी जेब में रखी रक़म का अनुमान लगाया कि क्या उस कपड़े को ख़रीदने के लिए उसके पास पर्याप्त राशि थी। बक्खा के पास केवल आठ आने (आज के पचास पैसे) थे। उसे याद आया कि उसने अंगरेजी पाठ पढ़ाने के लिए बड़े बाबू के लड़के को पैसे देने का वादा किया था। कपड़े वाले की दुकान से हटकर वह सड़क के उस पार चला गया, जहां एक बंगाली हलवाई की दुकान थी। बर्फ़ी के लिए उसके मुंह में पानी भरने लगा। गन्दे कपड़े पहने बैठे मोटे हलवाई के पास ही एक ट्रे में चांदी के वर्क़ से ढकी मिसरी रखी हुई थी। बक्खा ने अपने आपसे कहा, 'मेरी जेब में आठ आने हैं, क्या मैं कुछ मिठाई ख़रीद लूं? अगर बापू को पता चल गया कि मैंने अपने सारे पैसे मिठाई पर ख़र्च कर दिये हैं, तो...,' उसने सोचा और हिचकिचाया, 'पर चलो, जीने के लिए एक ही ज़िन्दगी तो मिली है; कौन जाने, कल मैं रहूंगा भी या नहीं।' उसने एक कोने में खड़े होकर और छिपकर यह देखने के लिए दुकान पर निगाह डाली कि ऐसी कौन-सी चीज़ है, जिसे वह ख़रीद सकता है। उसकी नज़रों ने सभी अच्छी चीज़ों का मुआइना किया—रसगुल्ले, गुलाबजामुन और लड्डू, वे सब कितने मोटे-मोटे थे, रस में डूबे हुए। उसने सोचा कि वे सस्ते नहीं होंगे और उसके लिए होंगे भी नहीं; क्योंकि दुकानदार भंगियों और ग़रीब लोगों को सदा ही धोखा देते थे। अछूतों के साथ व्यवहार करते समय उनसे महंगे दाम लेते थे, मानो प्रदूषण फैलाने के बदले यह सब कर रहे हों। उसे जलेबियां दिखाई दे गयीं। वह जानता था कि वे सस्ती हैं। वह पहले भी जलेबियां ख़रीद चुका था। बक्खा जानता था कि जलेबियां एक रुपये की एक सेर (आजकल का लगभग एक किलो) बिकती थीं। ''चार आने की जलेबियां,'' बक्खा ने धीमी आवाज़ में कहा और कोने से निकलकर आगे आ गया। उसका सिर झुका हुआ था। मिठाई ख़रीदते हुए देखे जाने पर वह लज्जित और संकोची हो उठा था।

भंगी के अनगढ़ स्वभाव पर हलवाई धीमे-से मुसकराया; क्योंकि निम्न-जाति के किसी लालची व्यक्ति के अतिरिक्त कोई भी चार आने की जलेबियां नहीं ख़रीद सकता। लेकिन वह एक दुकानदार था। उसने साधारण रूप से अपनी तराज़ू उठायी और एक पलड़े में मिठाई रखनी आरम्भ की, जबकि दूसरे पलड़े में लोहे के कुछ बाट

और पत्थर के कुछ छोटे-छोटे टुकड़े डाल दिये। जिस तत्परता से हलवाई ने तराज़ू की डण्डी के बीच लगे छोटे-से तार को उठाया और तराज़ू को बराबर किया और मिठाई को 'डेली मेल' अख़बार के पन्ने से फाड़े गये काग़ज़ के टुकड़े में डाला, वह सब ग़रीब बक्खा को चकरा देने के लिए काफ़ी था। वह जानता था कि उसे धोखा दिया गया है, लेकिन शिकायत करने की हिम्मत नहीं कर सकता था। क्रिकेट की बॉल की भांति, हलवाई ने जलेबियों को बक्खा की ओर उछाल दिया, जिसे बक्खा ने लपक लिया। उसने निकल के चार सिक्के जूता रखने के तख़्ते पर रख दिये। हलवाई का सहायक उन सिक्कों पर पानी डालने के लिए तैयार खड़ा था। बक्खा घबराकर, लेकिन प्रसन्न होते हुए चल दिया।

बक्खा के मुंह में पानी आ रहा था। उसने जल्दी से उस काग़ज़ को खोला, जिसमें जलेबियां लिपटी हुई थीं और एक टुकड़ा अपने मुंह में रख लिया। गरम और मीठे रस का स्वाद अत्यन्त रुचिकर था। उसने पैकेट को दोबारा खोला और सोचा कि मुंह-भर के खाना अच्छा लगता है; क्योंकि उसी प्रकार किसी चीज़ का पूरा स्वाद लिया जा सकता है। इस प्रकार टहलते हुए, चबाते हुए और सब ओर देखते हुए चलना आश्चर्यजनक था। दुकानों की ऊपरी मंज़िलों से, विज्ञापन के बड़े-बड़े साइनबोर्ड—भारतीय व्यापारियों, वकीलों व डॉक्टरों की डिगरियां और उनके व्यवसाय—सब बड़े-बड़े अक्षरों में, मानो बक्खा की ओर नीचे देख रहे थे। उसकी इच्छा हुई कि क़ाश, वह भी उन अक्षरों को पढ़ सकता। लेकिन यह सोचकर कि अंगरेजी पढ़ने का प्रबन्ध उसने दोपहर में कर लिया है, बक्खा ने सन्तोष कर लिया। फिर उसकी नज़र खिड़की में बैठी किसी महिला पर जा पड़ी। उसने उसे तन्मय होकर देखा।

"ओए, नीच जात के कीड़े, सड़क के किनारे पर चल।" बक्खा ने अचानक किसी को अपने ऊपर चिल्लाते हुए सुना। "तू पुकारता क्यों नहीं ? सूअर, अपने आने की ख़बर क्यों नहीं देता ? तू जानता है कि तूने मुझे छू लिया है और भ्रष्ट कर दिया है। बिच्छू की औलाद ! काने ! अब मुझे शुद्ध होने के लिए नहाना पड़ेगा। नयी धोती-क़मीज थी, आज सवेरे ही पहनी थी।"

बक्खा भौंचक्का खड़ा रह गया। वह तो गूंगा-बहरा हो गया, मानो उसकी बुद्धि को लकवा मार गया हो। उसकी आत्मा को भय ने जकड़ लिया था। डर, दीनता और जी-हुजूरियापन। उजड्डपन से बुलाये जाने का तो वह अभ्यस्त था, लेकिन इस प्रकार कभी पकड़ा नहीं गया था। उसके होठों पर सदा थिरकने वाली मुसकान, अब अधिक स्पष्ट हो गयी थी। उसने सामने खड़े व्यक्ति के सामने अपना चेहरा ऊपर को उठाया,

हालांकि उसकी आंखें नीचे ही झुकी हुई थीं। फिर उसने उस व्यक्ति की ओर जल्दी से देखा, उसकी आंखें लाल अंगारा हो रही थीं।

"तू सूअर, कुत्ते, तू चिल्लाया क्यों नहीं और मुझे सावधान क्यों नहीं किया कि तू आ रहा है?" बक्खा से आंखें मिलते ही वह चिल्लाया, "क्या तू नहीं जानता जंगली कि मुझे छूना नहीं चाहिए?"

बक्खा का मुंह खुला रह गया, लेकिन वह एक शब्द भी न बोल सका। वह माफ़ी मांगने ही वाला था, उसने तुरन्त ही अपने हाथ भी जोड़ लिये थे, उस व्यक्ति के सामने वह कुछ बुदबुदाया भी था और अपना सिर भी झुका दिया था, लेकिन उस व्यक्ति ने इस सबकी कोई परवाह नहीं की कि बक्खा ने क्या कहा था। बक्खा किंकर्तव्यविमूढ़ था। वह व्यक्ति उसे घेरे खड़ा था। वह बक्खा की मौन विनम्रता से सन्तुष्ट नहीं हुआ था।

"गन्दे कुत्ते! कुतिया के पिल्ले! सूअर की औलाद!" वह चिल्लाया, वह क्रोध से फुफकार रहा था और बोलते हुए बीच-बीच में रुकता भी जा रहा था। उसकी भावना उसे भड़का रही थी। "मुझे जाकर नहाना होगा, मैं काम पर जा रहा था, अब तेरे कारण मुझे देर हो जायेगी।"

यह देखने के लिए कि क्या हो गया था, बग़ल में खड़ा एक व्यक्ति रुक गया था, जो अपने कपड़ों से कोई रईस हिन्दू व्यापारी लग रहा था। खिन्न व्यक्ति ने अपना क्रोध शान्त करने के लिए अपनी बात उसे सुनायी। उसके होंठ बन्द रहने पर भी कांप रहे थे, सांप की भांति फुंकार रहे थे।

"इस गन्दे कुत्ते ने मुझे सीधी टक्कर मारी है। ये कुतिया के पिल्ले इतने असावधान होकर गलियों में घूमते हैं। यह सूअर बिना अपने आने की सूचना दिये चला आ रहा था।"

बक्खा अपने हाथ जोड़े, चुपचाप खड़ा था। वह अपना माथा उठाना चाहता था, जो निराशा और विनम्रता के कारण पसीने से लथपथ था।

यह जानने के लिए कि वहां भीड़ क्यों लगी है, कुछ अन्य लोग भी आ जुड़े थे। भारतीय गलियों में पुलिसवाले प्रायः नहीं होते। इस सिद्धान्त पर कि 'चोर को पकड़ने के लिए किसी चोर को ही नियुक्त कर दो' पुलिस इतनी भ्रष्ट है। प्रायः बदमाशों और दुष्टों को ही पुलिस में भर्ती किया जाता है। पैदल चलने वालों ने बक्खा के चारों ओर घेरा बना लिया था। लेकिन उस व्यक्ति के दोषारोपण पर बक्खा की सहायता के लिए कोई तैयार नहीं था। वह ग़रीब लड़का, ऐसे विशिष्ट स्थान पर इतनी भीड़ के बीच

किंकर्तव्यविमूढ़ खड़ा था। उसे लगा कि वह गिर पड़ेगा। उसे ख़याल आया कि वह भाग खड़ा हो, भीड़ को चीरते हुए, उस यन्त्रणा से दूर–बहुत दूर। लेकिन फिर वह समझ गया कि वह घिर गया है, शारीरिक कारणों से नहीं, बल्कि नैतिक कारण से। यों तो उसके कन्धों का एक धक्का ही उन हड्डियों के ढांचे हिन्दू व्यापारियों के लिए पर्याप्त था, लेकिन वह जानता था कि यदि उसने उन्हें धक्का दे दिया, तो उनमें से अनेक लोग अपवित्र हो जायेंगे और तब उसे उन गालियों को अपने कानों से सुनना पड़ेगा, जो उसे दी जायेंगी।

''पता नहीं ये दुनिया कहां जा रही है। ये सूअर ऊंचे और ऊंचे चढ़ते जा रहे हैं।'' एक छोटे–से बुजुर्ग व्यक्ति ने कहा। ''उस दिन इसी का एक भाई, जो हमारे शौचालय साफ़ करता है, कह रहा था कि उसे एक रुपया महीना की जगह दो रुपये महीना और रोटियां मिलनी चाहिए।''

अपवित्र हुआ व्यक्ति चिल्लाया, ''अजी, यह तो लाटसाहब की तरह चल रहा था। ज़रा इस घोर पाप के बारे में सोचो।''

''हां, हां, मैं जानता हूं।'' एक बूढ़ा चिल्लाया।

''पता नहीं, यह कलियुग कहां से आ गया है? मानो यही सारी गली का मालिक हो।'' छू जाने वाला व्यक्ति आश्चर्य से बोला, ''कुत्ते का पिल्ला!''

गली का एक छोकरा शिकायतकर्ता की शह पाकर चिल्लाया, ''ओए! तू कुत्ते के पिल्ले! तुझे कैसा लग रहा है? तू हमें पीटा करता था न?''

''अब देखो, देखो,'' छू गया व्यक्ति उत्तेजित होते हुए बोला। ''यह छोटे- छोटे मासूम बच्चों को पीटता भी है। यह पक्का बदमाश है।''

बक्खा अब तक बिल्कुल चुप खड़ा था। बच्चे की इस मनगढ़न्त पर उसकी आत्मा अपने बचाव के लिए उमड़ पड़ी।

''मैंने तुम्हें कब पीटा है?'' उसने क्रोध में बच्चे से पूछा।

''अब, अब इसकी गुस्ताख़ी देखो। ज़ख़्मों पर नमक छिड़क रहा है। यह झूठ बोलता है, देखो।'' छू जाने वाला व्यक्ति चिल्ला रहा था।

''नहीं लालाजी, यह सच नहीं है। मैंने इस बच्चे को कभी नहीं पीटा।'' बक्खा ने सफ़ाई दी। ''हां, अब मुझसे ग़लती हो गयी। मैं पुकारना भूल गया था। मुझे माफ़ कर दीजिये। ऐसा दोबारा नहीं होगा। मैं भूल गया था। मैं आपसे माफ़ी चाहता हूं। ऐसा दोबारा नहीं होगा।''

लेकिन भीड़ उसकी ओर बढ़ती आ रही थी, मुंह बनाते हुए, ताने मारते हुए और

उसे घूरते हुए। उसके पश्चात्ताप पर भी किसी को रहम नहीं आया। उसकी माफ़ी की परवाह किये बिना भीड़ डटी रही। जो चुप थे, वे भी भीड़ के क्रोध को देखकर अपनी शक्ति का प्रमाण देना चाहते थे। बक्खा को एक-एक क्षण कष्ट और दु:ख का एक-एक युग लग रहा था। उसका व्यवहार विनम्र था और उसका दिल उत्तेजित था। उसकी टांगें कांप रही थीं। उसे लगा कि वह गिर पड़ेगा। वह वास्तव में दुखी था और वहां मौजूद लोगों के सम्मुख पश्चात्ताप करना चाहता था, लेकिन भीड़ और जगह की तंगी के कारण उन तक पहुंच न सका। वह चुपचाप खड़ा रहा, लेकिन वे लोग उस पर क्रोध से आग उगलते रहे; "लापरवाह, ग़ैरज़िम्मेदार, सूअर! काम करना नहीं चाहते। आलसी हैं, इनका तो धरती पर से नामो-निशान तक मिटा देना चाहिए।"

बक्खा के भाग्य से, एक तांगे वाला उधर आ निकला, जो तांगे में घण्टी या हार्न न होने के कारण लोगों को सावधान करने के लिए चिल्ला रहा था, ताकि भीड़ तितर-बितर हो जाये और घोड़े के बिदक जाने पर कोई दुर्घटना न हो सके। भीड़ किनारे हो गयी, लेकिन छू जाने वाला व्यक्ति मन-माफ़िक गालियां देकर भी सन्तुष्ट नहीं हुआ था। वह जहां था, वहीं खड़ा रहा। वह जानता था कि आने जाने वाले वाहनों के कारण उसे हटना पड़ेगा, लेकिन लगता था कि वर्षों बाद उसे अपनी शक्ति के प्रदर्शन करने का अवसर हाथ लगा था। उसे अपना चार फ़ीट दस इंच का आकार किसी दैत्य की भांति ऊंचा लग रहा था और उसे अपनी शक्ति के बारे में भी ग़लतफ़हमी थी। शायद उसे विश्वास हो गया था कि वह उस ग़रीब भंगी के लड़के को बिना विरोध के दबोच लेगा।

तांगे वाला अपने ही अन्दाज़ में चिल्लाया, "देखो, ओ लालाजी!" छू गये व्यक्ति ने तांगे वाले की ओर क्रुद्ध होकर देखा और अपना हाथ हिलाकर उसे रुकने के लिए इशारा किया।

"क्या तुम मुझे देख नहीं सकते?" तांगे वाले ने पलटकर उत्तर दिया और जाते-जाते उसने कसकर घोड़े की लगाम खींच ली।

"तूने मुझे छुआ है।" उसने लाला को बक्खा से कहते हुए सुना। "अब मुझे नहाना पड़ेगा और अपने को शुद्ध करना होगा। ठीक है, अब अपनी लापरवाही के लिए यह ले सूअर के बच्चे।"

तांगे वाले को हवा में तमाचे की आवाज़ सुनाई दी।

बक्खा की पगड़ी दूर जा गिरी थी और काग़ज़ की थैली में रखी जलेबियां धूल में इधर-उधर बिखर गयी थीं। वह भौचक्का खड़ा था। उसका चेहरा आग-सा जल

उठा और उसके हाथ जुड़े हुए न रह सके। आंखों से आंसू बह निकले और उसके गालों पर ढुलक पड़े। बदला लेने की भावना से उसके शरीर की शक्ति, उसकी आंखों में चमक उठी थी, लेकिन उसका शरीर डर व क्रोध से कांपता दिख रहा था। एक क्षण में ही उसने अपनी सारी विनम्रता को तिलाञ्जलि दे दी! वह क्रोध करने ही वाला था, लेकिन जिस व्यक्ति ने उसे थप्पड़ मारा था, वह उसकी पहुंच से दूर, गली में भाग गया।

''छोड़ो उसे, उसकी परवाह मत करो, जाने दो, मेरे साथ आओ, अपनी पगड़ी बांध लो।'' तांगे वाले ने उसे धीरज बंधाया। वह एक मुसलमान था और हिन्दुओं के लिए वह भी एक अछूत था, अत: किसी रूप में वह भी अछूतों की नाराज़गी में सहभागी था।

बक्खा फ़ौरन ही एक ओर हट गया। अपनी टोकरी और झाड़ू को नीचे रखते हुए, उसने किसी प्रकार अपनी पगड़ी बांधी। फिर अपने चेहरे से आंसू पोंछते हुए उसने अपना सामान उठाया और चल पड़ा।

''हरामी की औलाद! अब चिल्लाने का ध्यान रखना।'' एक ओर से किसी दुकानदार ने कहा, ''अब तूने सबक़ सीख लिया है।'' बक्खा शीघ्रता से भाग निकला। उसे लगा, जैसे हर कोई उसी को देख रहा है। उसने दुकानदर की गाली को भी चुपचाप सहन कर लिया। कुछ देर बाद धीमे-धीमे चलते हुए वह यन्त्रवत् चिल्लाने लगा, ''पोश, दूर हटो, पोश, भंगी आ रहा है, पोश, पोश, भंगी आ रहा है, पोश, पोश, भंगी आ रहा है।''

लेकिन उसकी आत्मा में क्रोध भड़क रहा था, उसकी भावनाएं धुएं की फुहारों की भांति ऊपर को उठ रही थीं, किसी अधबुझी आग की भांति, असन्तुलित झटकों की भांति। जब उसे कोई गाली या घुड़की याद आ जाती थी, तो उसके भीतर राख में दबी पश्चात्ताप की चिनगारी भभक उठती थी और मन के धुएं-भरे वातावरण में, उस दृश्य को याद करके, जिसे वह देख चुका था, उसे लोगों के भूत दिखाई देने लगते थे, छू गये व्यक्ति का चित्र उसके सम्मुख आ खड़ा होता था। असंख्य अनजान चेहरों के बीच उसकी ख़ूनी आंखें, उसका छोटा क़द, पिचके हुए गाल, सूखे और पतले होंठ, उसका हास्यास्पद व्यवहार, उसकी गाली और ताने कसते, मज़ाक़ उड़ाते व गाली देते लोगों का चेहरा उसे याद आ जाता था, जबकि वह स्वयं हाथ बांधे खड़ा था, सबके बीचोबीच। ऐसा क्यों था? उसने अपने आप से पूछा, 'यह सब उपद्रव किसलिए? मैं इतना विनम्र क्यों हो गया था? मैं उसे पीट सकता था, और सोचने की बात तो यह है

कि में आज सवेरे शहर आने के लिए इतना उतावला क्यों हो उठा था ? मैं वहां पहुंचने के लिए चिल्लाया क्यों नहीं ? काम करने के बाद भी तो यह सब हो सकता था। मुझे रास्ते पर झाड़ू लगाना शुरू कर देना चाहिए था। मुझे गली में आ रहे बड़े लोगों को देख लेना चाहिए था। वह आदमी ! उसने मुझे मारा ! मेरी जलेबियां ! मुझे खा लेनी चाहिए थीं। लेकिन मैं कुछ भी बोल क्यों नहीं सका ? क्या मुझे उसके आगे हाथ जोड़कर चले नहीं जाना चाहिए था ? मेरे मुंह पर तमाचा ! कायर कहीं का ! कैसे भाग गया, कुत्ते की तरह टांगों के बीच में दुम दबाकर। और वह लड़का ! झूठा कहीं का ! कभी मिलने दो उसे ! वह जानता था कि मुझे गालियां दी गयी हैं। उनमें से कोई भी मेरे लिए नहीं बोला। निर्दय भीड़ ! सबने गाली दी, गाली ही गाली ! हमें सदा गाली ही क्यों दी जाती हैं ? उस सन्तरी इंस्पेक्टर और साहब ने भी उस दिन मेरे बापू को गाली दी थी। वे हमें हमेशा गाली देते हैं; क्योंकि हम भंगी हैं ! क्योंकि हम गोबर को छूते हैं ! वे गोबर से घृणा करते हैं। मैं भी गोबर से घृणा करता हूं। इसीलिए, मैं यहां आया था। हर रोज़ शौचालयों में काम करते हुए मैं थक जाता था। इसीलिए वे हमें नहीं छूते। बड़े लोग ! तांगे वाला एक मेहरबान आदमी था। उसने मुझे समझाते हुए भी रुला दिया—मेरी चीज़ें समेटकर और अपने साथ चलने के लिए कहकर। लेकिन वह एक मुसलमान है। वे हमें छूने की कोई परवाह नहीं करते। ये मुसलमान और साहब लोग ! सिर्फ़ हिन्दू ही हैं या ज़ात से निकाल दिये गये दूसरे अछूत, जो भंगी नहीं हैं। उनके लिए मैं एक भंगी हूं, भंगी—अछूत ! अछूत ! अछूत ! यही एक शब्द है ! अछूत ! मैं एक अछूत हूं !'

अन्धकार से फूट निकली किसी प्रकाश-किरण की भांति अपने क़दमों की पहचान, अपने लोगों का महत्त्व बक्खा की समझ में आ गया। उसके साथ जो भी हुआ था, वह सब उसके मस्तिष्क तक जा पहुंचा और उसे उसका उत्तर भी मिल गया। उन लोगों का अपमान, जो प्रतिदिन शौचालयों में आते थे और इस बात की शिकायत करते थे कि कोई भी शौचालय साफ़ नहीं होता, अछूतों की बस्ती में लोगों का हंसी उड़ाना, भीड़ का गाली देना, जो आज सवेरे उसके चारों ओर एकत्र हो गयी थी। उस शब्द के याद आते ही, वह समझ गया, सुन्न और निर्जीव होकर सिहर उठा, उसकी देखने, सुनने, स्पर्श और स्वाद लेने वाली इन्द्रियां उत्तेजित हो उठीं, हिल गयीं। 'मैं एक अछूत हूं।' उसने अपने आप से कहा, 'एक अछूत।' उसने मन-ही-मन इन शब्दों को दोहराया। अब भी उसके मन में एक धुंधली-सी याद थी और उसे डर था कि कहीं अंधेरे में वह फिर से न उभर आये। अपनी स्थिति को समझ लेने के बाद, वह सावधान करने वाले शब्द चिल्लाने लगा, जिनके द्वारा वह अपने आने की घोषणा किया करता था, 'पोश,

पोश, भंगी आ रहा है।'' 'अछूत, अछूत' का प्रच्छन्न भाव उसके मन में था और लोगों को सावधान करते हुए चिल्लाना 'पोश, पोश, भंगी आ रहा है' उसके होठों पर था। उसकी रफ़्तार बढ़ गयी और वह किसी फ़ौजी की भांति चलने लगा। अपने भारी जूते, अब उसे हलके लग रहे थे। उसे लगा कि ज़मीन पर पड़ते समय उसके भारी-भरकम पैरों की आहट लोगों का ध्यान आकर्षित कर लेती थी।

वह सतर्क हो गया, लोग उसे देख रहे थे। उसने स्वयं को देखा कि वह क्यों लोगों का ध्यान आकर्षित कर रहा है। उसे अपनी पगड़ी ढीली होकर अपने माथे पर आती लगी। बक्खा गली के किसी कोने में छिप जाना चाहता था, इसलिए वह एक कोने में चला गया। यह समझते हुए कि लोग उसे देख लेंगे, वह अनमना हो उठा। अपने मन में आये किसी महत्त्वपूर्ण काम के विचार से वह परेशान था। उसने घूमकर चारों ओर देखा। उसे लगा कि वह किसी मूर्ख की भांति अभिनय कर रहा है। उसने अपनी पगड़ी खोली और उसे अपने सिर पर बांधने लगा।

जब वह ठहर गया, तो उसके मस्तिष्क में अनेक प्रकार के दृश्य उभर रहे थे। भीतर जल रही आग ने उसके दिमाग़ को ख़ाली कर दिया था। अब वह किसी भी चोट को सहन करने के लिए तैयार था। विशाल कूबड़ और छोटे- छोटे सींगोंवाला एक सांड़ अपनी आंखों को आधा खोले, उसके पास ही जुगाली कर रहा था। जब वह डकराता था, तो उसके मुंह से अजीब-सी गन्ध निकला करती थी। उसी गन्ध के कारण, उस दिन बक्खा के नथुने फटे जा रहे थे। बड़ी घिनावनी गन्ध थी। उस सांड ने, जो पतला गोबर किया था और जिसे साफ़ करना बक्खा अपना कर्तव्य समझता था, उसे बड़ा बीभत्स लगा, लेकिन उसी समय उसे एक सजा-धजा हिन्दू दिखाई दिया, जो कोई धनी-मानी व्यक्ति लगता था और जिसने अपने कन्धे पर मलमल का एक रूमाल डाल रखा था। वह हिन्दू उसी ओर आगे बढ़ गया, जहां वह सांड़ बैठा जुगाली कर रहा था और उसने उस जानवर को अपनी अंगुलियों से छुआ। बक्खा जानता था, यह एक हिन्दू रिवाज था। लेकिन इसका क्या अर्थ था—यह उसे पता नहीं था। उसे वह दृश्य याद आ गया, जो उसने शहर में अनेक बार देखा था। किसी सांड़ का यूं ही इधर-उधर घूमते हुए, धीरे-से किसी सब्ज़ीवाले की दुकान की ओर आकर उसकी टोकरियों को सूंघना और अपने मुंह में पत्तागोभी, पालक अथवा गाजर भर के चल देना। दुकानदार उसे केवल हाथ उठाकर धमका-भर देता था, मारता नहीं था। सांड़ हड़पी हुई सब्ज़ी को चबाते हुए, एक-दो गज़ दूर हो जाता और ज्यों ही दुकानदार

अपना सिर दूसरी ओर घुमा लेता, तो सांड़ दोबारा दुकान पर हमला कर देता। यह सब बड़ा विचित्र लगता था। बक्खा ने सोचा, 'हिन्दू अपनी गायों को भरपेट खिलाते-पिलाते भी नहीं हैं, जबकि उन्हें अपनी 'मां' कहते हैं। जब उनके जानवर चरागाह में चरने के लिए जाते हैं, तो कितने मरियल और दुबले-पतले दिखाई देते हैं? उनकी गायें दो सेर (आजकल के दो लीटर के बराबर) से अधिक दूध ही नहीं देतीं। उसने बड़े गर्व के साथ याद किया, जब उसके बापू के पास एक भैंस हुआ करती थी, जो किसी हिन्दू व्यापारी ने अन्धविश्वास के कारण उसे दी थी, जिसे ब्राह्मणों ने सलाह दी थी कि बेटों की इच्छा होने पर भंगियों को एक जानवर दान में देना चाहिए। वे उसे प्रतिदिन दाना खिलाया करते थे और इतनी भली प्रकार से उसकी सेवा किया करते थे कि वह प्रतिदिन बारह सेर दूध दिया करती थी। ये लोग अपनी गायों को बचा-खुचा खाना ही खिलाते हैं, जैसे अनाज की भूसी, जिसका पता उनके गोबर से लग जाता है, लेकिन गायों के प्रति वे सहृदय हैं। अवश्य ही यह सांड़ प्याज़ से अपना पेट भरता होगा, तभी इसके शरीर से इतनी दुर्गन्ध आती है!

अब तक बक्खा अपने विचारों के मकड़जाल से निकल चुका था कि शलगम और गाजरों से भरी एक बैलगाड़ी वहां आयी और ज़मीन पर ख़ाली कर दी गयी। बक्खा तुरन्त ही कुछ आगे आया, लेकिन बासी और सड़ी हुई सब्ज़ियों का ढेर बिखरा पड़ा था। सड़े हुए कूड़े-कर्कट से आ रही बदबू के कारण बक्खा दूर हट गया। अपनी पलकों को झपकाये बिना ही, एक क्षण के लिए उसने उस पर अपनी निगाह डाली और चल दिया। भीड़-भरा बाज़ार रोशनी से नहा उठा था। बक्खा को पसीना आ रहा था। उसका चौड़ा, खुला हुआ चेहरा, अत्यन्त साधारण-सा था, लेकिन कितना चंचल, चमकीले उठे हुए गाल, चौड़ी नाक, जिसके नथुने किसी अरबी घोड़े की भांति फैले हुए थे और उसका सुन्दर, भरा व थरथराता हुआ, लेकिन शान्त निचला होंठ, कुछ-कुछ कठोर लगता था।

ज्यों ही उसने अपने क़दम आगे बढ़ाये, वह फुसफुसाया, ''पोश, पोश, भंगी आ रहा है'' और यह कहते हुए वह एक चौड़ी व छोटी गली की ओर बढ़ चला। वहां कुछ बैंड-बाजे वालों की दुकानें थीं, जो किसी रिटायर्ड फ़ौजी बैंडमास्टर के नेतृत्व में यूरोपियन बाजों को बजाया करते थे। शादियों अथवा जन्मदिन की पार्टियों में उनकी बड़ी मांग होती थी। ये पार्टियां शहर की भीड़- भरी गलियों में हुआ करती थीं। जहां कभी किसी चौराहे पर पंसारी की छोटी- मोटी दुकान थी, वहीं एक आधुनिक आटा-चक्की भी थी, जहां वे बूढ़ी व तुनकमिज़ाज महिलाएं जाया करती थीं, जिन्हें

मोटा आटा पसन्द था तथा जो दुकानों पर बिकने वाला बढ़िया आटा हज़म नहीं कर पाती थीं अथवा जो पैसा बचाने की ख़ातिर थोक में गेहूं ख़रीदकर उसे पिसवा लेती थीं। एक कोने में तेल का एक पुराना कोल्हू था, जहां एक अंधेरे बड़े कमरे में छत के बीचोबीच ओखली में फंसे लकड़ी के मूसल को घुमाते हुए एक बैल चारों ओर चक्कर लगाता रहता था। बक्खा इस गली को बचपन से जानता था, वह इसके गहरे गड्ढों से भी परिचित था और बैरक़ों की भांति बनी इस सीधी गली को बहुत पसन्द भी करता था। अंगरेजी बैंड-बाजे और कशीदाकारी की हुई सुनहरी वर्दियां, बैंड वालों की दुकानों के सामने लटकी रहती थीं, ख़ासतौर पर जहांगीर की दुकान के सामने, जो शहर में सबसे बढ़िया बैंडमास्टर था। पहले की अपेक्षा, आज गली कुछ शान्त थी। कुछ दुकानों की ओर बक्खा का ध्यान भी आकर्षित हुआ। आज वातावरण में घबराहट कुछ कम थी। पीतल के बैंड-बाजों की दुकानों में लटकी वर्दियां देखकर बक्खा को 38वीं डोगरा रेजिमेण्ट के मिलिटरी बैंड की याद आ गयी, जिसे वह लगभग प्रतिदिन छावनी में अभ्यास करते हुए देखा करता था। वह अपने अपमान और चोट को भी कुछ-कुछ भूल चुका था। उसे अपना दु:ख कुछ कम होता हुआ लगा। गली से निकलकर एक मकान के नीचे से मोड़ काटते हुए वह मुख्य मार्ग पर आ गया और उन दुकानों के साथ-साथ चलने लगा, जहां गिलट के जेवरों पर पालिश की जाती थी। बचपन में बक्खा की अपनी अंगुलियों में अंगूठियां पहनने की बड़ी इच्छा थी। चांदी से सजी अपनी मां को देखना उसे बड़ा अच्छा लगता था। अब वह अंगरेज बैरकों में हो आया था और जान गया था कि अंगरेज ज़ेवरों को पसन्द नहीं करते थे। उन देसी ज़ेवरों से, जिन पर महीन पच्चीकारी की जाती थी, उसे बड़ी घृणा हो गयी थी। इसलिए वह उन बड़ी-बड़ी बालियों तथा नाक और कान के झुमकों और बालों में लगाने वाले सोने के पतरे चढ़े ज़ेवरातों की ओर ध्यान दिये बिना चलता चला गया, जिन्हें सुनारों ने हरे काग़ज़ के आगे लटकाया हुआ था। कपड़े के कटपीसों से लदी बक्सानुमा एक तिपहिया गाड़ी को, सफ़ेद कपड़े पहने कुछ हिन्दू महिलाएं सड़क के बीचोबीच खींच रही थीं। बक्खा यह देखने के लिए एक मिनट रुका, ताकि वे उसके निकलने के लिए सड़क छोड़ दें। वह इतना थक गया था कि चिल्ला भी नहीं सकता था। वह खड़ा रहा और हिन्दू देवी-देवताओं के उन सस्ते चित्रों को देखता रहा, जिन्हें एक सिख कारीगर महंगे फ्रेमों में जड़ रहा था। अंगरेज महिला के एक चित्र ने बक्खा की नज़रों को हिन्दू देवी-देवताओं की ओर से हटाकर अपनी ओर खींच लिया, जिसने बहुत कम कपड़े पहने हुए थे और जो हाथ में फूल लेकर झुकी हुई खड़ी थी।

दुकानदार ने बक्खा को हाथ में टोकरी और झाड़ू लिये देखा, तो उससे घृणापूर्वक आगे बढ़ जाने के लिए कहा। भंगी के लड़के ने अपना मुंह उठाया और कटपीस वाले की दुकान पर पहुंचते हुए ख़रीदारों की भीड़ के सम्मुख आगे बढ़ते हुए चिल्लाया, ''पोश, पोश, भंगी आ रहा है।'' कपड़ों के टुकड़ों की खींचतान करते और शोर मचाते व सौदेबाज़ी करते चिड़चिड़े मुसलमान दुकानदार के लिए अपने सामान को ग्राहकों की भीड़ से छुड़ा पाना या उन्हें किसी अछूत के आने की सूचना देना बहुत कठिन काम था। आख़िरकार, जब ग्राहक बक्खा से बचते हुए, बातें करते, फुसफुसाते व क्रोध करते हुए तितर-बितर हो गये। उन्होंने चूड़ी बेचने वालों के पास भीड़ लगा ली, जो अपने शीशे के सामान को हिला-हिलाकर भीड़ में से नयी-नवेली दुलहिनों का ध्यान आकर्षित कर रहा था, जो अपने सुनहरी बेल-बूटे कढ़े रेशमी कपड़ों में सजी संकोचपूर्वक अपनी मांओं अथवा सासों के पीछे-पीछे चलते हुए मन्दिर की ओर जा रही थीं। बक्खा भी उधर ही जा रहा था। उसने चिल्लाकर दोबारा आवाज़ लगायी, ''पोश, पोश, भंगी आ रहा है,'' लेकिन उतावली और उत्साही महिलाएं अपनी चाल की उत्तेजना में सब कुछ भूल चुकी थीं। चिल्लाकर बातें करती और हांफती हुई उन महिलाओं ने कुछ भी नहीं सुना, जब तक कि बक्खा तीसरी बार नहीं चिल्लाया।

आख़िरकार उसे रास्ते के दाहिनी ओर से जाने दिया गया और उसे मन्दिर दिखाई दे गया। कंगूरेदार, भारी पत्थर और नक्काशीदार ईंटों से बनी एक विशाल इमारत, गुलाबी रंग और उसकी जटिल सजावट ने उसे विस्मय-विमुग्ध कर दिया। बक्खा अपने उस भय पर क़ाबू न पा सका, जो बारह सिरों और दस हाथों वाले देवी-देवताओं के प्रति श्रद्धा के कारण, बचपन में ही उसके मन में समा गया था। ऊंची दीवार की छाया आंगन में आ रही थी, जिसके बीच वह चल रहा था। बक्खा अचानक ही किसी अनजान शक्ति से प्रभावित हो गया, जो उसे वहां दिखाई दी, जिसके कारण उस स्थान पर उसे सांस लेना भी दूभर हो रहा था। स्लेटी रंग के कुछ कबूतर उड़कर अपने आलों में जा बैठे, जो उस विशाल इमारत में बने हुए थे। हलके नीले-ब्राउन रंग के उन कबूतरों को देखकर और उनकी गुटरगूं की आवाज़ सुनकर बक्खा को बड़ी शान्ति मिली। उसने आंगन के चारों ओर देखा और वहां पड़ी कबूतरों की बीट, फूलों, पत्तों और धूल के ढेर को भी देखा, जिसे साफ़ करने के लिए वह आया था।

बरगद के एक पेड़ के नीचे खड़े होकर उसने अपने हाथ में पकड़ी टोकरी और झाड़ू को ज़मीन पर फेंक दिया तथा काम पर जुट जाने के लिए अपने लंगोट को कस लिया। बरगद के पत्ते मन्दिर के आंगन में बिखरे पड़े थे। बरगद के पेड़ की एक बड़ी

शाखा को घेरे, एक छोटे पत्थर पर पीतल का एक पिंजरा रखा था, जिसमें मन्दिर का लघुरूप था। उसी के साथ पिंजरे में, पालिश की हुई सांप की एक प्रतिमा भी थी, जिसके प्रति बक्खा का ध्यान आकर्षित हो उठा। 'सांप की यह प्रतिमा क्या है?' उसने यूं ही अपने आप से पूछा। 'इसका क्या मतलब है? शायद सांप पेड़ की जड़ में रहता है,' उसके निष्कपट मन ने उत्तर दिया। उस जगह से दूर हटते हुए वह कुछ डर गया था। फिर उसने जैसे ही लोगों के लगातार चलते आ रहे रेले को बरगद के पेड़ के नीचे बने मन्दिर के लघुरूप के चरणों को छूकर आंगन से गुज़रते हुए देखा, वह भौंचक्का रह गया। उसने अपनी टोकरी और झाड़ू जहां फेंके थे, वहां जा पहुंचा, ताकि चिल्लाकर अपने आने की सूचना दे सके और असावधानी के कारण सुबह वाली विपत्ति दोबारा न दोहरा जाये। भीड़ अत्यन्त रूढ़िवादी थी, जो मन्दिर की बड़ी व चौड़ी सीढ़ियों के ऊपर-नीचे और खुले दरवाज़े के भीतर-बाहर आ-जा रही थी। बक्खा ने अपने मन की आंखों से भीड़ से दूर देखा, लेकिन दरवाज़े के उस पार देखने की हिमाकत न करते हुए, साधारण लोगों की ऊपर की ओर उठी आंखों को—किसी रहस्य को सुलझाने के लिए इच्छुक किसी दास की भांति अपने मालिक के मामलों की चोरी-छिपे जानने के लिए—देखा। उसने अपने आपसे पूछा, 'यह लोग यहां किसकी पूजा करने के लिए आये हैं?'

"राम-राम, श्री-श्री, हरी नारायण, श्रीकृष्ण," एक भक्त अछूत से बचकर निकलते हुए जा रहा था। "हे हनुमान योद्धा, काली माई।"

बक्खा को उत्तर मिल गया था। 'राम' और 'श्री' शब्द उसने कई बार सुने थे और दीवार पर खोदकर बनाई गयी बन्दर की लाल मूर्ति को भी देखा था, जिसके बाहर पीतल का बड़ा पिंजरा लगा हुआ था, जिसे 'हनुमान का मन्दिर' कहा जाता था। काली मूर्ति, जिसमें एकदम एक काली स्त्री दिखाई गयी थी, जिसकी जीभ लाल थी, दस भुजाओं वाली, गले में मुण्डमाल डाले, उसे काली की मूर्ति कहा जाता था। कृष्ण नीला देवता था, जो पान-विक्रेता की दुकान पर लगे रंगीन चित्र में बांसुरी बजा रहा था, लेकिन 'हरि' और 'नारायण' कौन थे? बक्खा पूरी तरह से चकरा गया, जब पास से गुज़र रहा व्यक्ति बार-बार "ओम्, शान्तिदेव" दोहरा रहा था। 'यह 'शान्तिदेव' कौन हैं? क्या यह मन्दिर में हैं?'

'यदि मैं यहीं खड़ा रहा, तो कुछ भी देख पाना सम्भव नहीं हो सकेगा।' बक्खा विचारमग्न हो गया। 'मैं जाऊंगा और देखूंगा,' लेकिन उसमें हिम्मत नहीं थी। वह कमज़ोर अनुभव कर रहा था। वह जानता था कि किसी अछूत के मन्दिर में जाने पर

मन्दिर का शुद्धिकरण किया जायेगा; क्योंकि तब मन्दिर भ्रष्ट हो जायेगा। यदि उसके पिता को यह पता चल गया कि उसने सवेरे से कोई काम नहीं किया है, तो वह नाराज़ हो जायेगा। हो सकता है, इस प्रकार घूमते हुए देखकर कोई उसे चोर ही समझ ले।

लेकिन जब वह वहां खड़ा हुआ था, तो उसकी जिज्ञासा अधिकाधिक बढ़ती जा रही थी। तभी अचानक उसने अपने विचारों को मन से निकाल फेंका और मन्दिर की सीढ़ियां चढ़ने के लिए शीघ्रता से अपने क़दम बढ़ाये, इधर- उधर देखते हुए, बेचैन होकर, लेकिन निडरतापूर्वक। इस प्रकार कोई हत्यारा ही आगे बढ़ता होगा, जिसने हत्या करने की कला में महारत हासिल कर ली होगी। लेकिन वर्षों से नीचे झुकते रहने की आदत के कारण उसकी शालीनता नष्ट हो गयी थी। वह दीन-हीन, दलित और उपेक्षित हो गया था, जैसा वह जन्मजात था। हर चीज़ से भयभीत, धीरे-धीरे ऊपर चढ़ते हुए, उसकी घिघियाती हुई चाल जिज्ञासापूर्ण थी। जब वह पहली दो सीढ़ियां चढ़ चुका, तो भय के कारण उसका उत्साह भंग हो गया और वह वापस उसी जगह की ओर लौट आया, जहां से उसने ऊपर चढ़ना आरम्भ किया था। उसने अपनी झाड़ू उठायी और फ़र्श को साफ़ करना आरम्भ कर दिया। धूल के कण एक छोटे, बहुत छोटे बादल के-से रूप में उसके सामने उड़े, जहां सूर्य-किरणों ने उन्हें छू लिया और पीली-सफ़ेद-सुनहरी चमकीली झलक दिखाई दी। लेकिन बक्खा का ध्यान उस ओर नहीं गया। उसके लिए तो बरगद के पत्तों का कूड़ा-कचरा, फूलों की पत्तियां, कबूतरों की बीट, टूटकर गिरी टहनियां और धूल अधिक ज़रूरी थीं, जिसे उसने अपनी झाड़ू से समेटकर इकट्ठा कर लिया था। वह इस सबकी ओर से बेख़बर था कि धूल उड़कर उसके नथुनों में जा पहुंची थी। उसने अपनी पगड़ी के किनारे को अपनी नाक के इर्द-गिर्द बांध लिया और धीमे-धीमे आगे बढ़ता चला गया। शौचालयों के काम की तुलना में यह एक धीमा काम था, लेकिन थकाऊ होने के बावजूद उतना अप्रिय नहीं था।

उसने कूड़े को छोटे-छोटे ढेरों में इकट्ठा कर लिया; क्योंकि वह जानता था कि अपनी छोटी झाड़ू से वह उसे आंगन के पार नहीं ले जा सकता था। बाद में, एक-एक करके, जब उसने उन छोटे-छोटे ढेरों को अपनी टोकरी में समेट लिया, तो वह एक क्षण के लिए अपने माथे से पसीना पोंछने के लिए रुका। मन्दिर सिर उठाये उसके सामने खड़ा था। उसकी अन्त:प्रेरणा उसे बार-बार मन्दिर के पास जाने के लिए प्रेरित कर रही थी। लेकिन वह भयभीत था। मन्दिर किसी दैत्य की भांति उसे अपनी ओर बढ़ता दिखाई दिया, मानो उसे निगल जायेगा। वह एक क्षण के लिए हिचका, लेकिन

उसकी इच्छाशक्ति ने फिर से ज़ोर मारा और फिर अचानक ही वह मन्दिर की पन्द्रह सीढ़ियों में से पांच पर जा चढ़ा, जो मन्दिर के दरवाज़े तक जाती थीं। वह रुक गया। उसका दिल दौड़ में भाग लेने वाले उस व्यक्ति की भांति धड़क रहा था, जो दौड़ आरम्भ होने वाली रेखा पर खड़ा हो। बक्खा आगे की ओर झुका हुआ था और उसका शरीर पीछे की ओर झुका हुआ था। अन्तःप्रेरणा ने उसे एक-दो सीढ़ी और चढ़ जाने के लिए उकसाया। लेकिन उसका सन्तुलन जवाब दे गया और घुटने पर लगी चोट के कारण गिरने की आशंका से वह लड़खड़ाते हुए खड़ा रह गया। फिर उसने सीढ़ियों को कसकर पकड़ लिया और सन्तुलन बनाते हुए ऊपरी सीढ़ी की ओर भागा। वहां संगमरमर से बनी दहलीज़ से ही वह अपना सिर उठाकर भीतर झांक सकता था, जो सिर रगड़ने के कारण घिसकर कुछ नीची हो गयी थी। वह मन्दिर की केवल एक झलक ले सकता था, जो अब तक उसके लिए एक रहस्य बना हुआ था। पीतल के दरवाज़ों के उस पार, एकान्त अन्तरंग स्थल में, उस ऊंचे-अंधेरे मन्दिर में, बक्खा की आंखों ने एक ऊंचे चबूतरे को खोज निकाला, जो दूर से गलियारों की भूल-भुलैया दिखाई देता था। वहां सोने की कशीदाकारी से सजे रेशमी और मख़मली वस्त्रों से आच्छादित पृष्ठभूमि के आगे पीतल की अनेक मूर्तियां रखी हुई थीं, जो उनके चरणों में रखे बरतन में रखी धूप के धुंधलके में छिपी हुई थीं। अर्धनग्न अवस्था में एक पुजारी बैठा हुआ था, जिसके मुंड़े हुए सिर पर बालों का एक गुच्छा था, जो स्पष्ट दिखाई दे रहा था; क्योंकि उसमें एक गांठ लगी हुई थी। पीतल के बरतनों के बीच, शंखों और अन्य कर्मकाण्डी पात्रों के साथ रिहल पर एक पुस्तक उसके आगे खुली पड़ी थी। एक लम्बा व्यक्ति, जो सम्भवतः एक पुजारी था, केवल लंगोट के सिवा नंगा था, जिसके बाल काले थे और जो चालाक लगता था, उसने अपने शरीर पर एक यज्ञोपवीत धारण किया हुआ था, वह उठा और उसने शंख-ध्वनि की। बक्खा ने देखा, झांका, घूरकर देखा और समझ गया कि प्रातःकाल की उपासना आरम्भ हो चुकी थी। 'ॐ शान्तिदेव' के उच्च स्वर में बैठे हुए पुजारी ने अपनी तीक्ष्ण आवाज़ को, अपने बायें हाथ में टनटनाती घण्टी की कर्णकटु ध्वनि को शंख के बेहया स्वरों के साथ-साथ मिलाते हुए ऊंचा किया। एक क्षण पहले वाला शान्त मन्दिर अब एक जीवन्त वास्तविकता बन गया था। मन्दिर के भीतरी दरवाज़ों से भक्तगणों के समूह अब देवताओं के चबूतरे की ओर आ गये थे और वृन्दगान के रूप में आरती गा रहे थे। गुम्बद के नीचे, पहली शंख-ध्वनि की एक मधुर और लम्बी स्पष्ट लय तैर गयी, लेकिन वह अत्यन्त शक्तिशाली एवं रहस्यमयी थी, जो प्रभावशाली शक्ति के रूप में किसी के भी रोंगटे खड़े कर देने

के लिए पर्याप्त थी। जब पूजा की समाप्ति होने वाली थी, तो 'रामचन्द्र की जय' के रूप में एक गला-फाड़ चीख़ सुनाई दी।

बक्खा भीतर तक हिल गया। वह गीत की लय से प्रभावित हो गया था। संयत स्वर-लहरी के साथ उसका रक्त बह चला था। अन्तिम आवाज़ आने तक उसके हाथ अनजाने ही जुड़ गये और उसका सिर उस अनजान देवता की पूजा में झुक गया। लेकिन एक चीख़ सुनकर वह घबरा उठा : "भ्रष्ट कर दिया, भ्रष्ट कर दिया, भ्रष्ट कर दिया।" हवा में एक चीख़ गूंजी, तो बक्खा हतोत्साहित हो गया। उसकी आंखों के सामने अंधेरा छा गया। वह कुछ भी देख नहीं सका, उसकी जीभ और होंठ सूख गये। डर के मारे वह चीख़ना चाहता था, लेकिन उसकी आवाज़ ही न निकल सकी। कुछ बोलने के लिए उसने अपने मुंह को पूरी तरह से खोला, लेकिन उसका कोई लाभ नहीं हुआ। उसका माथा पसीने की बूंदों से नहा गया। उसने साष्टांग प्रणाम की मुद्रा से उठना चाहा, लेकिन उसके शरीर में जान ही बाक़ी नहीं रह गयी थी। एक क्षण के लिए, मानो वह मर चुका था।

फिर, अचानक ही, जिस प्रकार वह हार गया था, उसने स्वयं को संभाला, अपना सिर ऊपर उठाया और चारों ओर देखा। उसकी आंखों से आंसू निकल पड़े। फिर उसने उस छोटे व्यक्ति को देखा, जिसकी मूछें झुकी हुई थीं और जो मन्दिर का पुजारी था। वह मन्दिर के आंगन में कांपते, लड़खड़ाते, डगमगाते हुए और गिरते-पड़ते, अपने बाज़ुओं को हवा में उठाते हुए दौड़ रहा था और "भ्रष्ट कर दिया, भ्रष्ट कर दिया," चिल्ला रहा था।

बक्खा के दिमाग़ में तुरन्त ही यह विचार कौंध गया, 'लगता है, उसने मुझे देख लिया है।' लेकिन चिल्लाते हुए पुजारी के पीछे, उसने किसी महिला की आकृति भी देख ली। वह भौचक्का खड़ा रह गया, भयभीत और यह अनुभव करते हुए कि अब उसे दण्ड दिया जायेगा, लेकिन उसे नहीं पता था कि उसे क्या दण्ड दिया जायेगा।

पर शीघ्र ही उसे पता चल गया। मन्दिर से भक्तों की बहुत बड़ी भीड़, धक्का-मुक्की करती बाहर आ गयी थी, मानो किसी नाटक का समापन होने की प्रतीक्षा कर रही हो। दुबला-पतला, छोटा पुजारी अपने हाथ उठाये, बक्खा से कुछ सीढ़ियां नीचे खड़ा था और बक्खा की बहिन सोहनी आंगन में विनम्र भाव से खड़ी हुई थी।

"भ्रष्ट कर दिया, भ्रष्ट कर दिया, भ्रष्ट कर दिया," नीचे खड़ा पण्डित चिल्लाया, तो उसके पीछे खड़ी भीड़ ने संकेत समझ लिया और उसके पीछे वह भी अपने हाथ हिलाते हुए चिल्लायी। कुछ भय के कारण और कुछ क्रोधित होकर, लेकिन सब

भयंकर रूप से उत्तेजित थे। तभी भीड़ में से एक व्यक्ति बाहर आया और बक्खा की ओर संकेत करते हुए बोला, ''तू भंगी! दूर हो सीढ़ियों से। भाग जा, तूने हमारी सारी पूजा भ्रष्ट कर दी। तूने हमारे मन्दिर को भ्रष्ट कर दिया। अब हमें मन्दिर के शुद्धिकरण के लिए अनुष्ठान करना होगा, जिस पर ख़र्च आयेगा। नीचे उतर, भाग जा तू, कुत्ते।''

बक्खा नीचे खड़े पुजारी के पीछें, अपनी बहिन के पास आ गया।

उसके मन में दो आवेग थे, एक, अपने लिए भय था; क्योंकि वह जानता था कि उसने जुर्म किया है और दूसरा, अपनी बहिन के प्रति डर था कि कहीं उसने तो कोई जुर्म नहीं कर दिया है; क्योंकि वह चुपचाप खड़ी थी।

''तुम लोग दूर रहकर भी हमें भ्रष्ट कर देते हो,'' बक्खा ने छोटे पुजारी को चिल्लाते हुए सुना। ''मैं तुम्हारे स्पर्श से अपवित्र हो गया हूं।''

''दूर हटो, दूर हटो,'' सीढ़ियों के ऊपर खड़े भक्तगण चिल्ला रहे थे। ''धर्म-ग्रन्थों के अनुसार तो उनत्तर गज़ दूर से भी किसी नीच जाति के व्यक्ति के आने मात्र से ही मन्दिर अपवित्र हो जाता है और यह तो यहां सीढ़ियों पर खड़ा था, दरवाज़े के पास। हम तो बरबाद हो गये। अब तो हमें अपने आपको और मन्दिर को शुद्ध करने के लिए यज्ञ का अनुष्ठान करना होगा।''

''लेकिन मैं...मैं तो,'' दुबला-पतला पुजारी अत्यन्त नाटकीय ढंग से चिल्लाया,, लेकिन वह अपना वाक्य पूरा न कर सका।

मन्दिर की सीढ़ियों पर खड़ी भीड़ ने समझा कि पुजारी को तंग किया गया है, इसलिए वह उसके प्रति सहानुभूति प्रकट करने लगी; क्योंकि भीड़ ने भंगी के लड़के को पुजारी के पीछे भागते हुए देख लिया था। उसे उस कहानी का पता ही नहीं था, जो सोहनी ने बक्खा को आंगन में दरवाज़े के पास सुबकते हुए और आंसू बहाते हुए सुनाई थी।

सोहनी ने बताया था, ''वह आदमी, वह आदमी, जब मैं उसके मकान में शौचालय साफ़ कर रही थी, तो उस आदमी ने मेरे साथ बदतमीज़ी की थी, और जब मैंने शोर मचाया, तो वह चिल्लाते हुए बाहर भागा आया कि वह भ्रष्ट हो गया है।''

अपनी बहिन को अपने पीछे घसीटते हुए बक्खा आंगन के बीचोबीच वापस आ गया और भीड़ में से उस पुजारी को खोज निकालना चाहा। लेकिन वह व्यक्ति दिखाई नहीं दिया और भीड़ भी भागने लगी; क्योंकि लम्बे-लम्बे डग भरता हुआ वह दैत्याकार भंगी सबको डराते हुए मन्दिर की ओर बढ़ता आ रहा था। जब बक्खा ने भीड़ को पीछे भागते हुए देखा, तो वह भी आगे बढ़ने से रुक गया। उसकी मुट्ठी बंधी हुई थी,

उसकी आंखों से लाल-लाल अंगारे बरस रहे थे और वह अपने दांत पीसते हुए उन्हें ललकार रहा था : "अब मैं तुम्हें दिखाऊंगा कि उस कुत्ते बामन ने क्या किया है।"

बक्खा को लगा कि वह उन सबको मार सकता है। वह क्रोधावेश में निष्ठुर और मृतक के समान पीला दिख रहा था। ऐसी ही एक घटना उसके मस्तिष्क में कौंध गयी, जिसके बारे में उसने सुन रखा था। किसी नवयुवक गंवार ने अपने मित्र की बहिन को छेड़ दिया था। वह खेतों से जलावन के लिए लकड़ियां लेकर आ रही थी। अपने हाथ में कुल्हाड़ी लेकर उसका भाई सीधा खेतों में जा पहुंचा और उस नवयुवक की हत्या कर दी। बक्खा ने सोचा, 'ऐसा अपमान कि वह उस छोटी और मासूम लड़की पर हाथ डाल दे! उसका ऐसा पाखण्ड! यह व्यक्ति, एक ब्राह्मण झूठ बोलता है और मुझ पर इल्ज़ाम लगाता है कि मैंने उसे भ्रष्ट कर दिया है। हे परमात्मा! आशा है, उसने मेरी बहिन को भ्रष्ट नहीं किया होगा। उसके मन में एक शंका उठी। वह अचानक सोहनी की ओर पलटा और चिल्लाकर उससे पूछा :

"मुझे बता, मुझे बता, उसने तेरे साथ कुछ किया तो नहीं?"

सोहनी रो रही थी। उसने इनकार में सिर हिला दिया। वह बोल नहीं पा रही थी।

बक्खा को कुछ सन्तोष हुआ। 'लेकिन नहीं,' उसने सोचा, 'उस आदमी ने कुछ-न-कुछ बदतमीज़ी तो उसके साथ अवश्य ही की होगी। ताज्जुब है, उसने क्या किया होगा? हे परमात्मा! मैं उस आदमी को मार डालूंगा, मैं उसका ख़ून कर डालूंगा।' बक्खा यह जानने के लिए बेताब था कि वास्तव में हुआ क्या था। लेकिन फिर भी, उसे अपनी बहिन से पूछने में संकोच हो रहा था कि कहीं वह रोना आरम्भ न कर दे। लेकिन बहिन के बारे में उठे सन्देह और आशंकाएं उसके लिए पर्याप्त थीं।

"मुझे बता सोहनी," उसने अपनी बहिन की ओर ज़ोर-से घूमते हुए पूछा। "मुझे बता, उसने क्या किया?"

सोहनी केवल सुबकती रही, उसने कोई उत्तर नहीं दिया।

"मुझे बता, बता मुझे! मैं उसका ख़ून कर दूंगा, यदि....," बक्खा चिल्लाया।

"उसने मुझे छेड़ा था, बस," आख़िरकार सोहनी ने मुंह खोला। "जब में काम करने के लिए झुकी, तो वह आया और उसने मेरी छातियां पकड़ लीं।"

"सूअर की औलाद," बक्खा चिल्ला उठा। "मैं जाकर उसका ख़ून कर डालूंगा।" और फिर वह सीधा आंगन की ओर भाग निकला।

"नहीं-नहीं, वापस आ जा, चल, हम चलें," सोहनी ने बक्खा को पीछे से पुकारा। उसे रोकने के लिए सोहनी ने उसके ओवरकोट का एक सिरा पकड़कर खींच

लिया।

एक क्षण के लिए बक्खा मन्दिर को घूरते हुए खड़ा रहा। दरवाज़े के बाहर कोई भी व्यक्ति नहीं था। सब कुछ शान्त था। बक्खा को लगा कि उसके शरीर का पिछला हिस्सा जकड़ गया था। उसने उस शानदार मूर्तिकला को दरवाज़ों से ऊपर शिखर तक देखा। वह उसे भयंकर एवं कठोर लगी। वह डर गया। भय की भावना, उसे अपने भीतर रेंगती महसूस होने लगी। उसे लगा, मानो देवता उसे घूर रहे हों। वे सब उसे वास्तविक प्रतीत होने लगे। लगा, उसने ऐसे देवता धरती पर कभी नहीं देखे थे।

वे कठोर थे, उनकी आंखें स्थिर थीं, मानो वे अपने दस हाथों और पांच सिरों के साथ उस पर कटाक्ष कर रहे थे। बक्खा ने अपना सिर नीचे झुका लिया। उसकी आंखें धुंधला गयीं, उसकी बंधी हुई मुट्ठियां ढीली पड़ गयीं और दोनों ओर लटक गयीं। बक्खा को कमज़ोरी महसूस हो रही थी और उसे सहारे की ज़रूरत थी। बड़ी मुश्किल से क़दम बढ़ाते हुए वह सोहनी के साथ दरवाज़े की ओर बढ़ चला।

भाई के साथ चलती जा रही सोहनी की आत्मा में व्यथा लहरें मार रही थी। वह भी बड़ी कमज़ोर दिखाई दे रही थी, पर फिर भी सुन्दर। बक्खा को अपनी बहिन की सुन्दरता का पता था। उसकी छरहरी, हलकी पीली आकृति, नरम, गरम, चमकदार और लावण्य से भरी थी, जो उसके ज़ेवरातों को मात देती थी। उसके कानों में पड़ी बालियां और उसकी चूड़ियां एक सम्मोहक प्रभाव पैदा करती थीं। वह इतनी शान्त, विनम्र, सुकुमार और सीधी-सादी थी कि बक्खा उसके साथ किसी के भी नृशंस होने की सोच भी नहीं सकता था, उसके पति के भी नहीं, जिसने धार्मिक रीति-रिवाजों के साथ उससे विवाह किया हो। बक्खा ने सोहनी की ओर देखा और फिर, मानो उसे सोहनी के भविष्य का चित्र दिखाई दे गया। उसका पति था—उसका स्वामी, जिसका उस पर अधिकार था। बक्खा को सोहनी के होने वाले पति की छाया से भी घृणा होने लगी। वह उस अजनबी को सोहनी की भरी-पूरी छातियां पकड़ते और सोहनी को अपनी सलज्ज मौन स्वीकृति देते भी देख सकता था। बक्खा को उस व्यक्ति द्वारा सोहनी को छूने के विचार से भी घृणा होने लगी। उसे लगा कि उसका सब कुछ लुट जायेगा, लेकिन क्या, वह सोच नहीं सका। वह यह भी नहीं सोच सका कि वह उसका भाई है। फिर उसने अपने विचारों के बारे में सोचा, जो ग़लत दिशा में चल पड़े थे। लेकिन उसे अपनी भावनाओं और उसके पति के प्यार के बीच कोई भेद दिखाई नहीं दिया। अब उसने उस बात को ही भुला दिया। अब उसके दिमाग़ में केवल उस पुजारी की आकृति थी, जिसने उसका ख़ून खौला दिया था। उसने बदला लेने की उद्दाम

आकांक्षा महसूस की। उसके लिए बदला लेने का अर्थ था—उस व्यक्ति के साथ कुछ भी करना, उसे घूंसों से बुरी तरह पीटना और यदि आवश्यकता हो, तो उसकी हत्या भी कर देना। हालांकि हज़ारों वर्षों की दासता ने बक्खा को दीन-हीन बना दिया था, और जो भाव उसके मन में उमड़ रहे थे, उन्होंने जीवन के प्रति मोह कम कर दिया था। वह एक किसान-परिवार का बेटा था, लेकिन उसके पूर्वज अपने व्यवसाय को बदल लेने के कारण सामाजिक श्रेणी में नीचे आ गये थे। उन किसान पूर्वजों का रक्त अब भी उसकी नसों में दौड़ रहा था, जो जीवन जीने के लिए स्वतन्त्र थे, भले ही वे ग़ुलाम हो गये थे।

'मैं उससे अपने मन की कुछ तो कह देता,' बक्खा अपने आप पर चिल्ला उठा।

अब बक्खा इन्सानियत का एक शानदार नमूना दिखाई दे रहा था। उसने जब भी कुछ कहने या करने का निश्चय करना चाहा, वह किसी सिंह की भांति मुक़ाबला करने के लिए तैयार था, लेकिन फिर भी उसके चेहरे पर छोटापन दिखाई दे रहा था। वह उन रुकावटों को पार नहीं कर पा रहा था, जो उसके पूर्वजों ने उसके विरुद्ध परम्परागत रूप से खड़ी कर दी थीं। अपनी कमज़ोरियों को छिपाने के लिए, वह उस सम्मोहन को नहीं तोड़ सकता था, जो किसी के द्वारा आक्रमण किये जाने पर, किसी अछूत व्यक्ति द्वारा किसी पुजारी की रक्षा करता है। इसलिए शक्ति-सम्पन्न होने पर भी उसके भीतर छिपे ग़ुलाम ने उसे रोक दिया। वह यन्त्रणा के कारण अपने होठों को काटते हुए व अपनी शिकायतों का चिन्तन करते हुए चूक गया।

भाई-बहिन जब मन्दिर से बाहर आये, तो बाज़ार सामने था। बक्खा ने उस पर उखड़ी-सी नज़र डाली, लेकिन वहां बिखरे—प्रदर्शित—सामान पर उसका ध्यान नहीं गया। उसमें न कुछ देखने की शक्ति रह गयी थी, न कुछ सुनने की और वह कुछ बोलना भी नहीं चाहता था। 'मैंने उस ढोंगी पुजारी को मार क्यों नहीं दिया?' वह चुपचाप चिल्लाया। 'सोहनी की ख़ातिर मैं स्वयं का बलिदान दे सकता हूं। लोग उसके बारे में सब कुछ जान जायेंगे। मेरी अभागी बहिन! इसके बाद वह दुनिया को अपना चेहरा कैसे दिखा सकेगी? लेकिन उसने मुझे वहां जाने और उस आदमी की हत्या करने से क्यों रोक दिया? उसने हमारे घर में लड़की के रूप में जन्म क्यों लिया? हम पर यह कलंक लगाने के लिए? इतनी सुन्दर और ऐसी अभिशप्त! काश, वह दुनिया की सबसे बदसूरत औरत होती! तब कोई उसे नहीं छेड़ता।' लेकिन सोहनी के बदसूरत होने के विचार को वह सह नहीं सका। सोहनी के सौन्दर्य के कारण उसके गर्व को चोट पहुंची थी। उसकी केवल यही इच्छा थी : 'ओह परमात्मा, वह पैदा ही

क्यों हुई, क्यों पैदा हुई ?' उसने सोहनी को झुककर अपनी ओढ़नी से आंसू पोंछते देखा। बड़ी नरमी से उसने सोहनी का बाज़ू पकड़ लिया और उसे अपने साथ ले चला। उसकी आत्मा में संघर्ष छटपटा रहा था और वह निराशा से कांप रहा था।

कुछ क़दम चलने पर वह शान्त हो गया। उसकी सांस आराम से आने-जाने लगी। उसका दुबला-पतला शरीर पुनः उत्तेजित हो उठा और कुछ भारी भी हो उठा। गली के लोगों के स्वाभाविक डर को याद करके उसने अपने आपको संयत कर लिया; क्योंकि लोगों को जब भी कुछ हास्यास्पद लगता था, तो वे भांप जाते थे। बक्खा ने अपने उस अनुभव पर विचार किया, जो उसने अपने असंख्य अछूत पुरखों से उत्तराधिकार में प्राप्त किया था और जो आज भी, प्रत्येक पीढ़ी के आरम्भ में अनुशासन एवं अपनी जाति के रूप में, अब भी चलता आ रहा था।

''सोहनी ! क्या तू घर जायेगी ?'' उसने अपनी बहिन से पूछा, जो अपनी इज़्ज़त पर लगे दाग़ के कारण उसके पीछे-पीछे शरमाती हुई और हतोत्साहित हुई चल रही थी। ''हां, तू घर जा, मैं खाना लेने जाऊंगा। इस टोकरी और झाड़ू को अपने साथ ले जा।'' बक्खा की ओर देखे बिना ही सोहनी ने स्वीकृति में अपना सिर हिलाया। फिर टोकरी और झाड़ू अपने हाथ में ले ली और ओढ़नी से अपना सिर ढंकते हुए वह शहर के दरवाज़ों की ओर चल दी।

अपनी बहिन पर एक नज़र डालने के बाद, बक्खा भी धीरे-धीरे मन्दिर से दूर चला गया। ज्यों ही वह नंगे पांव दौड़ रहे एक दुकानदार से छूते-छूते बचा, जो किसी बैल की भांति एक दुकान से दूसरी दुकान की ओर जा रहा था, 'पोश, पोश, भंगी आ रहा है,' उसे अचानक ही चेतावनी देना याद आ गया। इस प्रकार जब वह लोहा बाज़ार से गुज़र रहा था, उसने हांफ़ती हुई भीड़ को नाना रूपों में, बल्कि मिश्रित कपड़ों में—जो न अंगरेजी थे और न हिन्दुस्तानी—आते-जाते देखा, तो वह समझ गया कि वह जम्हाई की भांति खुली पड़ी किसी बड़ी गली के बाहर आ गया है, जहां एक ओर फल वाले और दूसरी ओर एक पुराने गन्धी की दुकान के बीच खड़ा है। भीतर, ख़ालीपन के नीचे भावनाएं पसरी पड़ी थीं, लेकिन बाहरी तौर पर वह शान्त और संयत था। एक क्षण के लिए वह चुपचाप खड़ा रहा, कुछ निर्धारण करने के लिए; क्योंकि अब तक वह बेहोशी- सी में चलता आ रहा था। उसने अपने आप से कहा, 'इस गली में घरों की ओर भोजन के लिए' और वह उस गली की ओर चल पड़ा।

एक आवारा, पतला व पिस्सुओं द्वारा काटा हुआ एक कुत्ता मल त्याग कर रहा

था। दूसरा, जो हड्डियों का ढांचा मात्र लगता था, नाली को रोकते हुए कूड़े के ढेर पर पड़े किसी सड़े हुए भोजन को चाट रहा था। रास्ते के ठीक उस पार, कुछ ऊपर को एक गाय लेटी हुई थी। बक्खा ने वहां पड़ी धूल और गन्दगी को लापरवाही से देखा। जानवर क्रोध में भरे दिखाई दिये। वह कुत्तों के पास पहुंचा और तेज़ी से फलांगते हुए उन्हें चौंका दिया, वे चीं-चीं करते, चिल्लाते हुए भाग निकले। सामने लेटी हुई गाय की उदासीनता को जान पाना कठिन था। कहीं वे रईस, उस पर उस पवित्र माता को तंग करने का इल्ज़ाम न लगा दें, जिनके दरवाज़े पर वह पसरी पड़ी थी। उसने उसकी उग्रता से अपनी टांगों को बचाने के लिए उसे उसके सींगों से पकड़ा और अपने रास्ते चल दिया। ईंटों के खड़ंजे पर कूड़े के अनेक ढेर बिखरे पड़े थे, जो उसे अपनी बहिन की लापरवाही की याद दिला रहे थे। उसने उसके दुःख के कारण उसे माफ़ कर दिया। वह जितनी अपमानित हुई थी, उतना कोई नहीं हुआ होगा। वह यह मानने को तैयार नहीं था कि बहिन का बचाव करना अनुचित था; क्योंकि मन्दिर में बने मकान की सफ़ाई करने से पहले उसे यहां की सफ़ाई करनी चाहिए थी। ताम्रकारों के हथौड़ों के बार-बार तांबा पीटने से बड़ा शोर हो रहा था। ज्यों ही वह उनकी अंधेरी दुकानों से आगे चला, अपनी बहिन की लापरवाही की अपेक्षा, उसे वह शोर अच्छा लगा। हालांकि दुकानों के भीतर से आ रही आवाज़ बरदाश्त के बाहर थी। वह एक छोटी-सी गली में भोजन मांगने के लिए जाना चाहता था, लेकिन एक धर्मपरायण हिन्दू, गली में बने कुएं के चबूतरे पर स्नान कर रहा था। कुआं गली में बीचोबीच बना हुआ था, इसलिए बक्खा भी उस पवित्र जल से भीग गया, जो उस तेल लगे शरीर से उड़कर आ रहा था। उस व्यक्ति ने केवल एक लंगोट पहन रखा था। बक्खा खड़ा प्रतीक्षा करता रहा। उस व्यक्ति ने पानी से भरा डोल अपने सिर पर उड़ेल दिया और ख़ाली डोल को रस्सी से कुएं में लटका दिया, तो बक्खा मटरगश्ती करते हुए उस अंधेरी व सीलन-भरी गली में चला गया, जहां दो मोटे व्यक्ति एक साथ मुश्किल से निकल पाते थे। यहां कुछ ठण्डक थी, इसलिए बक्खा ने कुछ शान्ति महसूस की। यहां तांबा पीटने वालों का शोर भी मद्धिम था। लेकिन बक्खा के धीरज की परीक्षा होनी अभी बाक़ी थी। अछूत होने के कारण, वह घरों की पवित्रता का अपमान नहीं कर सकता था। वह ऊपरी मंजिल तक सीढ़ियां नहीं चढ़ सकता था, जहां रसोइयां थीं। अपने आने की सूचना देने के लिए उसे चिल्लाना पड़ता था।

"भंगी के लिए रोटी, मां, भंगी के लिए रोटी," उसने पहले घर के बाहर खड़े होकर पुकारा, लेकिन गली में आ रहे ठक-ठक के शोर में उसकी आवाज़ दबकर रह

गयी।

"रोटी के लिए भंगी आया है मां, रोटी के लिए भंगी आया है," वह कुछ ज़ोर से चिल्लाया।

लेकिन इससे भी कोई लाभ नहीं हुआ।

बक्खा गली में और भीतर तक चला गया, जहां चार घरों के दरवाज़े एक- दूसरे के पास-पास थे। वहां खड़े होकर उसने चिल्लाकर आवाज़ लगायी, "भंगी के लिए रोटी मां, भंगी के लिए रोटी।"

फिर भी किसी ने नहीं सुना। बक्खा ने सोचा, 'काश, दोपहर होती!' वह जानता था कि दोपहर के संमय घरों की मालकिनें सदा नीचे, अपने घरों के बड़े कमरों में होती हैं या गली की नालियों के पास गप्पें लड़ाती या चरखा चलाया करती हैं। लेकिन आज उसने उनमें से अनेक को गली में सिमटकर बैठे तथा अपनी-अपनी ओढ़नी को सिरों पर रखकर रोतें-चिल्लाते या किसी की मृत्यु पर छातियां पीट-पीटकर विलाप करते देखा, तो उसे शर्म आ गयी।

'भंगी के लिए रोटी मां,' वह फिर चिल्लाया।

कोई उत्तर नहीं मिला। बक्खा की टांगें दर्द कर रही थीं। उसकी हड्डियां भी सुस्त थीं, अजीब क़िस्म का सुन्नपन था उनमें। बक्खा के दिमाग़ ने काम करने से मना कर दिया। वह गली में बने एक मकान के लकड़ी के तख़्ते पर बैठ गया। वह थकान और घृणा से भरा हुआ था। घृणा से भी अधिक वह थका हुआ था। अपनी घृणा के कारण को, सवेरे के अपने अनुभव को, वह भूल चुका था। उसे अपनी हड्डियां उनींदी-सी लगीं। अपनी आंखों को खुला रखकर वह नींद से लड़ना चाहता था। लेकिन अपने थके हुए शरीर को आराम देने के लिए वह लकड़ी से बने एक हॉल दरवाज़े से लगकर झुक गया। वह जानता था कि उसकी जगह ईंटों के सीले हुए खड़ंजे पर है, जो उन नालियों के किनारों पर हैं, जो घरों के पानी को गन्दे पाइपों से ले जाता है। लेकिन एक क्षण के लिए वह सब कुछ भूल गया। उसने कोई परवाह नहीं की। अपनी टांगों को एक कोने में समेटकर वह दुबक गया, जहां अंधेरे ने उसे ढक लिया।

बक्खा के थके हुए शरीर के लिए यह एक प्रकार की अर्धनिद्रा थी, जिसका आनन्द वह ले रहा था, लेकिन यह उसका दुर्भाग्य ही था। वह अचेत हो चुका था और अचेतन में ही अनेक भूल-भुलैया, रुकावटें व अजीब-अजीब भ्रान्तियां स्वप्न बुन रही

थीं। बक्खा ने अपने आपको एक बैलगाड़ी में जाते देखा। एक अत्यन्त शानदार शहर की भीड़-भरी सड़कों पर उसने एक बारात देखी, जिसमें शानदार कपड़े पहने, हंसते हुए लोग एक पालकी के पीछे-पीछे चल रहे थे। पालकी गेरुए रंग के कपड़ों से ढकी हुई थी, जिसे चार आदमी ले जा रहे थे। पालकी के आगे-आगे एक सिख-बैंड था, जिसे बजाने वाले अंगरेजी फ़ौज की वर्दी में सजे हुए थे। उनके हाथों में शहनाई, बिगुल, बांसुरियां, बड़े-बड़े सैक्सोफ़ोन और ड्रम थे, जो क़तारों में चल रहे थे। लेकिन वे धुनें, उन धुनों से अलग थीं, जिन्हें बक्खा छावनी में सुन चुका था। वह तो एक बेसुरा विलाप था, जो भयानक और परेशान करने वाला था। उसके बाद बक्खा ने अपने आप को रेलवेस्टेशन के प्लेटफ़ार्म पर पाया, जहां उसने लोहे के चालीस बन्द माल-डब्बे देखे, जिनके दोनों ओर इञ्जन लगे थे। एक लम्बी क़तार में लगे, उसने कुछ खुले हुए ट्रक भी देखे, जिनमें से दो में, पत्थरों के बड़े-बड़े टुकड़े और लकड़ी के ढेर थे। फिर उसने अपने आपको उन सबके ऊपर चढ़ते हुए देखा और वहां बैठकर अपने एक हाथ में चांदी के हत्थे वाली एक छतरी, अपने सिर पर एक सोलर टोपी और अपने मुंह में अपने बापू के हुक़्क़े की नली देखी। अचानक, उसने लोहे के डब्बों को हिलते हुए देखा। फिर लगभग उसी समय उसे चूं-चूं की आवाज़, विलाप और उत्तेजना भी सुनाई दी, जो पास से ही आ रही थी। फिर उसे लगा कि बग़ल की रेलपटरी पर किसी की हत्या कर दी गयी है। वह भयभीत हो गया और उसने कल्पना की कि वह माल-डब्बे के अन्तिम सिरे पर झुक रहा है। उसने देखा कि वहां नीली वर्दी पहने रेलवे के कुछ कुली एक डिब्बे को शेड में धकेल रहे थे। उसके बाद उसे एक छोटे-से गांव में ले जाया गया, जहां नालियों के बहते पानी से बनी और कीचड़ से भरी छोटी-छोटी गलियां थीं। वहां उसने कुछ गायों को दो बड़ी गाड़ियों के पास घूमते हुए देखा, जिन पर बुरी तरह से सामान लादा हुआ था और जो कीचड़ में अटकी हुई थीं। दोनों गायें एक-दूसरी से विपरीत दिशाओं से आ रही थीं। खुली हुई दुकानों में अनगिनत चिड़ियां अनाज के ढेर पर बैठी हुई थीं और दाना चुग रही थीं। एक घिनावना कौआ, एक बैल की छिली हुई गर्दन पर मंडरा रहा था और उसमें चोंच मार रहा था। फिर उसने एक छोटी लड़की को देखा, जो मिठाई की दुकान के सामने खड़ी थी। वह अपने साथ लाये भोजन को ऊंचा उठाकर, हंसते हुए आगे बढ़ गयी। कौए ने नीचे को झपट्टा मारा और लड़की के हाथ से छीनकर भोजन को पास के नाले के पास पड़े कूड़े के ढेर पर फेंक दिया। लड़की ने रोना आरम्भ कर दिया। फिर उसने एक सुदर्शन सुनार को देखा, जो लकड़ी के कोयले की आग के पास बैठा, ज़ेवर बना रहा था। उस सुनार ने

ऊपर की ओर देखा, कुछ समझते हुए मुसकराकर उसने चिमटे की सहायता से एक जलता हुआ कोयला उस लड़की के ऊपर को उठे हुए हाथ पर रख दिया। फिर वह लड़की प्रसन्नतापूर्वक ठुमकती हुई एक पतली-सी गली में चली गयी। लड़की इस बात से प्रसन्न थी कि वह अपनी मां के चूल्हे के लिए आग का एक टुकड़ा ले जा रही है।

उसके बाद बक्खा ने अपने आपको एक स्कूल में देखा, जहां पीली पगड़ियां पहने, बच्चे ज़ोर-ज़ोर से पढ़ रहे थे और उनका अध्यापक बैठा हुआ था। अध्यापक ने अपने हाथ में एक छड़ी पकड़ी हुई थी और वह अपने विद्यार्थियों को सावधानीपूर्वक देख रहा था। कक्षा का मानीटर अपने प्रत्येक साथी की बेंच तक एक-एक श्लोक पहुंचा रहा था, जिसे वे उसके पीछे-पीछे दोहरा रहे थे। उस अद्‌भुत शहर में गलियों के पीछे एक नाला बह रहा था, जिसके पास एक महल था, जिसकी गुम्बदाकार भीतरी छत पत्थर के पुलों पर टिकी हुई थी। उसके तराशे हुए पत्थर किसी का भी ध्यान आकर्षित कर लेते थे। बक्खा ने अत्यन्त आश्चर्यपूर्वक और प्रशंसापूर्वक उसे देखा, लेकिन वह हांफने लगा। फिर वह उस महल के भीतर चला गया और उसने देखा कि महल को चट्टान काटकर निकाला गया था। महल की छत लाल, सुनहरी, काले और हरे रंग से पुती हुई थी। उसके स्तम्भ अत्यन्त विशाल एवं अलंकृत थे। वे सब मिलकर एक चक्र बना रहे थे और दूर किनारे पर एक गलियारे का निर्माण कर रहे थे। एक क्षीणकाय व्यक्ति के चारों ओर भीड़ लगाये लोग खड़े हुए थे। गुम्बद के भीतर से कुछ सिपाही बातचीत करते, चहचहाते, हंसते हुए प्रसन्नचित्त बाहर निकले और उसे एक जले हुए खुले मैदान में ले गये, जहां पिछली शाम की आग अभी तक सुलग रही थी, जिससे ढेरों मानव-शरीरों के धुएं के छल्ले निकल रहे थे। मृत शरीर के पीछे अनेक साधक खड़े हुए थे, जो मृतकों की राख को अपने सिर पर डाल रहे थे, गांजा पी रहे थे और गुप्त उपासना के लिए विनाशकारी नृत्य कर रहे थे। एक गोरा साहब उन्हें एक कोने से देख रहा था। वह इस दृश्य पर मुसकराया। बक्खा ने उनमें से एक साधक को देखा, जो दस हज़ार वर्ष का बूढ़ा तपस्वी लगता था। वह मुंड़े सिर वाला साधक, ध्यानावस्था में शान्त, लेकिन नंगा बैठा था। उसने जादू का एक करतब दिखाया, जिसके कारण गोरा साहब एक काला कुत्ता बन गया। बक्खा ने उस साधक को एक उपहार देना चाहा, लेकिन उस साधक के अनुयायियों ने बक्खा को रोक दिया और उसे बताया कि ऐसा नहीं करना चाहिए। बक्खा आश्चर्य से खड़ा रह गया कि वह व्यक्ति जीवित कैसे है? तभी वृक्ष पर से बन्दरों का एक झुण्ड नीचे कूदा और...

"अलख, अलख" की एक आवाज़ आयी, जिसने बक्खा को जगा दिया। स्वप्न पूरी तरह टूट गया और धूप की उस चमक में विलीन हो गया, जो ऊंचे-ऊंचे घरों से झुककर आ रही थी। बक्खा समझ गया कि दोपहर हो गयी है और उसी समय साधु और भिखारी भक्तों के दरवाज़ों पर भिक्षा के लिए आ पहुंचते हैं। उसने तुरन्त अपने आपको संभाला, अपनी आंखें मलीं और महसूस किया कि अब शीघ्र ही रोटी मिल जायेगी। बक्खा जानता था कि मालकिनें भभूत लगाये साधुओं की प्रतीक्षा में बैठी रहती हैं और साधुओं का सत्कार करने से पहले भोजन नहीं करती हैं। 'अब मुझे शीघ्र ही भोजन मिल जायेगा,' बक्खा ने सोचा और लेटे-लेटे ही एक साधु की ओर देखा, जो उसे घूर रहा था। बक्खा ने एक क्षण पहले वाला उनींदापन महसूस किया।

"बम-बम भोलेनाथ!" अपने हाथों के कड़े हिलाते हुए अपनी विशिष्ट शैली में एक साधु चिल्लाया, जिसे सुनकर दो महिलाएं भागती हुई अपने घरों की छतों के छज्जे पर आ गयीं।

"मैं भोजन ला रही हूं, साधूजी," वह महिला चिल्लायी, जिसके दरवाज़े पर बक्खा आराम कर रहा था। लेकिन जब उसने एक भंगी के शरीर को अपने घर के बाहर लकड़ी के चबूतरे पर सिकुड़े देखा, तो वह चिल्ला उठी, "तू खसमां नूं खाणें, तेरा सत्यानाश हो, तू मर जाये, तूने मेरे घर को भ्रष्ट कर दिया। उठ जा, उठ जा। तूं खसमां नूं खाणें, अगर तुझे खाना ही चाहिए था, तो तू चिल्लाया क्यों नहीं ? क्या यह तेरे बाप का घर है, जो तू यहां आकर आराम करने लग गया ?"

बक्खा अकस्मात् ही उठ खड़ा हुआ। उस महिला का स्वर साधु की बजाय बक्खा की ओर मुड़ गया था। बक्खा ने अपनी आंखें मलते हुए और सुस्ती झाड़ते हुए माफ़ी मांगी।

"मुझे माफ़ कर दो मां। मैंने रोटी के लिए आवाज़ लगाई थी, पर शायद आप काम में लगी हुई थीं, सुन नहीं सकीं। मैं थका हुआ था, इसलिए यहां बैठ गया।"

"लेकिन खसमां नूं खाणें, तुझे बैठना ही था, तो तू मेरे दरवाज़े पर ही क्यों बैठा ? तूने मेरा धर्म भ्रष्ट कर दिया। तुझे वहां गली में बैठना चाहिए था। अब मुझे पूरे घर में गंगाजल छिड़कना होगा। तू नमकहराम! ओह, कैसा घोर अनर्थ! आजकल तुम भंगियों ने आसमान सिर पर उठा रखा है। आज, मंगलवार के दिन सुबह-सवेरे इतना बड़ा दुर्भाग्य! और वह भी तब, जब मैं मन्दिर होकर आयी थी।" अब उसने साधु की ओर देखा और अपनी गालियों को रोका। बक्खा ने महिला की ओर नहीं देखा; क्योंकि उसे पता था कि वह क्रोध में भरी हुई थी।

"साधूजी, ज़रा धीरज रखो," दोबारा उस महिला की आवाज़ आयी। "मैं अभी जाती हूं और आपको भोजन लाकर देती हूं। इस खसमां नूं खाणें ने मुझे यहां रोककर मेरी रोटी भी जला दी है।" यह कहते हुए वह अपने छज्जे से पीछे हट गयी।

इसी बीच दूसरी महिला सीढ़ियों से नीचे आयी। वह कुछ भारी थी, लेकिन शान्त थी। उसके एक हाथ में चावल थे और दूसरे में रोटी थी। चावल उसने साधु की झोली में डाल दिये और रोटी बक्खा को पकड़ाते हुए प्यार से बोली, "बेटा! तुझे इस तरह लोगों के दरवाज़ों पर नहीं बैठना चाहिए।"

"तू जुग-जुग जिये, तेरा परिवार फूले-फले," भीख मिल जाने के बाद साधु ने कहा। "क्या साधु को थोड़ी-सी दाल भी मिलेगी?"

"हां, साधूजी," उस महिला ने उत्तर दिया। "कल, कल से तुम्हें दाल भी मिल जाया करेगी। अभी मैं खाना पका रही हूं।" और यह कहते हुए वह सीढ़ियों पर चढ़ने के लिए भाग ली।

अब भ्रष्ट हुए मकान की मालकिन नीचे आयी। वह क़द में जितनी छोटी थी, उतनी ही बकवादी भी थी। उसने गिद्ध-दृष्टि से बक्खा को देखा और उलाहना देते हुए बोली, "वाह, तूने तो आज सवेरे-सवेरे मेरे घर को भ्रष्ट करके सजा दिया है।" फिर वह साधु की ओर पलटी और उसके कमण्डलु में कटोरा- भर पके हुए चावल और ढेर सारी गरमागरम सब्ज़ी उलट दी और बोली, "कृपया इसे स्वीकार करें। घर ठीक-ठाक है, इसने भ्रष्ट नहीं किया है। अगर आपके पास मेरे बेटे के बुख़ार के लिए कोई दवा हो, तो लेते आना।"

"देवता तुम्हारे और तुम्हारे बच्चों पर कृपा करें।" साधु ने आशीर्वाद देते हुए कहा। "मैं सवेरे कुछ जड़ी-बूटियां ले आऊंगा।" यह कहते हुए उसने अपनी गरदन घुमा ली।

यह सोचते हुए कि साधु के प्रति सदव्यवहार करके, उसने पर्याप्त पुण्य अर्जित कर लिया है और भंगी के प्रति कठोर होने से उसे कोई विशेष हानि नहीं होगी, उस महिला ने बक्खा को कोसते हुए कहा, "तू मर जाये। तूने या तेरी बहिन ने आज खाना मांगने के लिए क्या किया है? उसने आज सवेरे गली की सफ़ाई नहीं की और तूने मेरा घर भ्रष्ट कर दिया। आ, ज़रा नाली को साफ़ कर दे। तब तुझे रोटी मिलेगी। आ, अब थोड़ा काम भी कर; क्योंकि तूने मेरे घर को भ्रष्ट कर दिया है।" बक्खा ने क्षण-भर के लिए महिला की ओर देखा, फिर उसकी गालियों के कारण सिर झुकाकर एक छोटी झाड़ू से नाली की सफ़ाई करने लगा।

तभी घर की छत से एक बच्चा चिल्लाया, ''मां, मुझे... जाना है।''

''नहीं, तू नहीं जा सकता,'' मां ने उत्तर दिया, जो भंगी के काम का मुआइना करने के लिए खड़ी हुई थी। ''तू ऊपर नहीं जा सकता। वहां सारा दिन पड़ी रहेगी। यहां नीचे आ जा, जल्दी से और यहां नाली पर बैठ जा। भंगी साफ़ कर देगा।'' उस महिला ने कहा।

''नहीं,'' ज़िद्दी लड़के ने आग्रह किया। खुली जगह में बैठने से वह शरमा रहा था।

उसकी मां उसे नीचे लाने के लिए ऊपर दौड़ी। बक्खा के लिए वह जो रोटी लायी थी, वह उसे देना भूल गयी। ऊपर पहुंचने के बाद, उसने अपने बेटे को बिना रोटी दिये ही नीचे भेज दिया। वह दोबारा नीचे नहीं उतरना चाहती थी, इसलिए उसने बक्खा को पुकारा, जो अपना काम कर रहा था।

''वे बक्खा, ये ले, तेरी रोटी नीचे आ रही है।'' यह कहते हुए उसने रोटी बक्खा की ओर उछाल दी।

बक्खा ने झाड़ू को एक ओर रखा और अपने स्वभाव के अनुसार एक अच्छा क्रिकेटर बनना चाहा, लेकिन मालपुए के समान काग़ज़ी व पतली रोटी हवा में तैर गयी और गली में, ईंटों के खड़जे पर पतंग की भांति जा गिरी। बक्खा ने चुपचाप उसे उठाया और पहले मिली रोटी के साथ झाड़न में लपेट लिया। उसके बाद, गली की सफ़ाई करने से उसे घृणा हो गयी, विशेषकर तब, जब वह छोटा लड़का उसके सामने नाली पर बैठा..... कर रहा था। फिर झाड़ू को रखकर और बिना 'धन्यवाद' कहे, वह चलता बना।

''ये लोग आजकल कितने बड़े हो गये हैं? ऊंचे ही ऊंचे उड़ते जा रहे हैं।'' धन्यवाद न पाने के कारण महिला ने कहा।

''मां, मैं निबट चुका हूं।'' महिला का बेटा चिल्लाया।

''बेटा, अगर पड़ोस में अचार बनाने वाली के घर पर तुझे कोई पानी देने वाला नहीं है, तो ज़मीन पर ही रगड़ ले।'' महिला ने कहा और वापस अपने रसोईघर की ओर चल दी।

सुबह से इकट्ठा हुआ सारा क्रोध बक्खा के मन में भरा हुआ था और अब इस ताज़ा अपमान का क्रोध! उसे लगा कि वह नींद से जाग गया है, सुबह की लगभग सभी अप्रिय स्मृतियां समाप्त हो गयी हैं, लेकिन अब उसके सिर में दर्द हो रहा था।

धीमी-धीमी गरमाहट उसकी रीढ़ से ऊपर की ओर चढ़ती आ रही थी, जिसके कारण उसके शरीर का रक्त सूखता जा रहा था और उसका चेहरा सिकुड़ता जा रहा था। फिर उसने अपने आपसे कहा, 'मैं सोचता हूं कि अगर मन्दिर में वह सब न हुआ होता, तो रोटी लेने के लिए सोहनी आ जाती। मैं इस गली में क्यों आया?' वह कुछ-कुछ बेहोशी की हालत में चला जा रहा था। काला व गन्दा, लेकिन व्यवस्थित, मान-मर्यादा और शालीनता के साथ, जो उसकी आकर्षक वर्दी उसे प्रदान कर रही थी। एक आग थी, जो उसे नियन्त्रित किये हुए थी। 'मुझे खड़ंजे पर से उस रोटी को नहीं उठाना चाहिए था,' उसने कहा और एक आह भरी, जिससे उसे कुछ आराम मिला।

इसी बीच उसे भूख सताने लगी, शायद भोजन की तलाश में उसके पेट में चूहे दौड़ रहे थे। घर की ओर क़दम बढ़ाते हुए उसने धूल पर सफ़ेद लच्छेदार थूक उगलना आरम्भ कर दिया। उसके रोंगटे खड़े हो गये। अपनी पगड़ी के नीचे उसे पसीना बहते हुए लग रहा था। उसने ऊपर सूरज की ओर देखा। वह ठीक उसके सिर पर था। सूरज के ऊपर चढ़ आने के कारण बक्खा का चेहरा उत्तेजित हो उठा। उसे समय का ज्ञान था। 'बग़ल में सिर्फ़ दो रोटी दबाकर मैं घर कैसे जाऊं?' उसे लगा कि बापू अवश्य पूछेगा कि मैं उसके लिए क्या-क्या स्वादिष्ट पदार्थ लाया हूं। 'अब इसमें मेरा क्या दोष है कि मुझे केवल दो रोटियां ही मिल सकी हैं? बापू अवश्य पूछेगा कि खाना लाने के लिए सोहनी क्यों नहीं गयी? मुझे उसको सारी कहानी बतानी पड़ेगी। वह क्रोधित हो उठेगा।' उसे याद हो आया कि जब वह छोटा बच्चा था, तो उसके बापू ने उसे गाली दी थी; क्योंकि उसने घर आकर बताया था कि एक सिपाही ने उसे डरा दिया था। 'बापू हमेशा ही दूसरों का पक्ष लेता है, अपने परिवार का पक्ष कभी नहीं लेता। मैं उसे पुजारी के बारे में कैसे बता सकता हूं? वह इस पर विश्वास ही नहीं करेगा। और अगर मैं गली में हुई घटना के बारे में उसे बताऊंगा, तो वह गुस्से से फट पड़ेगा। जिस दिन भी तुझे काम करने के लिए शहर भेजता हूं, तो तू वहां जाकर कोई-न-कोई झगड़ा खड़ा कर देता है। वह यही कहेगा। तू ठीक तरह से अपना काम करना कब सीखेगा?' बक्खा ने सोचा कि यह सब सहने की बजाय वह झूठ बोल देगा। 'फिर वह पूछेगा कि खाना लाने के लिए सोहनी क्यों नहीं गयी? उसने उससे भी अवश्य पूछ लिया होगा कि वह इतनी जल्दी घर क्यों आ गयी। शायद सबसे अच्छा यही रहेगा कि कुछ भी न कहा जाये, लेकिन वह पूछेगा अवश्य। ओह, कोई परवाह नहीं, जो चाहे, हो जाये।' उसने अपने दिमाग़ को झगड़े की ओर से हटा लिया और आसमान पर किसी आवारा चील और बादलों के टुकड़ों में खो गया।

दिमाग़ में भरी बातों के कारण, बक्खा को घर का रास्ता बहुत लम्बा नहीं लगा। उसे अपना परिवार घर के बाहर धूप सेकता नज़र आया। भंगियों की गलियों में रोशनी का कोई प्रबन्ध नहीं था। इसलिए वहां के अधिकांश निवासी गहन अन्धकार में भी अपने छोटे-छोटे घरों में बने चूल्हों में सुलगती आग के धुएं में ही रातें गुज़ारा करते थे और खुली हवा में अपना अधिकतम समय, मोटे टाट के बेकार टुकड़ों से ढककर ही गुज़ार दिया करते थे। गरमियों में ज़रूर कुछ कठिनाई हुआ करती थी। उस समय वे अपनी रस्सी या बान से बनी उन्हीं चारपाइयों से सायंबान बना लिया करते थे, जिन पर वे रात में सोया करते थे। सारा दिन उन्हीं के नीचे बैठे रहते थे। सर्दियों में, अवश्य ही वे सूरज के चढ़ते ही अपने घरों से बाहर निकल आया करते थे और शाम को सर्दी होने तक बाहर ही रहा करते थे।

सोहनी की मां ने अपने घर के दरवाज़े के साथ एक रसोईघर बना लिया था, जिसका ज़िम्मा सोहनी पर था। वास्तव में, वह ऐसा रसोईघर नहीं था, जैसा हिन्दू घरों में होता है और न यहां सीमाबन्दी करने के लिए चार दीवारें ही थीं। यह तो एक कामचलाऊ रसोईघर था। चूल्हे के पास दो झाड़ू रखी हुई थीं, कूड़े की एक ख़ाली टोकरी, एक डब्बा, मिट्टी के दो घड़े और इनामल का एक फूटा हुआ जग बिखरे पड़े थे। अधिकतर बरतन मिट्टी के थे, जो बार-बार आग पर चढ़ने के कारण काले पड़ गये थे और जब से बक्खा की मां की मृत्यु हुई थी, तब से कभी धुले नहीं थे। सोहनी छोटी और नासमझ थी और उसे घर से बाहर बहुत काम करना होता था, ताकि वह ध्यानपूर्वक घर को संभाल सके। इसके अलावा, वहां पानी की कमी थी, लेकिन अपने धन्धे व पड़ोस के कारण वे वहां रहने के लिए मजबूर थे। उन्हें एक घड़े-भर पानी से अधिक की ज़रूरत थी, लेकिन जो उन्हें मिल नहीं पाता था, लगभग बिना पानी के ही काम चलाना पड़ता था; स्वच्छता, सफ़ाई और स्वास्थ्य का अर्थ उनके लिए समाप्त हो चुका था।

"रक्खा कहां है?" बक्खा ने रोटियों से लिपटा झाड़न देते हुए अपनी बहिन से पूछा।

वह चुप रही, लेकिन उसके बापू लक्खा ने उत्तर दिया, "वह बदमाश बैरक में लंगर से खाना लाने गया है।"

वह बूढ़ा व्यक्ति अपनी चारपाई के ढांचे पर बैठा हुआ था, अब रसोईघर के पास खिसक गया। हुक़्क़ा गुड़गुड़ाते हुए उसके प्रत्येक कश के साथ उसका खांसना! वह दमे का मरीज़ था। वह बना-ठना लग रहा था, लेकिन वह चिमटी की सहायता से

अपने चेहरे के फ़ालतू बालों को उखाड़ता रहता था, जो हमेशा उसके तकिए के नीचे रखी रहती थी, एक देसी शीशे के पास। उसकी खड़ी हुई सफ़ेद दाढ़ी किनारों और दोनों ओर से सफ़ाई के साथ कटी हुई दिखाई देती थी। उसकी आंखों में सुबह के कारण विनम्रता का भाव था, लेकिन उसके होंठ कसकर भिंचे हुए थे और कसकर बांधी गयी नीली पगड़ी के नीचे उसकी भौंहों पर झुर्रियां पड़ी हुई थीं। उसका चिड़चिड़ापन अभी दूर नहीं हुआ था।

''खाने के लिए तू कोई बढ़िया चीज़ लाया है?'' उसने बक्खा से पूछा। ''मुझे भूख लग रही है। थोड़ा-सा अचार, पालक और मक्की के आटे की रोटी।''

''मैं सिर्फ़ दो रोटियां लाया हूं।'' बक्खा ने उत्तर दिया। सब कुछ स्पष्ट कह डालने अथवा झूठ बोलने की जिस भावना को वह अपने दिल में दबाये हुए था, वह सम्मुख आ पहुंची थी।

''बदमाश! तू किसी काम के लायक़ नहीं है,'' लक्खा बड़बड़ाया। ''आशा है, वह बदमाश बैरकों से कुछ बढ़िया खाना लेकर आयेगा।''

यह कहते हुए उस बूढ़े जमादार के मुंह में पानी भर आया और उसका मन खाने के उस बड़े-से ढेर तक ज़ा पहुंचा, जो उसे शादियों के मौक़ों पर बाहर की गलियों में मिला करते थे। पूड़ियां, सब्ज़ियां, नाना प्रकार की कड़ी, सूजी का हलवा, मिठाइयां और स्वादिष्ट अचार, ऊंची ज़ात के लोगों की पत्तलों की जूठन और कभी-कभी सीधा रसोईघर से भी कुछ बचा-खुचा सामान! वे अविस्मरणीय दिन लक्खा के लिए इतने प्रसन्नतादायक होते थे कि वह हर लड़की को बड़ी होते देखा करता था। वह जिस गली में काम किया करता था, वहां उनके मां-बाप से पूछता रहता था कि उन लड़कियों की शादी का शुभ दिन कब आयेगा। बुलाशाह में, बाल-विवाह के लिए लक्खा पर ही इल्ज़ाम लगाया जाना चाहिए। होने वाली दुलहिनों के माता-पिता लक्खा को सदा याद रखते थे, उसे कपड़ों का सूट और ढेर सारा खाने का सामान दिया करते थे। दूसरा अवसर, जो उसे याद था, जब वह रेजिमेण्ट युद्ध से वापस आया करती थी, जिसमें वह काम किया करता था। वापसी का जश्न मनाने के अवसर पर शानदार दावतें हुआ करती थीं और भंगियों का जमादार होने के कारण लक्खा को ही बचे-खुचे भोजन का बंटवारा करने के लिए इंचार्ज बनाया जाता था। उसे याद आया कि उस वर्ष लकड़ी का वह बक्सा, जिसमें उसकी पत्नी मिठाइयां रखा करती थी, कभी ख़ाली नहीं रहता था।

''मैं शहर के लोगों को अच्छी तरह से नहीं पहचानता और मैंने खाने के लिए

लोगों के घरों पर आवाज़ भी नहीं लगायी।'' बक्खा ने अपने पिता से क्षमा करने के लिए कहा। यह सुनकर लक्खा का चेहरा चटोरेपन की कल्पना से व्यथित हो उठा।

''तुम्हें कोशिश करनी चाहिए, उन्हें पहचानना चाहिए। बेटा, मेरे मर जाने के बाद, तुम्हें जीवन-भर उनके लिए काम करना होगा।'' लक्खा ने उसे समझाते हुए कहा।

बक्खा ने आने वाले दिनों की भंयकरता को अपने सम्मुख आते महसूस किया। नौकरी और अपमान साथ-साथ ही आने थे। उसने भीड़ को अपने ऊपर चिल्लाते हुए देखा, छोटे पुजारी को हवा में हाथ लहराते और ''भ्रष्ट कर दिया, भ्रष्ट कर दिया'' चिल्लाते हुए देखा, उस महिला को भी देखा, जिसने उसके ऊपर रोटी फेंक मारी थी और नाली साफ़ न करने पर फटकारा था। 'नहीं-नहीं, कभी नहीं', मानो उसका दिमाग़ कह रहा था। फिर उसके सामने बक्खा का वह रूप भी सामने आया, जिसमें वह एक शानदार मिलिटरी वर्दी में सजा, अंगरेज बैरकों में साहबों के कमोड साफ़ कर रहा था। 'हां, शायद इससे भी अधिक,' उसने अपने आप से कहा।

यह भय और रोमांच का एक विचित्र मिश्रण था। अपने ही शहर के प्रति उसकी नफ़रत तथा उस दुनिया से प्यार, जिसमें उसकी दिलचस्पी भी थी! लोग किसी स्थान के आदी हो जाते हैं, उसके साथ पारिवारिक सम्बन्ध बना लेते हैं और एक ऐसा पड़ाव आ जाता है, जब किसी अनजान का सम्मोहन उन पर हावी हो जाता है। यह सम्मोहन ही, पारिवारिक सम्बन्धों पर अप्रसन्नता प्रकट करते हुए, उन सम्बन्धों के बासी अथवा नीरस हो जाने के कारण एक नया सामंजस्य स्थापित कर लेता है। वही मन, जो कभी नये परीलोक में झांक आया था, वहां के विभिन्न पहलुओं का अवलोकन कर आया था, वही मन, जब जीवित वास्तविकता के जंगली घोड़े की लगाम खिंचते देखता है, तो धक्का खाकर निराश हो जाता है। लेकिन किसी बालक की खुली हुई, आंशावादी और विस्मित आंखों से दुनिया को देखकर लोग कितना सुख अनुभव करते हैं? बक्खा की निष्कपटता को पसन्द भी किया जा सकता है, उसे समझा भी जा सकता है और उसे क्षमा भी किया जा सकता है। उसे अपना घर, अपनी गली, अपना शहर पसन्द नहीं था; क्योंकि वह वहां काम करता रहा था। अंगरेज सिपाहियों की बैरकों में उसे किसी दूसरी दुनिया की झलक दिखाई देती थी, जो अद्भुत और सुन्दर थी। उसने अपने देसी जूतों के स्थान पर फ़ौजी बूट पहनना आरम्भ कर दिया था, जो उसे भेंट में मिले थे। इसके साथ वर्दी की अनेक अद्भुत और आकर्षक चीज़ों से उसने एक नयी दुनिया बना ली थी; क्योंकि वह पुरानी और कठोर जीवन-पद्धति की बंधी-बंधाई

परम्पराओं का प्रतिनिधित्व करती थी, जिसमें वह पैदा हुआ था। वह अपने मार्ग का अगुआ था। हालांकि उसने उस शब्द के बारे में सुना तक नहीं था और इस बात से भी पूरी तरह अनजान था कि यह उस पर लागू भी हो सकता है।

"आज तुझे क्या हो गया है?" बक्खा के बापू ने उससे पूछा। बक्खा की आंखों के वहशीपन की ओर ध्यान देते हुए और उसके उदासीन चेहरे के रंग-ढंग को देखकर उसने बक्खा से पूछा, "क्या तू थक गया है?"

यह सुनकर बक्खा के मन में एक हलचल-सी पैदा हो गयी। 'इसे बता दूं या नहीं?' बापू के सहानुभूतिपूर्ण शब्दों ने उसके मन के तारों को भीतर तक झंकृत कर दिया था। वह रोना चाहता था। एक क्षण के लिए वह ठिठका, फिर किसी रहस्य को छिपाने का प्रयत्न करते हुए उसने कहा, "कुछ नहीं, कुछ भी नहीं है।"

"कुछ भी नहीं है?" उसके बापू ने दोहराया। "कुछ बात तो है। आ, मुझे सच-सच बता।"

बक्खा को लगा कि वह सचमुच रो देगा और उस रहस्य को दबा देने की इच्छा के कारण उसका मन खण्ड-खण्ड हो जायेगा। पिता की सहानुभूति पाकर वह द्रवित हो गया था। उसे अपना दम घुटता-सा लगा। उसे लगा कि वह देर तक अपने को संभाल नहीं सकेगा। इसलिए वह एक धमाके के साथ फूट पड़ा। उसका यह ढंग उस ढंग से एकदम अलग था, जिसमें वह बोला करता था।

"आज सवेरे उन्होंने मुझे दुत्कारा है। उन्होंने मुझे गालियां दी हैं; क्योंकि जब मैं जा रहा था, तो एक आदमी मुझसे छू गया। उसने मुझे घूंसा मारा और भीड़ ने मुझे घेर लिया, गालियां देने और...।" इससे आगे वह कुछ न कह सका। आत्म-दया की भावना ने उसे जकड़ लिया था।

लक्खा ने क्रोध और सहानुभूति के मिश्रित स्वर में कहा, "बेटा, क्या तुमने उन्हें अपने आने की सूचना दे दी थी?"

इस पर बक्खा की आत्मा चीत्कार कर उठी। वह यह सोचकर छटपटा उठा कि उसने अपने बापू को अपने अनुभव के बारे में बता दिया था। 'मैं ज़ानता था कि वह कहेगा कि मैं उसे सब कुछ सच-सच बता दूं।' बक्खा ने सोचा।

"मेरे बेटे! तू सावधान क्यों नहीं था?" बेटे को उत्तेजित जानकर लक्खा ने क्रोधित होने की अपेक्षा नरम होते हुए कहा।

"लेकिन बापू, इससे क्या फ़ायदा?" बक्खा चिल्लाया। "हम चिल्लायेंगे, तब भी वे हमारे साथ ग़लत व्यवहार ही करेंगे। वे सोचते हैं कि हम उनकी गन्दगी

साफ़ करते हैं, तो हम भी सिर्फ़ गन्दगी ही हैं। मन्दिर में उस पुजारी ने सोहनी के साथ छेड़खानी की और फिर चिल्लाने लगा, 'भ्रष्ट कर दिया, भ्रष्ट कर दिया।' सुनारों की गली में, उस बड़े मकान वाली औरत ने चौथी मंजिल से मुझ पर रोटी दे मारी। अब मैं दोबारा शहर में नहीं जाऊंगा। मैंने इस काम से तौबा कर ली है।''

लक्खा द्रवित हो उठा। उसकी मूंछों पर एक विचित्र-सी संकोच-भरी मुसकान मंडरा उठी। असमर्थ क्रोध की एक मुसकान!

''तूने उसे गाली तो नहीं दी, उस पर हाथ तो नहीं उठाया न?'' लक्खा ने पूछा। अपने बेटे के जुर्म के परिणामस्वरूप भय की भावना के साथ-साथ लक्खा के स्वर में चापलूसी-भरी दीनता भी मिली हुई थी। वह ऊंची जाति के लोगों के विरुद्ध बदला लेने की बात सोच भी नहीं सकता था।

''लेकिन, मैंने सूचना न देने के लिए माफ़ी मांग ली थी।'' बक्खा ने उत्तर दिया। ''मैं उन्हें अपने हाथ दिखा सकता था।''

''नहीं-नहीं, बेटा नहीं,'' लक्खा ने कहा। ''हम ऐसा नहीं कर सकते। वे हमसे बड़े हैं। हम पुलिस के सामने कुछ भी कहें, उनका एक लफ़्ज़ ही उस सबको झुठला देने के लिए काफ़ी है। वे हमारे मालिक हैं। हमें उनकी इज़्ज़त करनी चाहिए और वे जैसा कहें, वैसा ही करना चाहिए। उनमें से कुछ मेहरबान भी हैं।''

लक्खा ने अपने बेटे के चेहरे की ओर देखा, जो थोड़ा नरम पड़ गया था। जो तनाव बक्खा के चेहरे पर दिखाई दे रहा था, बूढ़े व्यक्ति ने उसे समझ लियां था। लड़के को चोट लगी थी और वह दुखी था। लक्खा यह भी समझ गया था कि बक्खा ऊंचे लोगों से घृणा करता है। उसने अपने बेटे के दुःख को शान्त करने का प्रयास किया।

''तुझे पता है, जब तू छोटा था, तो मुझे भी एक ऐसा ही घिनावना तजरबा हुआ था। तुझे बुख़ार था, मैं इसी शहर में हकीम भगवानदास के घर गया। मैं चिल्लाता रहा, चिल्लाता रहा, लेकिन किसी ने मेरी आवाज़ नहीं सुनी। हकीम साहब के दवाख़ाने के पास से एक बाबू जा रहा था, तो मैंने उससे कहा, ''बाबूजी, बाबूजी, परमात्मा आपको सुखी रखे। मेहरबानी करके हकीम साहब के कानों तक मेरी ख़बर पहुंचा दें। मैं कब से चिल्ला रहा हूं और कुछ लोगों से कह भी चुका हूं कि हकीम साहब को ख़बर कर दें। मुझे उनसे विनती करनी है कि मेरा बच्चा बुख़ार से तप रहा है। वह रात-भर बेहोश रहा है। मैं चाहता हूं कि हकीमजी उसके लिए कोई दवा दे दें।''

''दूर हट, दूर हट,'' बाबू बोला। ''मेरे ऊपर चढ़ता मत आ। क्या तू चाहता है कि मैं सवेरे-सवेरे दोबारा स्नान करूं? हकीम साहब को पहले हम लोगों को देखना

होता है, जो दफ़्तर जाते हैं और वहां हमारे-जैसे कितने ही इन्तज़ार कर रहे हैं। तुम्हें तो सारा दिन कोई काम नहीं करना। फिर कभी आना या इन्तज़ार करो।

''यह कहकर वह दवाख़ाने में चला गया।

''मैं खड़ा रह गया। जब भी कोई पास से गुज़रता, मैं उसके पैरों पर अपना सिर रख देता और उससे हकीम साहब को बताने को कहता। लेकिन एक भंगी की बात कौन सुनता? हर किसी को अपनी पड़ी थी।

''एक घण्टे तक, मैं उसी तरह कोने में खड़ा रहा, उसी कूड़े के ढेर के पास, जो मैंने ही इकट्ठा किया था। मुझे लग रहा था, जैसे कोई बिच्छू मुझे काट रहा है! यह देखकर मुझे बड़ा दुःख हुआ कि मैं अपने बेटे के लिए दवा नहीं ख़रीद सका, जबकि मैं इसके लिए अपनी गाढ़ी कमाई देने को भी तैयार था। हकीमजी के घर के भीतर, मैं दवा की कितनी ही भरी हुई बोतलें देख चुका था और यह भी जानता था कि उनमें से एक बोतल में तुम्हारे लिए भी दवा मौजूद है, लेकिन मुझे नहीं मिल सकी। मेरा दिल तुम्हारे पास था और जिस्म हकीमजी के मकान के सामने था। मैं तुझे तेरी मां के पास छोड़ आया था और परमात्मा से प्रार्थना की थी कि वह मेरी मुश्किल को हल कर दे। लेकिन कुछ नहीं हुआ। मैंने सोचना शुरू कर दिया कि मैं तुझे मरते हुए देख रहा हूं। मुझे ऐसा लगा कि कोई मुझे धक्का मारकर कह रहा है कि अगर तुझे आख़िरी बार अपने बेटे का मुंह देखना है, तो देख ले। मैं घर वापस लौट आया।

''तेरी मां दौड़ती हुई आयी और उसने मुझसे पूछा, 'क्या दवा लाये?'

''उस समय तूने अपनी आंखें आधी खोलीं, लेकिन तू मुझे पहचान नहीं सका। लोग कहने लगे कि वे तुझे जल्दी ही ज़मीन पर उतार देंगे। मैं दोबारा हकीमजी के घर की ओर दौड़ पड़ा। तेरी मां ने चिल्लाकर कहा, ''अब दवा का क्या फ़ायदा,'' लेकिन मैं दौड़ता गया, दौड़ता गया। जब मैं हकीमजी के घर पहुंचा, तो मैंने परदे को थोड़ा-सा उठाया और सीधा भीतर जा पहुंचा। मैंने हकीम साहब के पैर पकड़ लिये और बोला, 'हकीमजी, मेरे बच्चे को बचा लीजिये, उसकी सांस अभी तक चल रही है। मैं ज़िन्दगी-भर आपकी ग़ुलामी करता रहूंगा। मेरा बच्चा ही मेरी ज़िन्दगी है। हकीमजी, मुझ पर दया करो। परमात्मा आप पर मेहरबानी करेगा।

''भंगी, भंगी।'' दवाख़ाने में शोर मच गया। लोग इधर-उधर बिखरने लगे; क्योंकि हकीम साहब का पैर भ्रष्ट हो गया था। बदले में हकीम भी लाल-पीला होने लगा और ऊंचे स्वर में चिल्लाया, ''चाण्डाल! तू यहां किसके हुकुम से आया है? और ऊपर से हाथ जोड़ता है, मेरे पांव पकड़ता है और कहता है कि तू हमेशा के लिए

मेरी ग़ुलामी करेगा। तूने सैकड़ों रुपयों की दवाइयां भ्रष्ट कर दीं। क्या तू इनके पैसे चुकायेगा ?

"मैं आंसू बहाने लगा," लक्खा कहता जा रहा था। "और बोला, महाराज, बड़े साहब, मुझसे भूल हो गयी। आपकी जूती, मेरा सिर! आप ही मेरे माई-बाप हैं। मैं दवाओं का मुआवज़ा नहीं दे सकता। मैं तो सिर्फ़ आपकी सेवा कर सकता हूं। आप चलकर मेरे बच्चे को कोई दवा दे दें। वह अपने बिस्तर पर पड़ा मौत से लड़ रहा है।

"हकीमजी ने धीरे-से अपना सिर हिलाया और अचरज करते हुए कहा, "तू मेरी सेवा करेगा, तू सेवा करेगा! तू मेरी सेवा कैसे कर सकता है? क्या तूने कभी यहां से दवा ली है, जो तू भीतर तक दौड़ता हुआ चला आया?"

"मैं बोला, सरकार, मैं कुछ देर बाहर खड़े रहने के बाद चला गया था। मैंने तो यहां आते-जाते हर किसी के पैरों पड़ना चाहा, उनसे आप तक यह ख़बर पहुंचाने की प्रार्थना की कि मेरा बच्चा बीमार है। लेकिन सरकार, यह दया करने का समय है, इस समय तरस खाइये, फिर कभी आप मेरी जान भी ले सकते हैं। बस, मेरे बच्चे को बचा लीजिये। पूरी रात, मैं उसे अपनी बांहों में झुलाता रहा हूं, यह सोचकर कि अगर वह रात में बच गया, तो सवेरे सूरज उगने के साथ ही, मैं यहां आकर आपसे उसके लिए दवा ले जाऊंगा। अगर मैं आधी रात को भी यहां आ जाता, तो भी मेरी आवाज़ को कौन सुनने वाला था?

"यह सुनकर हकीम साहब का दिल पसीज उठा और उन्होंने एक नुस्ख़ा लिखना शुरू कर दिया। ठीक उसी वक्त, तेरा चाचा दौड़ता हुआ आया और दूर से ही चिल्लाने लगा, "ओए लक्खा, ओए लक्खा, लड़का मर रहा है।"

"मैं बाहर की ओर दौड़ पड़ा। हकीमजी के हाथ से क़लम गिर पड़ी। जब मैं घर पहुंचा, तो मैंने देखा कि तेरी तबीअत बहुत ख़राब थी और लोगों ने चौथी बार तुझे ज़मीन पर उतार दिया था। तेरी मां रो रही थी।"

"थोड़ी देर में दरवाज़े पर ठक-ठक हुई। तू क्या सोचता है, तेरा चाचा बाहर गया और देखा कि हकीमजी हमारे घर पधारे हैं। वह बहुत अच्छे आदमी थे। उन्होंने तेरी नब्ज़ टटोली और दवा देकर तेरी जान बचा ली।"

"उसने तो शायद मुझे मार ही डाला था।" बक्खा ने टिप्पणी की।

"नहीं-नहीं," लक्खा ने कहा। "वह बहुत दयालु हैं। हमें समझना चाहिए कि धर्म ने ही हमें उन्हें छूने से रोक रखा है।"

लक्खा ने आदि से अन्त तक अपनी हीनता के भाव का त्याग नहीं किया था तथा

भाग्य के नियमों को विनम्र भाव से स्वीकार करता रहा था।

जब लक्खा ने कहानी सुनायी, तो बक्खा के शरीर का रोम-रोम कांप उठा। जितनी बार उसके बापू ने उसका नाम लिया, हर बार उसकी भयंकर बीमारी का ज़िक्र किया। बक्खा के रोंगटे खड़े हो गये और उसकी आंखों में आंसू भर आये। यह मात्र उसका प्रयास था, उसकी इच्छाशक्ति थी कि उसने अपनी कमज़ोरी को दबाये रखा और आंसुओं को आंखों से झरने नहीं दिया। कुछ ही क्षणों में, वह सामान्य हो गया।

''वह बदमाश रक्खा खेलने के लिए ही भागता फिर रहा होगा,'' लक्खा बड़बड़ाया। ''तुम खाना चाहो या नहीं, पर मुझे तो खाना है। सोहनी, मुझे थोड़ी-सी डबल रोटी दे दे।''

''इसमें सलाद नहीं है,'' सोहनी ने कहा। ''क्या तू सवेरे की बची हुई चाय के साथ खा लेगा?''

''हम लोगों के स्वाद का क्या है? क्रीम के साथ ही आने दे।'' उत्तर में बूढ़े लक्खा ने एक पुरानी भारतीय कहावत गाकर सुना दी। सोहनी चाय की पत्ती, पानी और दूध से भरी धुएं के कारण काली पड़ गयी हांड़ी को लेकर चाय गरम करने के लिए चल दी।

बक्खा टिन के एक जग पर झुका और उसमें से पानी की कुछ बूंदें सावधानीपूर्वक अपने हाथों और चेहरे पर छिड़क लीं। उसने बापू को खाना मांगते सुन लिया था और इसका बुरा भी मनाया था। 'भूख तो मुझे भी लगी है,' उसने सोचा। 'शायद बापू से भी अधिक। वह सारा दिन यहां बैठा रहता है।' हालांकि बक्खा के दिल में अपने बूढ़े पिता के प्रति गांठ थी, लेकिन उस भोजन के प्रति, जो वह खाने जा रहा था, उसे बड़ी दया आ गयी और उसने त्याग करने का निश्चय कर लिया। अचानक ही उसके भीतर घृणा की भावना दौड़ गयी और उसे अपना पिता किसी मृतक के समान लगने लगा—किसी सड़े हुए शव या कूड़े के ढेर पर पड़ी किसी कुत्ते या बिल्ली की लाश के समान।

आख़िरकार रक्खा दिखाई दिया, उसके मुंड़े हुए सिर पर खाने की टोकरी थी। उसने अपने हाथ में रस्सी के सहारे एक तसला लटकाया हुआ था और वह पांवों में बक्खा के पुराने फ़ौजी जूते घिसटता आ रहा था। उसने फ़लालेन की फटी-पुरानी क़मीज़ पहनी हुई थी और उसकी मैली-कुचैली हमेशा बहती रहने वाली नाक की आवाज़ उसकी चाल में बाधा डाल रही थी। इसका कारण, सवेरे किये गये काम के कारण उत्पन्न बनावटी या सच्ची थकान थी। रक्खा के कुछ-कुछ खिंचे हुए, लम्बे जबड़े के समान, उसके गन्दे चेहरे पर मक्खियां भी भिनभिना रही थीं, जो उसके होठों

के किनारों पर फैले थूक का स्वाद ले रही लगती थीं। उसका बेढंगा और छोटा माथा तथा छोटी-छोटी आंखें बड़ी कुरूप दिखाई देती थीं। लेकिन फिर भी, अपने लम्बे और पारदर्शी कानों के कारण अथवा कुछ अपनी समझदारी के कारण वह उस अछूत बस्ती का सच्चा बेटा दिखाई देता था, जहां कोई नाली, रोशनी या पानी नहीं था, दलदल थी, जहां लोग शहरी लोगों के शौचालयों के बीच रहते थे और यहां-वहां बिखरे अपने ही मल की बदबू के बीच, उस दुनिया में, जहां दिन भी रात की भांति काले हैं और रातें घुप अंधेरी हैं। उसने इसी के बीच कीचड़ में मस्ती की है, इसी दलदल में स्नान किया है, इसके कूड़े के ढेरों पर खेला है। उसका निर्जीव, उदासीन और असन्तोषप्रद आचरण उसके पड़ोस का ही परिणाम है। वह एक जीवनी-शक्ति का वाहन था, जिसके भाग्य में चरम बिन्दु कभी नहीं आना था; क्योंकि उसकी हड्डियों में मलिनता समा गयी थी और वह ऐसी बीमारी है, जो मारती नहीं, केवल व्यक्ति की शक्ति को कम कर देती है। वह मक्खियों और मच्छरों का मित्र था, बचपन से ही उनका साथी था।

"आख़िरकार तू आ ही गया," जब रक्खा कुछ दूर ही था, तो बक्खा चिल्लाया।

रक्खा ने कोई उत्तर नहीं दिया। लेकिन नाराज़ होते हुए रसोईघर में बैठी अपनी बहिन सोहनी के पास जा पहुंचा और अपने सिर पर लदे भोजन को उसके सामने रखते हुए धूल पर ही बैठ गया और टोकरी में टुकड़ों के ढेर को टटोलने लगा। उसने बड़े-बड़े निवाले खा लिये। उसका मुंह एक ओर से फूल गया, इसलिए वह बड़ा अजीब लग रहा था।

"ओए जंगली जानवर! कम-से-कम हाथ तो धो लेता।" बक्खा ने अपने भाई की बहती हुई नाक से चिढ़ते हुए कहा।

"तू अपने काम से काम रख," रक्खा ने मुंहतोड़ उत्तर देते हुए कहा। उसके बचाव का ठोस आधार, उसकी नैतिक शक्ति उसके साथ थी। वह जानता था कि बापू बिस्तर पर बैठा था, जो उसे बक्खा से अधिक प्यार करता था।

"अपने आपको शीशे में देख! क्या तस्वीर लग रहा है?" बक्खा चिल्लाया।

"उसकी ग़लतियों को मत ढूंढ, कम-से-कम कभी तो झगड़ना छोड़ दो," लक्खा ने कहा।

"आ, डबलरोटी का एक टुकड़ा खा ले," सोहनी ने अपने बड़े भाई से कहा।

न चाहते हुए भी बक्खा अपनी कुर्सी से उठा और झुकते हुए अपना हाथ टोकरी में डाल दिया। भोजन का ढेर मौजूद था। चपातियों के टूटे हुए टुकड़े थे, कुछ चपातियां

साबुत भी थीं। एक कटोरे में दाल थी।

सबने उसी टोकरी और कटोरे से निकालकर खाया। हिन्दुओं की भांति अलग-अलग थालियों में परोसकर नहीं; क्योंकि सफ़ाई के काम की ख़ातिर उनका मूल हिन्दू तत्त्व बहुत दिन पहले ही नष्ट हो चुका था। केवल बक्खा ने घृणा की एक सिहरन महसूस की। जब वह कुछ निवाले खा चुका, तो उसने करवट बदली। अब उसकी पीठ भाई की ओर घूम गयी, लेकिन उसका हाथ एक चिपचिपी और गीली डबलरोटी के टुकड़ों से छू गया। वह घबराकर टोकरी से पीछे खिसक गया। उसे अपने सामने पीतल की थाली में रोटी और सलाद की जूठन पर सिपाही की हाथ धोते हुए तस्वीर दिखाई दे गयी। वह स्वयं भी प्राय: भोजन मांगने जाया करता था, लेकिन उसे रोटी के उन बचे हुए टुकड़ों से घृणा थी, जो पानी में भीग जाने के कारण नरम हो जाते थे। आज उसे एक विचित्र-सी अनुभूति हुई थी। बक्खा ने डबलरोटी के उस नरम टुकड़े को गिराना चाहा, लेकिन उसका कुछ भाग अभी तक उसकी अंगुलियों से चिपका हुआ था। वह उठ खड़ा हुआ।

"तू तो कह रहा था कि तुझे भूख लगी है।" लक्खा ने बेटे को अचानक खाना छोड़कर उठते हुए देखा, तो कहा।

बक्खा टिन के एक बरतन पर झुका और उसमें से निकालकर पानी की कुछ बूंदें अपने हाथों पर छिड़कने लगा। वह नहीं जानता था कि बापू को क्या उत्तर दे। 'अगर मैं कहता हूं कि बीमार हूं, तो वह मानेगा नहीं। मैं कोई दूसरा बहाना बना दूंगा, लेकिन क्या ?' उसने अपने आपसे कहा।

अचानक उसे एक बहाना सूझ गया।

"मुझे रामचरण के घर उसकी बहिन की शादी देखने और अपने हिस्से की मिठाई लेने जाना है।" यह सब उसने इस प्रकार कहा कि उसका बापू कोई एतराज़ न कर सके।

बात बड़ी सामान्य-सी थी; क्योंकि बक्खा ने भी नहीं सोचा था कि वह रामचरण की बहिन की शादी देखने क्यों जा रहा है। गुलाबो ने भी उसे नहीं बुलाया था। वह उसे बुला भी नहीं सकती थी; क्योंकि वह झगड़ालू थी और बक्खा-जैसे विनम्र लड़के को भी वह किसी-न-किसी बात के लिए गाली दे देती थी, विशेषकर अपने बेटे को उकसाने के लिए। रामचरण की बहिन भी उसे नहीं बुला सकती थी। जब वह दस वर्ष की थी, तभी से उसके साथ नहीं बोलती थी। फिर वह क्यों जा रहा था ? ऐसे जोखिम-भरे

काम का निश्चय करने के लिए उससे किसने कहा था ?

बक्खा को केवल यह पता था कि वह घर से दूर जाना चाहता था, अपने पिता, भाई, बहिन हर किसी से दूर। लेकिन वह यह भी स्वीकार नहीं कर सकता था कि वह रामचरण की बहिन को अन्तिम बार देखने जा रहा था। बक्खा के चिन्तन में कोई पिछली घटना उतर आयी। वह मुंड़े हुए सिर वाली एक छोटी-सी लड़की थी, जिसने चटख़ लाल रंग का एक छोटा-सा सूती घाघरा पहन रखा था, जैसा धोबिनें पहनती हैं। वह किसी मदारी की छोटी-सी बंदरिया लगती थी। बक्खा स्वयं भी उस समय आठ वर्ष का था। उसने सुनहरी कढ़ाई की हुई एक टोपी पहन रखी थी, जो उसका बापू किसी साहूकार से मांग लाया था। उस साहूकार के तीन बेटे थे, जिनके उतरे हुए कपड़े लक्खा के तीन बच्चों को पूरे आते थे। बक्खा को याद आ गया कि जब वह अपने भाई और छोटा के साथ बैरकों में खेल रहा था, तो उन्होंने घर पर लौटकर शादी का खेल खेलना आरम्भ कर दिया। रामचरण की छोटी बहिन को दुलहिन का अभिनय करना था; क्योंकि उसने घाघरा पहन रखा था। बक्खा को दूल्हे के अभिनय के लिए चुना गया था; क्योंकि उसने सुनहरी कढ़ाई वाली टोपी पहन रखी थी। बाक़ी बचे लड़कों को बराती बनाया गया था। बक्खा को याद आ गया कि छोटा ने मुंड़े हुए सिर वाली हास्यास्पद छोटी लड़की के दूल्हे का अभिनय करने के लिए उसे कितना तंग किया था और फिर किस प्रकार बक्खा उस पर नाराज़ हुआ था, जबकि वह स्वयं भी एक जोकर लग रहा था। उसके बाद, वही लड़की लम्बी हो गयी और उसका चेहरा पके हुए गेहूं के समान और उसके बाल बरसाती बादलों की भांति काले हो गये थे। बक्खा इस बात के लिए सदा ही गर्व महसूस किया करता था कि एक बार उसने, उसी लड़की के पति का अभिनय किया था, जबकि अब, चुप्पा और शरमीला होने के कारण वह उसकी ओर देखने की भी हिम्मत नहीं कर पाता था। लेकिन उसका ख़याल आते ही, अपने भीतर अजीब-सी उलझन महसूस करने लगता था। अब, चौदह वर्ष की आयु में, उस लड़की का विवाह एक नवयुवक धोबी के साथ किया जा रहा था, जो 38वीं पंजाबी रेजिमेण्ट के साथ पीछे चलने वालों के रूप में जुड़ा हुआ था। इस आयोजन के बारे में वह पिछले वर्ष ही सुन चुका था। भंगियों की गली में सब जानते थे कि गुलाबो ने अपनी लड़की का हाथ देने के बदले में दो सौ रुपये लिये थे। बक्खा को यह सब छोटा ने बताया था। बक्खा को वह शाम याद आ गयी, जब उसने यह सुना था। उसके लिए यह एक प्रकार का आघात-सा था और उसने इसके लिए अफ़सोस भी किया था, मानो पानी का झरना शरीर की चट्टान से टकराकर फूट गया

हो। जब भी वह रामचरण की बहिन को देख लेता था, तो शौचालयों का काम निबटाने के बाद, वह उस परी-जैसे संगीत की कोमल तान को सुना करता था। लेकिन यह तान कहां से आती थी, वह नहीं जान सका। रात में, अपने घर के अंधेरे में जब वह अधसोया होता था, तो कोई चीज़ उसे चुपचाप उस परी-जैसी आकृति के पास ले जाती थी, जिसे वह अपनी बांहों के आलिंगन में दबोच सकता था, लेकिन उन भावनाओं को एकत्र नहीं कर सकता था, जो उन क्षणों में उसके भीतर लहरा उठती थीं।

आज, जब वह उसके घर की ओर बढ़ा, तो उसे वे दिन याद आ गये, जब रामचरण की बहिन के प्रति उसकी अस्पष्ट भावनाएं जाग उठी थीं। एक बार, जब वह शराब की एक पुरानी बोतल में मिट्टी का तेल ख़रीदने के लिए दुकानों की ओर जा रही थी, तो उसकी बड़ी-बड़ी आंखें अत्यन्त श्रद्धापूर्वक बक्खा के चेहरे पर टिक गयी थीं। बक्खा की स्मृति में एक और तस्वीर उभरी, जब वह भोर से पहले, अंधेरे में, मर्दों की नज़रों से बचने के लिए, अछूत बस्ती की अन्य महिलाओं के साथ शौच के लिए जाया करती थी। उस समय वह भी शौचालयों के पास ही हुआ करता था। बक्खा ने एक बार उसे नग्न देख लिया था। तब उसे बड़ी अजीब-सी अनुभूति हुई थी।

आकस्मिक आये हवा के झोंके की भांति, बक्खा के भीनर एक आवेग उठ चुका था, जिसने उसके विचारों को धुंधला कर दिया था। उसने महसूस किया कि उस लड़की को ज़बरदस्ती अपने आलिंगन में भर ले और उसका बलात्कार कर दे। फिर उसने अपने हाथ अपनी आंखों पर धर लिये और इस विचार पर मारे भय के कांप उठा। ऐसे विचार के लिए उसने अपने आपको कोसा। उसे अपनी प्रतिष्ठा दांव पर लगी दिखाई दी। उसे अपने ऊपर आश्चर्य हो उठा; मैं जिसे हर कोई अच्छा आदमी मानता है, मैंने ऐसी घृणित कल्पना कैसे कर ली? फिर भी, आवेग अड़ा ही रहा। बक्खा इस आवेग को जितना दबाना चाहता था, वह उतना ही स्पष्ट होता जाता था। अन्त में, बक्खा ने भोग-सम्बन्धी भावनाओं के बारे में सोचना ही बन्द कर दिया। तब जाकर उसकी कल्पना ग़ायब हुई।

ज्यों ही उसने इन बातों को याद किया, उसने शर्म महसूस की। ऐसी शर्म उसने उस समय भी महसूस की थी, जब ऐसी बातें पहले-पहल हुई थीं। उसने मन में दबी ऐसी बातों से बचने का प्रयास किया और धोबियों के मकानों की ओर जाने वाले रास्ते से मुड़कर, एक गली में जा पहुंचा और वहां निरुद्देश्य घूमता रहा। वह गली धोबी-घाटों पर पहुंचकर समाप्त होती थी।

''शियो, शियो, शि!'' कुछ धोबी चिल्ला रहे थे। वे नाले के किनारे पत्थर की

पटियाओं पर अपने मालिकों के वस्त्र फाड़ रहे थे या उनके बटन तोड़ रहे थे। उनकी टांगें पानी में घुटनों तक डूबी हुई थीं और नितम्बों से ऊपर कमर तक उनके शरीरों पर लंगोटी की मोटी परतें लिपटी हुई थीं, जहां तक उनकी क़मीज़ें चढ़ी हुई थीं। वे पत्थरों पर दोहरे होकर लचीली चेष्टाओं के साथ, एक बड़ी झूलती हुई शानदार झाड़ू से वस्त्रों को पीट रहे थे। बक्खा ने इस प्रकार कपड़ों को पीटे जाना पहले भी देखा था। वह अपने बचपन में इस काम को देखकर मुग्ध हुआ होगा, तभी तो वह धोबी बनना चाहता था। यह रामचरण ही था—अपनी मां गुलाबो का असली बेटा, वह अपने बाप का बेटा नहीं था, वह तो अपनी मां के आशिक़ रईस का बेटा था—जिसने बक्खा को यह बताया था कि भले ही वह उसे छूता हो, उसके साथ खेलता हो, वह एक हिन्दू का, जबकि बक्खा एक मामूली-सा भंगी था। धोबी के घमण्ड-भरे दावे और उसमें छिपी सचाई को समझने के लिए बक्खा अभी बहुत छोटा था, वरना उसने रामचरण को थप्पड़ जड़ दिया होता। लेकिन अब वह समझ गया कि छोटी जातियों में भी जात-पात की भावना होती है और वह सबसे निम्न जाति का था।

उसने पत्थर की पटियाओं पर कपड़ों को पीटते हुए धोबियों के बीच ध्यान से देखा और फिर नाले के किनारे पर घास चरते हुए आवारा गधों के बीच भी यह सोचते हुए अपनी खोज जारी रखी कि शायद रामचरण भी वहां मिल जाये। उसने उस विशाल मैदान की ओर भी देखा, जहां धुले हुए गीले कपड़े दोपहर की धूप में सूखने के लिए पड़े हुए थे। लेकिन वह व्यर्थ ही देख रहा था। रामचरण अपनी बहिन की शादी के अवसर पर कैसे अनुपस्थित रह सकता था? 'अपने पिता की मृत्यु के समय रामचरण अनुपस्थित रहा था और हमारे साथ मछलियां पकड़ने गया था।' बक्खा ने सोचा, 'शायद आज भी वह यहां हो। शायद उसका बाप उसका बाप न हो, लेकिन वह तो अपनी बहिन का भाई है। आख़िरकार मुझे उसके पास जाना ही होगा।'

उसने वापस चलना आरम्भ कर दिया। उसे शर्म आ रही थी। वह नहीं जानता था कि जिस घर में उत्सव हो रहा हो, वहां कैसे पहुंचे? 'धोबी संघ के सभी सदस्य वहां होंगे, अपने सबसे बढ़िया कपड़ों में सजे-धजे और अजीब दक्षिणी संगीत गाते हुए। मैं वहां कैसे खड़ा रहकर उन्हें देख सकूंगा?' उस दृश्य की कल्पना करते ही उसे शर्म आ गयी। वह अत्यन्त उत्तेजित हो उठा और उसे अपने शरीर में कुष्ट का आक्रमण होता हुआ लगा और उसे अपनी रीढ़ की हड्डी भीतर से कुछ मुड़ती हुई-सी प्रतीत हुई। 'जब मैं वहां पहुंच जाऊंगा, तो रामचरण को कैसे बुला सकूंगा?' उसने अपने आपसे पूछा।

अपने माथे के पसीने को पोंछने के साथ ही बक्खा अपने रूप में लौट आया।

घबराहट, उसके मस्तिष्क को किसी स्लेट की भांति साफ़ छोड़ती हुई, उसकी आंतों में उतर गयी। वह उन लोगों की गली तक पहुंच गया और रामचरण के मकान से दस गज़ की दूरी पर खड़ा रहा। उसे बड़ा प्रसन्नतादायक आश्चर्य हुआ। लकड़ी के खम्भे पर झुका हुआ छोटा खड़ा था और अचरज-भरी निगाहों से स्त्री-पुरुषों की भीड़ को टकटकी लगाकर देख रहा था, जो उस मिट्टी से बने एक कमरे से घर के भीतर और बाहर बरामदे में एकत्र हो गयी थी।

बक्खा सावधानीपूर्वक लकड़ी के खम्भे की ओर आगे बढ़ा और वहां पहुंचकर छोटा के पास जा खड़ा हुआ। उसका दोस्त आश्चर्य से उसकी ओर पलटा और उसने स्नेह से उसका हाथ दबा दिया। फिर वे दोनों, उस चकित और प्रसन्न भीड़ को टकटकी बांधकर देखते रहे। बक्खा ने देखा, कलफ़ लगे सफ़ेद कपड़े पहने धोबी अपनी काली चमड़ी में कैसे लग रहे थे। वह अपना ध्यान एक-एक व्यक्ति पर नहीं टिका सका। बरामदे से दूर, धंसे हुए कमरे की ओर आंखें उठाते हुए उसे डर लग रहा था, जो बाहर की चमकती धूप में मुश्किल से ही चमक रहा था। सिर के पीछे, उसकी पीठ से गरमाहट की एक लहर नीचे को उतर गयी। धुन्ध के बीच से वह किसी व्यक्ति को अपनी ओर देखते हुए देख सकता था। उसने संकोच के कारण अपने भीतर कम्पन-सा होता महसूस किया। इसी उहापोह में रामचरण की बहिन को देखकर, उसे उसका ख़याल हो आया। कहीं भीतर उसका दिल डूब गया। वह पसीने-पसीने हो रहा था। सौभाग्य से, उसी समय ढोल की आवाज़ ने हवा को चीरते हुए बक्खा के दिल में उठ रही घबराहट को गीतों के फड़फड़ाते व मंडराते पंखों पर उठा दिया। यह एक विचित्र टेक थी, किसी आकस्मिक गरज की भांति, जो उस समुदाय के सम्मिलित स्वर में एकत्र होकर उठी। आरम्भ में तो यह एक कर्णभेदी विलाप-सा लगा, जो कानों के परदों को बींधता हुआ और अपनी तेज़ी से सुनने वाले को पागल करता हुआ सीधा सिर तक जा पहुंचा। फिर बिजली की तेज़ी के समान गीत ढोल से भी ऊंचा जा पहुंचा। बक्खा तान पर झूम रहा था, मानो वह किसी झूले पर झूल रहा हो। फिर, जैसे-जैसे लय तेज़ होती गयी, धोबी और धोबिनें उत्साहित होकर झूमने, लुढ़कने और किलकारियां मारकर उत्साहित होने लगे। संकोच के कारण बक्खा ने अपने क्रिया-कलाप को छिपाने के लिए छोटा की बांह पकड़ ली। छोटा ने भी अपनी मुसकान से उसका स्वागत किया।

''मैं रामचरण को बुलाता हूं,'' छोटा ने कहा और गीत गाती धोबिनों की भीड़ के बीच से उसने बिना डरे और बिना किसी प्रकार की शर्म के रामचरण को बुला लिया,

जो देशी–विदेशी कपड़े पहने बैठा हुआ था। उसने अपने छोटे–से सिर पर एक बड़ा–सा टोप पहन रखा था तथा मलमल की धुली हुई सफ़ेद क़मीज़, जो कॉलर से फटी हुई थी और अपनी पतली व काली टांगों पर नेकर पहना हुआ था।

रामचरण लड्डू खाने में मस्त था, जो उसकी मां बड़े–बड़े कुल्हड़ों में देसी शराब के साथ बांट रही थी। छोटा ने अपने आने की ख़बर पास बैठे धाबी के द्वारा उस तक पहुंचा दी। फिर सौभाग्य से रामचरण उठा और भीड़ के सफ़ेद कपड़ों पर टिन के एक डिब्बे से लाल रंग छिड़कने लगा। समारोह के अनुसार भीड़ ने भी चीख़–चिल्लाहट के बीच उस छोटे–से शरारती लड़के को ऊपर उठा लिया और फिर बाहर की ओर उछाल दिया। सफ़ेद कपड़ों में सजे लोगों पर काफ़ी लाल रंग डाल दिया गया था।

रामचरण ने छोटा और बक्खा का स्वागत करते हुए कहा, ''आओ,'' और अपनी बरौनी–विहीन आंखों को मिचकाते हुए आगे भाग आया।

''ओ बे साले, हमें भी कुछ मिठाई दे,'' छोटा ने कहा।

रामचरण अपने नेकर की जेबें और किसी रईस व्यापारी के कपड़ों के थैले से चुराये बड़े रेशमी रूमाल को लड्डुओं से भरना नहीं भूला था।

''कुछ देर के लिए चुप रह,'' रामचरण ने कहा। फिर वह यह देखने के लिए अचानक घूम गया कि कहीं उसकी मां न जान ले कि वह कहां जा रहा है।

पर वह जान गयी थी।

''ओए, तू हराम की औलाद!'' उसकी तीक्ष्ण आवाज़ सुनाई दी। ''क्या तू अपनी बहिन की शादी वाले दिन भी उस गन्दे भंगी और चमार के साथ खेलने के लिए भागा जा रहा है? तुझे अपने ऊपर शर्म आनी चाहिए, कुत्ते।''

''चुप हो कुतिया,'' रामचरण ने पलटकर अपनी आदत के अनुसार जवाब दिया। अपनी मां से लगातार मिलती आ रही गालियों के कारण वह ढीठ हो गया था। फिर वह बंजर की ओर भाग निकला। छोटा उसके पीछे था और उससे भी पीछे बक्खा, जो धीरे–धीरे आ रहा था। बंजर अछूतों की बस्ती के उत्तर में, नीचे की ओर था।

''साले, हमें भी तो कुछ लड्डू दे,'' लालची छोटा ने आग्रह किया। ''मैंने एक घण्टे तक तेरे भीड़–भरे घर के सामने इन्तज़ार किया है।''

''पहाड़ी पर पहुंचने के बाद तुम्हें भी मिलेंगे,'' रामचरण ने दिलासा दी। ''मैं तेरे और बक्खा के लिए ही लाया हूं, किसी दूसरे के लिए नहीं। आओ, दौड़ चलें, कहीं मेरी मां मेरे पीछे न आ जाये।'' उसके पास दर्जन–भर लड्डू थे, इसलिए वह इस प्रकार विश्वासपूर्वक चल रहा था, मानो उसे कोई शक्ति मिल गयी हो। छोटा लड्डू

मिलने की आशा में रामचरण की जी-हुजूरी करने में लगा था, लेकिन बक्खा शान्त ही बना रहा।

''आ बे हाथी,'' रामचरण ने बक्खा को उसकी उदासीनता के लिए गाली दी। ''अपने दांत दिखा और अपनी टांगें उठा। जल्दी कर, तुझे मिठाई मिलेगी।''

बक्खा ने रामचरण के मज़ाक़ की गुस्ताख़ी को घुरघुराकर मन से निकाल दिया। वह चुपचाप पीछे-पीछे आ रहा था और इस संसार से कटा हुआ महसूस कर रहा था, मानो वह किसी चिन्ता में खोया हो।

प्रकृति का हाथ उसकी ओर बढ़ता आ रहा था; क्योंकि बुलाशाह की पहाड़ियों की ढलान पर लम्बी घास दिखाई दे रही थी। बक्खा ने उस दृश्य के लिए अपने दिल के सारे दरवाज़े खोल दिये और ठण्डी हवा उसे अछूतों की गली की गन्दगी और भीड़ के शोर से दूर उड़ा ले गयी। उसने अपने सामने फैले एकान्त के पार छोटी-छोटी पहाड़ियां देखीं, जिन पर उजले आसमान के नीचे, इतना सुन्दर एकान्त फैला हुआ था कि उसे लगा, मानो वह उसके सामने मूक और अचल खड़ा हो। उसने झाड़ियों से आती सीटी को भी सुना। उन आवाज़ों को वह भली-भांति जानता था। वह ख़ुश था कि उसके दोस्त उसके आगे थे और सिलसिला टूटा नहीं था। उसका झुकाव उस निर्जन और एकान्त की ओर था। उसे लगा कि यदि ऐसे में उसने किसी भी व्यक्ति की आवाज़ सुन ली, तो वह दुखी हो जायेगा। उसकी अन्तरात्मा जानती थी कि यदि उसके और बाहरी दुनिया के बीच मामूली-सा भी अवरोध हुआ, तो उसे शान्ति नहीं मिलेगी। उसे यह भी ध्यान न रहा कि वह यहां क्यों आया है। सामने फैले खेतों के सीमान्त को देखकर वह अभिभूत हो गया था और वहां की मिट्टी के रहस्य को जानकर वह चौंक उठा था।

जब वह मटरगश्ती कर रहा था, तो उसे लगा कि भीतर बैठे दार्शनिक के एकान्त भ्रमण को समझने के लिए कुछ जोखिम चाहिए। वह रामचरण या छोटा के साथ इस आनन्द को बांटना नहीं चाहता था। उसे बचपन में किये गये अपने साहसिक कारनामे याद आ गये। उसे वह समय भी याद आ गया, जब वह दूसरे लड़कों के साथ इसी बंजर पर उन कल्पित क़िलों के लिए लड़ाइयां लड़ने आया करता था, जो उन्होंने पहाड़ी के सिरे पर एक झण्डा गाड़कर बना लिये थे। बांस के कमान—जिनसे वे एक-दूसरे पर तीर चलाया करते थे और वे नक़ली खिलौने-रूपी पिस्तौलें, जिनमें से चिनगारियां निकला करती थीं—उसके सामने आ गये। उस समय सब लड़के उसे

अपने साथ रखने पर कितने उत्साहित हुआ करते थे! उन्होंने उसे अपना जनरल बनाया हुआ था। उसने गर्वपूर्वक वह लड़ाई याद की, जो उन्होंने 28वीं सिख लड़कों के विरुद्ध लड़कर जीत ली थी। वे सब हड़बड़ी में लड़ी गयी थीं; रेजिमेण्टों की भांति नहीं। वे व्यवस्थित युद्धाभ्यास नहीं थे, जो बन्दूकों से लड़े जाते हैं। 'लेकिन फिर', उसने अपने आप से कहा, 'वे लड़कपन में खेले गये खेल थे। अब मैं उन खेलों को नहीं खेलूंगा। अब तो मेरे पास हॉकी खेलने के लिए भी समय नहीं है, बापू सारा समय मुझ पर चिल्लाता रहता है।' उसने कुछ एकाकीपन महसूस किया और अपने मन को उस प्राकृतिक परिदृश्य की ओर घुमा दिया, जिसके प्रति उसका मन ही रास्ता ढूंढ लिया करता था। घास से ढकी ढलान पर, फूलों से अलंकृत बंजर भूमि की ओर, जिसकी छाया थोड़ी-थोड़ी देर बाद बदल जाती थी। वहां बटरकप नाम के पीले फूल थे, जो बक्खा को सियालकोट के पास अपने गांव के सरसों के फूलों-जैसे लगते थे। इसके अलावा वहां लम्बी डण्डी और एक सिर वाले डेज़ी और बैंगनी और सफ़ेद ऐनीमोन भी थे। वे सब उसे बारी-बारी से याद आते गये। बक्खा के लिए सारे फूल केवल फूल थे, वह उनके नाम नहीं जानता था। लम्बी घास और फूलों के बीच, किसी बड़े हौज़ की भांति पानी का एक पोखरा था, जिसके चारों ओर नीचे को झुके हुए भोजवृक्ष थे, जो हवा से आक्रान्त होकर पानी पीते हुए प्रतीत होते थे। यहां से गुज़रने वाला प्रत्येक मुसाफ़िर यहां उस पानी से अपनी प्यास बुझाता था, जो प्राकृतिक झरने से उछलकर आता था।

वहां से नीचे उतरते हुए तथा ताज़ा हवा के कारण फूल गये नथुनों के कारण बक्खा को अपना दिल चहचहाती चिड़ियों की भावनाओं की भांति हलका लगा, लेकिन फिर भी, वह रास्ते के फूलों से बेख़बर किसी बच्चे की भांति उदासीन था। हालांकि वह किसी ग्रहणशील व्यक्ति की भांति अनुभव करना चाहता था, लेकिन उसकी इच्छा अत्यन्त दक़ियानूसी थी। वह प्रकृति की माया को केवल सतही तौर पर ही समझ सकता था। पिछड़ेपन के कारण उसकी आत्मा इतनी तैयार ही नहीं हो सकी थी कि वहां फूल खिल सकें या घास उग सके। उसकी सोचने-विचार करने की शक्ति दासता की बेड़ियों में, नीरस दिनचर्या में और एक पेशेवर वातावरण में क़ैद होकर रह गयी थी। वह उस तंग और सीमित व्यक्तित्व से बाहर नहीं निकल सका था, जो उसे उत्तराधिकार में मिला था। यह व्यक्ति और परिस्थिति के बीच एक मतभेद था, जिसके कारण उसके-जैसा शेर एक जाल में फंस गया था, जबकि अनेक साधारण अपराधी राजा का मुकुट पहने फिर रहे थे। उसके अनजान अनुभव की सम्पदा,

निस्सन्देह असाधारण थी। उसके लिए यह दुनिया एक असभ्य अनुभव था, ठीक उसी प्रकार, जैसे एक किसान अपना काम करता है, जबकि कोई वैज्ञानिक प्रयोगशाला में अपना सिर खपाता है अथवा अरब देश का कोई निवासी सूरज के सहारे दिशा-निर्धारण करते हुए अपनी नाव को समुद्र में चलाता है या कोई भिखारी गवैया, जो एक दरवाज़े से दूसरे दरवाज़े तक किसी महागाथा का गीत गाता है। इसके लिए, ज्ञान को सभ्य व्यक्ति की बुद्धि तक पहुंचाने के लिए एक शक्ति और विचारों में उत्साह चाहिए।

जब वह मटरगश्ती कर रहा था, तो किसी अन्तर्ज्ञान ने उसे उत्तेजित कर दिया। जिस चुप्पी और अंधेरे की छाया में वह छिपता फिर रहा था, उससे बाहर निकलने के लिए उसका मन छटपटाने लगा।

वह ढलान की ओर वृक्षों की दिशा में दौड़ पड़ा, जो हौज़ के पास खड़े थे। हलकी हवा उसके कानों में फुसफुसाती हुई आयी और उसके रक्त में एक कोमल और स्वच्छ ठण्डक भर गयी। आसमान की गोलाई पर सूरज दिखाई देने लगा था। लहराते हुए पानी की चमक से असन्तोष के साथ सूरज भी बक्खा के दिल में उठे दर्द की भांति घास के मैदानों के बीच नीचे उतर आया था। बक्खा हौज़ के किनारे पर लेट गया और तनिक भी हिले-डुले बिना, तुरन्त ही अपने आप चुप हो गया। हालांकि जिस स्थिति में वह झुका था, उसकी आंखें सूरज की ओर असुविधाजनक स्थिति में खुली हुई थीं। एक-दो क्षणों में ही वह किसी निरर्थकता में डूब गया, मानो किसी गढ़े में डूब गया हो, जबकि उस उज्ज्वल किनारे पर प्रत्येक चीज़ में जीवन पनपने लगा, पौधे का छोटे-से-छोटा डण्ठल भी एक बड़ा पत्ता बनने लगा और पूरी घाटी ही जीवन्त होती दिखने लगी।

लेकिन उसके चारों ओर फैली समृद्ध और उपजाऊ धरती उसकी सारी शक्ति को चूसती-सी लगी। वह लेट गया, मानो मर गया हो। उसका ख़ाली पेट उसे नींद के लिए उकसा रहा था। वह ऊंघ रहा था।

उसकी नींद अभी लगी ही थी कि छोटा ने आकर एक तिनके से बक्खा की नाक को गुदगुदाना शुरू कर दिया। एक तेज़ छींक के साथ भंगी का बेटा उठ खड़ा हुआ और अपने मित्रों के हंसते चेहरों की ओर सीधा होकर बैठ गया। बक्खा इतने मामूली-से मज़ाक़ से नाराज़ होकर रंग में भंग डालने वाला नहीं था कि अपने को मूर्ख बनने देता। लेकिन सुबह की घटना ने उसे प्रभावित कर रखा था और उसकी मुसकराहट में कुछ ऐसा समा गया था, जो उसके साथियों की इच्छा के विपरीत था। छोटा ने इसे भांप लिया। उसने देखा, कुछ तो बेचैनी है, कुछ तो बात है, शायद बक्खा ने अपने साथ किये गये मज़ाक़ को वास्तव में पसन्द नहीं किया है।

"तुझे क्या हुआ है, साले?" छोटा ने पूछा।

"कुछ नहीं, तुम दौड़ रहे थे, मैं धीरे-धीरे आ रहा था।" बक्खा ने जवाब दिया।

"तूने हमें नहीं देखा?"

"मैं थका हुआ था, सोना चाहता था। पिछली रात भी अच्छी तरह से सो नहीं सका।"

"क्योंकि तू 'जण्टलमैन' बनेगा और रज़ाई नहीं ओढ़ेगा? जैसा तेरा बापू कहता है।" छोटा ने मज़ाक़ किया। बक्खा के घर पर जो कुछ भी होता था, छोटा को वह सब रक्खा से पता चल जाता था। वे गालियां भी, जो उनका बापू उसे दिया करता था और उसे तंग किया करता था।

"शटप," बक्खा ने प्रसन्न होते हुए मुंहतोड़ जवाब दिया। "तू मुझसे भी ज़्यादा जण्टलमैन है और ज़रा इस साले को तो देख, जो साहब की टोपी और नेकर पहने हुए है।"

हालांकि वे सब अंगेरजों के रिवाजों की नक़ल करने की आकांक्षा किया करते थे, लेकिन अपनी मूलप्रवृत्ति के दिखावे से भी अनभिज्ञ नहीं थे और अपने बड़ों की व्यंग्यपूर्ण फटकार पर भी ध्यान दिया करते थे। 'इस जण्टलमैन को देखो' इस वाक्य को हर किसी के बीच दोहराया करते थे।

"उन लड्डुओं का क्या हुआ?" बक्खा ने रामचरण का ध्यान खींचते हुए कहा। वह लड्डुओं के लिए विशेष उत्सुक नहीं था, लेकिन एक लड्डू खाना अवश्य चाहता था।

"ये रहा तेरा हिस्सा," रामचरण ने उस रूमाल को खोलते हुए कहा, जिसे वह अपने साथ लाया था।

"एक मेरे पास फेंक दे," बक्खा ने कहा।

"यह ले," रामचरण ने कहा।

लेकिन बक्खा हिचकिचाया और उसने अपना हाथ आगे नहीं बढ़ाया।

"ले, क्यों नहीं लेता?" रामचरण ने भुनभुनाते हुए कहा।

"नहीं, तू मुझ पर फेंक दे, फेंक," बक्खा ने कहा।

रामचरण और छोटा, दोनों आश्चर्य करने लगे। उन्होंने बक्खा को ऐसा व्यवहार करते पहले कभी नहीं देखा था। रामचरण निश्चित ही उन दोनों से ऊंची जाति का था; क्योंकि वह धोबी था। छोटा, चमड़े का काम करने वाले का बेटा था, क्रम-परम्परा में उससे नीचा था और बक्खा तीसरे क्रम पर था; क्योंकि वह निम्नतम वर्ग का था।

लेकिन उन तीनों में भेद-भाव का विचार मिट चुका था, सिवा उस समय के जब जातीय अभियान का मज़ाक़ उड़ाना होता था। वे इकट्ठे खाते थे, भले ही पदार्थ वे न हों, जिन्हें बनाने में पानी का प्रयोग होता था। कम-से-कम सूखे पदार्थ। यह हिन्दुओं द्वारा खींची गयी सीमा-रेखा थी, जो उन्होंने आपस में और मुसलमानों व ईसाईयों के बीच खींच रखी थी। मिठाइयां तो अक्सर एक-दूसरे के साथ बांटा करते थे और उन सब हॉकी मैचों में सोडावाटर की बोतलें भी छू लिया करते थे, जो वे वर्ष में एक बार विभिन्न रेजिमेण्ट के लड़कों के साथ बुलाशाह ब्रिगेड में खेला करते थे।

''तुझे क्या हुआ है?'' छोटा ने गहरी दिलचस्पी दिखाते हुए बक्खा से पूछा। फिर सान्त्वना देते हुए बोला, ''आ भी, बता हमें।''

''कुछ नहीं, कुछ भी नहीं हुआ।'' बक्खा ने उत्तर दिया।

''आ, आ, हम तेरे दोस्त हैं।'' छोटा ने फिर कहा।

इस पर बक्खा ने उन्हें बताया कि सवेरे जब वह शहर में जा रहा था, तो पीछे से आ रहा एक व्यक्ति उससे छू गया और फिर उसने गालियां दीं, भीड़ इकट्ठा कर ली और इससे पहले कि वह दूर हट जाता, उस व्यक्ति ने चांटा भी मार दिया।

''तूने पलटकर उसे क्यों नहीं मारा?'' छोटा ने क्रोधित होते हुए उससे पूछा।

''अकेली यही बात नहीं थी,'' बक्खा ने कहना जारी रखा और फिर उसने वह सब कह सुनाया कि किस प्रकार उस पुजारी ने उसकी बहिन के साथ छेड़ख़ानी करने का प्रयास किया था और फिर दोनों पर ''भ्रष्ट कर दिया, भ्रष्ट कर दिया'' चिल्लाते हुए चढ़ता आया था।

''जब तक वह हराम की औलाद हमारी गली में आता है, तब तक तू इन्तज़ार कर। हम उसकी खाल उतार लेंगे।'' छोटा क्रुद्ध होकर चिल्लाया।

''इससे भी बढ़कर एक और बेइज़्ज़ती मेरा इन्तज़ार कर रही थी।'' बक्खा ने कहा और फिर वह सारी कहानी भी कह सुनाई, जिस प्रकार सुनारों वाली गली में उस महिला ने अपने घर की छत से उस पर रोटी फेंक मारी थी।

''कामरेड, माफ़ करना,'' छोटा ने ढाढ़स बंधाते हुए कहा।

''आओ, बहादुर बनो, इस सबको भूल जाओ। हम क्या कर सकते हैं? हम अछूत हैं।'' उसने बक्खा को तसल्ली देते हुए थपथपाया और ''आओ'' कहकर उसे दोबारा दिलासा दी। ''इस सबके बारे में भूल जा। अब हम जाकर हॉकी खेलेंगे और उस साले पुजारी को नीचे हमारी गली में आने दे, हम ज़िन्दगी-भर के लिए उसे सबक़ सिखा देंगे।

"आ, चलें," रामचरण ने कहा, जो बक्खा की बात सुनकर थोड़ा व्याकुल हो गया था और डर भी गया था; क्योंकि यदि वह बहुत देर तक घर से दूर रहा, तो उसकी मां उसे डांटती। "हॉकी खेलने से पहले, मुझे घर पर अपनी सूरत दिखानी होगी।" रामचरण ने बक्खा की ओर देखते हुए छोटा से कहा।

"आ," छोटा ने बक्खा को शान्त करते हुए उससे अनुरोध किया। उसकी आवाज़ में भी एक गहरी उदासी थी।

बक्खा उठकर खड़ा हो गया और तीनों अपने-अपने घरों की ओर चल दिये।

चुप्पी के कारण रामचरण बहुत व्याकुल अनुभव करने लगा था। वह इतना उलझ गया था कि अपने सिर पर सजे टोप को अपने सिर से उतार लिया और सिर झुकाकर सबके पीछे-पीछे चलने लगा।

बक्खा की आत्मा अपने मित्रों के सामने नंगी हो जाना चाहती थी। छोटा ने इसे महसूस कर लिया था। वह भी बक्खा के मूड के साथ जुड़ गया।

अपने बयान को दोस्तों के मुंह से सुनकर बक्खा द्रवित हो उठा। वह क्रोधोन्मत्त हो उठा; दोनों मित्रों की उपस्थिति ने उसके क्रोध को अदृश्य शक्ति प्रदान कर दी थी। इसलिए वह और भी भड़क उठा।

'छोटा और मैं उस लम्पट और कमीने ब्राह्मण को सबक़ सिखा सकेंगे।' बक्खा ने सोचा।

"उस सूअर को किसी दिन धर-दबोचने के बारे में तेरी क्या राय है?" छोटा ने पूछा।

'कितनी अजीब बात है कि इस समय छोटा भी वही सोच रहा है, जो मैं सोच रहा हूं।' बक्खा को लगा, लेकिन वह इस सुझाव को पूरा करने में असमर्थता अनुभव कर रहा था।

"क्या फ़ायदा?" बक्खा ने उत्तर दिया। वह बदला लेने की अपनी भावना को खुले रूप में अस्वीकार करना नहीं चाहता था। फिर वह उदास और विचारमग्न हो गया; क्योंकि वह अपनी लालसा को कार्यान्वित नहीं कर सका था। उसने अपने दांत पीस लिये। उसके कान लाल हो गये, उसे अपने रक्त में स्पन्दन अनुभव हुआ। बार-बार उठने वाली भावनाओं ने उसे प्रभावित कर दिया था, इसलिए वह क्रोध से उबल पड़ा। उसकी आत्मा चीत्कार कर रही थी। उसने अपने शरीर में कष्टदायक दर्द अनुभव किया था। वह कांप उठा था। विद्वेष के कारण उसका चौड़ा और शान्त चेहरा पीला पड़ गया था, लेकिन वह कुछ भी न कर सका। उसका सिर लटक गया और वह

छाती झुकाकर चलता रहा। किसी अनिवर्चनीय एवं नीरस बोझ के कारण उसका शरीर बोझिल लग रहा था। वह जान-बूझकर अपने आपको छिपाने का प्रयास कर रहा था, मानो वह दिखने से डर रहा था।

''वह साला रामचरण कहां है?'' छोटा ने तनाव से छुटकारा पाने के लिए कहा।

''खुम्बियां तलाश रहा होगा।'' बक्खा ने मज़ाक़ किया। इसके साथ ही उसकी जुड़ी बरौनिया ढीली पड़ गयीं और उसका झुर्रियों से भर गया माथा भी सपाट हो गया। वह बुलाशाह शहर का नज़ारा देखने में खोया हुआ था, जो पहाड़ी के नीचे दोपहर के सन्नाटे में सुखद नींद में सोया हुआ था। पेड़ों के झुरमुट से दूर, उत्तरी दरवाज़े से दक्षिण में छावनी तक फैले तथा पूर्व में आम के बाग़ों से अछूतों की बस्ती तक छोटे-छोटे घरों के झुण्ड तक, नीला-सफ़ेद आकाश मन्दिरों के सुनहरी गुम्बदों के द्वारा एक सुन्दर नमूना प्रदर्शित कर रहा था, घरों की सपाट छतों तथा कंगूरेदार छज्जों के साथ, जहां दोनों ओर नीली मिट्टी से बने गुलदान लगे हुए थे। फिर उसे दलदल और उथले जल के बीच अपने घर की छप्पर वाली झोंपड़ी भी दिखाई दी।

''मैं सोचता हूं कि हॉकी खेलने के लिए आने से पहले मैं भी घर जाकर अपना मुंह दिखा आऊं।'' छोटा ने अचानक कहा। ''अभी तो काफ़ी धूप है।''

''ठीक है, हवलदार चरतसिंह ने कहा था कि अगर मैं दोपहर में पहुंच गया, तो वह मुझे एक हॉकी-स्टिक देगा,'' बक्खा ने कहा। ''मैं जाकर ले आऊंगा।''

''ठीक है, तू जा और हॉकी-स्टिक ले आ।'' छोटा राज़ी हो गया। ''चरण और मैं तुझसे मैच शुरू होने से पहले ही आकर मिल लेंगे। इस दौरान हम इस रास्ते से चले जाते हैं।''

वे दोनों एक छोटी गली तक जा पहुंचे, जो कैक्टस की झाड़ियों के बीच से होकर अछूत बस्ती पर जा निकलती थी। वहां से दोनों अलग-अलग चल दिये।

बक्खा खुले में, नदी-तल के पत्थरों के बीच लम्बे-लम्बे क़दम भरता चला, जो पहाड़ियों और 38वीं डोगरा बैरकों के बीच पसरा पड़ा था। बक्खा को लगा कि उसने अभी-अभी यह काम खोज निकाला है; क्योंकि वह घर जाना नहीं चाहता था, वह अपने पिता, अपने भाई, अपनी बहिन को देखना नहीं चाहता था; क्योंकि उसे शौचालयों पर जाकर काम करना पसन्द नहीं था। कम-से-कम आज तो नहीं। एक क्षण के लिए उसे खेद भी महसूस हुआ कि वह काम से बचने का प्रयास कर रहा था। लेकिन वह अपने आस-पड़ोस से निकल आया था और मिट्टी के घर के पड़ोस में होने के विचार से घृणा करने लगा था। उसे भीतर कहीं कुछ ऐसा लगा कि वह उससे दूर नहीं जा

सकेगा, लेकिन वास्तव में, यह विचार उसके मन से दूर हो चुका था।

बैरकों के आंगन में एक भी व्यक्ति दिखाई नहीं दे रहा था। यहां तक कि क्वार्टर–गारद भी ख़ाली और बेजान थी। दिखावे के लिए, शस्त्रागार के बाहर दो सन्तरी बरामदे के ऊपर–नीचे घूम रहे थे, लेकिन वे भी बन्द दरवाज़ों के पीछे थे। बक्खा को केवल वह सोलर टोप जीवन्त लगा, जो एक दीवार पर टंगा था। इस टोप के बारे में अनेक दन्तकथाएं प्रचलित थीं। कुछ लोगों का कहना था कि यह साहब लोगों के अधिकार की निशानी है, जो रेजिमेण्ट पर शासन करते थे, जबकि कुछ लोगों का कहना था कि एक बार कोई साहब (अफ़सर) रेजिमेण्ट के दफ़्तर में इसे भूल गया था और तब से ही रईस व्यक्ति होने के कारण उसने अपनी इस खो गयी सम्पत्ति को वापस पाने की कोई परवाह नहीं की और इसे क्वार्टर–गारद पर रख दिया गया है। एक अफ़वाह यह भी सुनी गयी कि एक साहब को किसी सिपाही पर गोली चलाने के लिए कोर्ट–मार्शल की सज़ा दी गई थी और क्योंकि वह एक गोरा (अंगरेज) था और उसे जेल की सलाख़ों के भीतर बन्द नहीं किया जा सकता था, इसलिए उसकी जगह पर उसके टोप, बेल्ट और तलवार को क़ैद कर लिया गया था और वह साहब अचानक ग़ायब हो गया। कुछ लोगों का कहना था कि रेजिमेण्ट के कमान–अधिकारी ने जजों द्वारा क़ैद की सज़ा सुनाये जाने से बच निकलने के लिए रातोरात बच निकलने में उसकी सहायता की थी और उसका यह टोप यहां क्वार्टर–गारद में रह गया। लेकिन यदि कोई किसी सन्तरी से पूछता कि यह टोप किस का था, तो वह यही बताता कि यह एक साहब (अफ़सर) का है, जो अभी मैदान पर गया है और इसे लेने के लिए शीघ्र ही वापस आने वाला है। लेकिन टोप के बारे में किसी ने कभी कोई प्रश्न नहीं पूछा। हां, 38वीं डोगरा रेजिमेण्ट के बच्चों ने उस सन्तरी के कहने पर विश्वास कर लिया था और वे वहां से भाग गये थे। उन्हें साहब लोगों से बहुत डर लगता था, मानो वह कोई पीले–सफ़ेद भूत, पिशाच अथवा बेताल हों; क्योंकि उनकें बारे में यह अफ़वाह फैली हुई थी कि वे बड़े चिड़चिड़े होते थे और यदि तुमने उन्हें देख लिया, तो वे तुम्हारी पिटाई कर देंगे। बड़े लड़के जानते थे कि यह छोटे बच्चों को दूर भगाने के लिए सन्तरियों द्वारा मनगढ़न्त झूठ है; क्योंकि वे उस टोप को वर्षों से उसी स्थान पर देखते आ रहे थे और जान गये थे कि किसी साहब द्वारा टोप को वहां भूल जाना सही नहीं था।

लेकिन वे भी यह नहीं जानते थे कि सन्तरियों ने यह झूठ क्यों गढ़ लिया। उन्हें यह पता नहीं था कि सिपाही भी उस टोप को हथियाना चाहते थे, इसलिए नहीं कि वे

उसे अपनी वर्दी अथवा अपने साधारण कपड़ों के साथ पहन सकते थे, बल्कि इसलिए कि जब वे पहाड़ों पर अपने घर जायें, तो इस टोप के कारण गांव वालों में उत्तेजना फैल ज़ायेगी और लोग मीलों दूर चलकर उसे देखने आयेंगे, उसी प्रकार, जैसे वे उनकी वर्दी या सफ़ेद कपड़ों को कनखियों से और प्रशंसा-भरी नज़रों से उन्हें देखा करते थे। वे सोचते थे कि जब वे कांगड़ा या होशियारपुर अपने घर जा रहे होंगे, तो अपने सामान में साहबपन की यह निशानी ले जाकर उन्हें कितना गर्व होगा!

सोलर टोप के बारे में यह सब कहानियां दूर-दूर तक क्यों फैलीं? दरअसल, 38वीं डोगर रेजिमेण्ट में ऐसा एक भी बच्चा नहीं था, जो इस टोप को ललचाई नज़रों से न देखता हो। आधुनिकता की मनोवृत्ति ने रेजिमेण्ट के जवानों में एक प्रकार दीवानगी फैला दी थी। हर बच्चा पाश्चात्य कपड़ों को पहनने की इच्छा करने लगा था; क्योंकि वहां के अधिकतर लड़के बाबुओं, बैंड बजाने वालों, सिपाहियों, भंगियों, धोबियों और दुकानदारों के बेटे थे और विलायती साज-सज्जा का ख़र्च उठाने में—ग़रीब होने के कारण—असमर्थ थे, वे किसी भी यूरोपियन चीज़ को झपटने के लिए उत्सुकतापूर्वक अपने हाथ बढ़ा देते थे। उन्हें लगता था कि किसी भी विलायती चीज़ को न प्राप्त करने से किसी भी विलायती चीज़ को प्राप्त करना अच्छा था। इसीलिए आकार और रूप में कोई भी टोप-जैसी विशिष्ट चीज़ भारतीय आंखों को विशिष्ट एवं सम्मानप्रद लगती थी; क्योंकि यह शरीर के सर्वोत्तम भाग, यानि सिर की शोभा बढ़ाता है। यह एक ऐसा सम्मोहन था, जैसी यूरोपियन वेशभूषा में दूसरी कोई वस्तु नहीं थी। वर्षों से बक्खा इस सोलर टोप को चाहत-भरी नज़रों से देखता आ रहा था, जो 38वीं डोगरा रेजिमेण्ट के क्वार्टर-गारद के बरामदे में खूंटी पर लटका हुआ था। जब वह छोटा-सा बच्चा था, तभी से वह किसी आशिक़ अथवा भक्त की भांति ध्यानपूर्वक इसे देखा करता था। उसे जब भी 38वीं डोगरा रेजिमेण्ट की बैरकों में झाड़ू लगाने का अवसर मिलता था, वह सदा ही क्वार्टर-गारद वाले हिस्से को चुन लिया करता था; क्योंकि वहां वह उस चीज़ को देख सकता था, जिसे वह चाहता था और उसे प्राप्त करने के लिए नाना प्रकार की योजनाएं बनाया करता था। वे सभी विचार उन युक्तियों से जुड़े हुए होते थे, जिनकी कल्पना, वह उस टोप को प्राप्त करने के लिए किया करता था।

उस टोप को प्राप्त करने का एक उपाय, जो बक्खा ने सोचा था, वह यह था कि क्वार्टर-गारद के किसी अधिकारी से दोस्ती गांठी जाये। लेकिन यह एक अव्यावहारिक विचार था। लगातार दो दिनों और दो रातों के लिए एक ही व्यक्ति को कभी अधिकारी नहीं बनाया जाता था। प्रत्येक बारह घण्टे बाद अधिकारी बदल दिया जाता था। इसलिए

बारह कम्पनियों में से किसी एक रेजिमेण्ट के उसी अधिकारी को क्वार्टर-गारद में, अपने जीवन में दोबारा देखने की आशा नहीं की जा सकती थी।

इस योजना को फलीभूत न होते देख, बक्खा ने इस विषय में किसी सन्तरी से पूछने का मन बनाया। जब वह बच्चा था, तो उसने एक बार ऐसा करने की हिम्मत की थी, लेकिन तब सन्तरी ने साहब के बारे में वही क़िस्सा सुनाकर उसे दूर भगा दिया था, जो कुछ देर के लिए मैदान में गया हुआ था और शीघ्र ही उस टोप को लेने के लिए वापस आने वाला था। अब उसने किसी प्रकार पूछने की हिम्मत नहीं की। कुछ सिपाही अपने आप ही इस प्रकार की अफ़वाहें फैला दिये करते थे। 'कहीं वह मुझे गाली न दे दें,' बक्खा ने अपने आपसे कहा। 'ठीक है, कभी किसी हवलदार से पूछूंगा। अपनी सेवाओं के कारण, हवलदार सदा किसी अनुभवी व्यक्ति को ही बनाया जाता है और वह भंगियों के जमादार, मेरे बापू को जानता होगा। भले ही वह मुझे टोप न दे, पर वह कोई भला आदमी तो होगा।' लेकिन वह यह कहने की हिम्मत नहीं जुटा सका। वह प्रायः अपने आप से पूछा करता था कि मैं भले ही न पूछ सकता हूं, लेकिन जब बच्चा था, तो पूछ लेता था। वह इसका उत्तर नहीं ढूंढ सका। उसे पता नहीं था कि उम्र बढ़ने के साथ-साथ उसकी आज़ादी भी समाप्त होती जा रही थी। वह उच्छृंखलता, बचपन की वह निर्भीक स्वतन्त्रता! वह डर गया।

फिर, यह विश्वास करके कि उसे वह टोप नहीं चाहिए, उसने अपने आपको धोखा दे दिया। वह ऐसे कितने ही टोप फटे-पुराने कपड़ों की दुकान से ले सकता था अथवा अंगरेज बैरकों में किसी गोरे अधिकारी से मांग सकता था। जिसे वह वर्षों से देखा करता था, आज उसी का चिन्तन करते हुए वह खड़ा था, उतनी ही दिलचस्पी के साथ, उसी उत्सुकता के साथ, उसे पाने की वैसी ही अभिलाषा के साथ, जिसकी इच्छा वह इतने वर्षों से करता आया था। वह कोई नया टोप नहीं था। बरसों की धूल उस पर जमी हुई थी। ख़ाकी कपड़े का कवर, जिसकी बनावट किसी रज़ाई की भांति थी और जिसका रंग भी अब उड़कर मैला-सफ़ेद हो गया था। वास्तव में, कोई भी नहीं जानता था कि उसके भीतर क्या भरा हुआ था।

बक्खा ने उसे ग़ौर से देखा। वह क्वार्टर-गारद के रास्ते से दूर एक कोने में खड़ा हुआ था, जहां सन्तरी इधर-से-उधर परेड किया करते थे। बक्खा को उनके पास जाना उचित नहीं लगा। उसने अपने आप से पूछा, 'मैं क्या कर सकता हूं?' उसके दिमाग़ ने उत्तर दिया, 'जाओ और उस सन्तरी से पूछो। लेकिन नहीं, शायद वह न समझ सके।' सन्देह बढ़ चला, 'शायद वह न समझ सके कि मैं—एक भंगी—किस विषय में बात

कर रहा हूं, अचानक उससे कहूं कि मुझे यह टोप चाहिए। वह सन्तरी कुछ कठोर लगता है। उसके पास जाने का यह मौक़ा नहीं है।' कहीं कोई है तो नहीं, यह जानने के लिए उसने घूमकर चारों ओर देखा। वहां कोई नहीं था। उसने अनुमान लगाया कि दोपहर में हर कोई आराम कर रहा होगा। उसकी इच्छा हुई कि वह जाकर उस टोप को चुरा ले। उसने सोचा, 'जब सन्तरी अपना चेहरा घुमाकर गश्त में दूसरी ओर चला जाता है, तो कोई भी ऐसा कर सकता है। लेकिन कोई आ भी तो सकता है और मुझे हैरान कर सकता है। फिर, मैंने इसे चुरा भी लिया, तो इस टोप को छिपा लेना भी बहुत बड़ी बात है। मैं इसे कभी पहन नहीं सकूंगा। रेजिमेण्ट में सबको इसके बारे में पता है। नहीं, यह असम्भव है। इसे प्राप्त करने का कोई रास्ता नहीं है।' उसने एक बार फिर से उस टोप पर दृष्टि डाली और बैरकों की ओर चल दिया, जहां अन्तिम सिरे के पास हवलदार चरतसिंह रहता था।

दूरी अधिक नहीं थी। लगभग सौ गज़। इतनी दूरी को पार करने में इतना समय! बक्खा ने अपने आपको सोलर टोप लगाये हॉकी खेलते देखा। उसने अपने आपको उसे पहने हुए दौड़ते देखा। वह कितना विशिष्ट लग रहा था। सब लड़कों का प्रशंसापात्र! फिर उसे ध्यान आया कि हॉकी खेलते समय सोलर टोप नहीं पहने जाते। 'मेरे विचार भी कितने मूर्खतापूर्ण हैं?' उसने कहा। विलायती वेशभूषा के प्रति अपने अनुराग पर उसने कुछ शर्म भी महसूस की, लेकिन फिर यह सोचकर सन्तोष कर लिया कि उसने अपने आपको मूर्ख नहीं बनने दिया, जैसा रामचरण अपनी बहिन की शादी पर टोप और नेकर पहनकर बना हुआ था।

उसने नाले को पार किया और बैरकों की लम्बी क़तारों के सामने जा पहुंचा। जिस विशेष बैरक पर वह जाना चाहता था, वह उससे दस गज़ की दूरी पर थी। वहां एक लम्बा बरामदा था। वह उसके पास वाले किनारे पर कमरे के पास जा पहुंचा। वह हवलदार चरतसिंह का निवास था। वह उसके आगे से गुज़रा; क्योंकि उसे बहुत घबराहट हो रही थी। उसे शर्म आ रही थी कि कहीं कोई उसे देख न ले। उसे लगा, मानो वह कोई चोर हो। सौभाग्य से, कमरे का दरवाज़ा बन्द था, लेकिन बक्खा के लिए यह जानना सम्भव नहीं था कि हवलदार घर पर था या नहीं। कोई भी साधारण व्यक्ति वहां जाकर हवलदार को पुकार सकता था, लेकिन बक्खा एक भंगी था और बरामदे की दूरी से भीतर जाने की हिम्मत नहीं कर सकता था; क्योंकि इससे उसके अपवित्र हो जाने की सम्भावना थी। बक्खा ने उस तरीक़े की कामना की, जो बादशाह जहांगीर ने ईजाद की थी। यदि बाबू के बेटे वाली कहानी सही थी कि बादशाह के घर में एक

घण्टी लगी हुई थी, जो बाहरी दरवाज़े पर एक रस्सी के साथ जुड़ी हुई थी और जिसको खींचते ही बादशाह को पता चल जाता था कि कोई फ़रियादी भीतर आने के लिए प्रतीक्षा कर रहा है। उसे अपने भोजन के लिए शहर-भर में चिल्लाना पड़ता था। रामचरण और छोटा से मिलने के लिए भी उसके पास चिल्लाने के सिवा कोई रास्ता न था। उसके घर पहुंचने पर रामचरण की मां और छोटा का बापू उसकी आवाज़ पहचानते थे और उस पर चिल्लाते हुए उसे गाली दिया करते थे कि वह उनके बेटों को कामचोर बनाने के लिए बहकाने की कोशिश करता है। और अब, निस्सन्देह, न वह चिल्ला सकता था और न कुछ कर ही सकता था। हवलदार सो रहा होगा। दूसरे सिपाही भी दोपहर में आराम कर रहे होंगे और वे सब बेचैन हो जायेंगे।

वह बरामदे के बाहर इधर-उधर घूमता रहा। फिर वह एक वृक्ष के नीचे लेट गया। उसके विचार बह निकले। 'मैं नहीं जानता कि मैं क्या कर सकता हूं। मुझे आशा है कि उसे वह वादा याद होगा, जो उसने आज सुबह किया था, वरना यह सरासर व्यर्थ ही हो जायेगा। मेरा बापू मुझे कोस रहा होगा, तीसरे पहर मैंने कोई काम नहीं किया। चलो, बदलाव के लिए रक्खा को ही करने दो। इस दौरान मैं ही तो करता रहा हूं। क्या हो गया, अगर मैंने एक दोपहर की छुट्टी कर ली?' उसकी निगाहें उस रसोईघर की ओर उठ गयीं जहां चरतसिंह की कम्पनी के लिए भोजन बनाया जाता था। उसे याद आया कि जब वह बच्चा था, तो भोजन लेने के लिए प्रायः वहां आता रहता था। तब उसका बापू 'बी' कम्पनी में एक साधारण भंगी के रूप में काम किया करता था। इस कम्पनी के हॉकी खेलने वाले सदस्यों की आकृतियां उसके मस्तिष्क में घूम गयीं। एक होशियार सिंह था, जो सेन्टर-हाफ़ के रूप में खेला करता था और टीम का केन्द्र-बिन्दु हुआ करता था। लेखराम था, जो सेण्टर-फ़ारवर्ड के रूप में खेला करता था और शिवसिंह, जो राइट फुलबैक के रूप में खेला करता था। और निस्सन्देह, वहां अजेय चरतसिंह भी होता था, जो गोलकीपर हुआ करता था। उसे चरतसिंह के बारे में प्रचलित कहानी याद हो आयी। जिन दिनों वह हॉकी नहीं खेला करता था, तो वे दिन वह अस्पताल में बिताया करता था, उन घावों और चोटों के कारण कष्ट भोगते हुए, जो उसे हॉकी खेलने के दौरान लगी होती थीं। वह ब्रिटिश रेजिमेण्ट के विरुद्ध खेले गये मैचों में गोलकीपरी करते हुए व्यक्ति को पहचान लेता था। वह हमेशा गोलपोस्ट पर झुककर खड़ा रहता था और जब बॉल उसके पास आती, तो वह फ़ौरन उस पर झपट पड़ता था। बाबू के बेटे ने बताया था कि उसके शरीर पर बने घाव संख्या में राजपूत योद्धा राणा सांगा के शरीर पर लगे तलवार के घावों के बराबर थे, जिसने मुग़लशासक अकबर पर

विजय प्राप्त की थी। और सबसे मज़ेदार चोट, जो उसने सही थी, वह थी उसके दांतों का बाहर आ जाना, जिनके स्थान पर उसे नक़ली दांतों की पूरी क़तार लगवानी पड़ी थी, ज़िन पर सोना मढ़ा हुआ था, जिसने अनेक मज़ाक़ों को जन्म दिया था, जब कोई उस कहावत 'चोर की दाढ़ी में तिनका' को बदलकर—'चोर के मुंह में सोने का दांत' कहा जाना चाहिए—मज़ाक़ में कहा करता था।

जब बक्खा ने चरतसिंह को हाथ में पीतल का जग लिये अपने दरवाज़े से बाहर आते देखा, तो मानो उसने अपने ध्यान को टूटते देखा। हवलदार अपने बरामदे में बैठकर अपनी आंखों और चेहरे पर ढेर सारे पानी से छींटे मारता जा रहा था। उसने कीकड़ के पेड़ के नीचे बैठे बक्खा की ओर ध्यान ही नहीं दिया। वह भंगी का लड़का उठ खड़ा हुआ और आधा लज्जित होते हुए तथा आधा देखने की हिम्मत करते हुए अपने हाथ अपनी बरौनी की ओर उठाते हुए बोला, "सलाम हवलदारजी।"

"आओ, ओए बक्खा, तू कैसा है?" चरतसिंह ने उत्साहपूर्वक कहा। "मैने बहुत दिनों से तुझे रेजिमेण्ट के हॉकी मैचों मे नहीं देखा, तू कहां छिपा रहता है?"

"मझे काम करना होता है, हवलदारजी," बक्खा ने उत्तर दिया।

"ओह, काम, काम, काम, झाड़ू मार काम को।" चरतसिंह ने आश्चर्य किया। वह भूल गया कि आज सवेरे ही वह बक्खा पर काम के प्रति लापरवाही बरतने के लिए उस पर चिल्लाया था।

बक्खा इस बात को जानता था। लेकिन वह चरतसिंह के प्रति इतना विनम्र बना हुआ था कि अपने हॉकी के हीरो की तारीफ़ के रास्ते में रोड़ा नहीं आने देना चाहता था। हवलदार के चेहरे पर जो मुसकराहट विद्यमान थी, उससे एक प्रकार की साधारण-सी चमक निकल रही थी। उसकी उपस्थिति में बक्खा बहुत प्रसन्न था। 'इस व्यक्ति के लिए,' उसने अपने आप से कहा, 'मुझे जीवन-भर भंगी बने रहने पर भी कोई अफ़सोस नहीं होगा। मैं इसके लिए कुछ भी कर लूंगा।'

चरतसिंह उठ बैठा और उसने अपनी लुंगी के मोटे कपड़े के किनारे से अपना चेहरा पोंछा। फिर उसने एक छोटा हुक़्क़ा उठाया, जिसमें पानी के लिए नारियल की गुड़गुड़ी लगी हुई थी और कोयले व तम्बाकू रखने के लिए उस पर कठपुतली के समान अत्यन्त नाज़ुक-सी मिट्टी की चिलम रखी हुई थी। उसने चिलम को हुक़्क़े की गुड़गुड़ी से अलग किया और बक्खा से कहा :

"जाओ और रसोईघर से मेरे लिए कोयले के दो टुकड़े ले आओ।"

बक्खा हक्का-बक्का रह गया। एक हिन्दू उसे चिलम में जलता हुआ कोयला

लाने का काम सौंप रहा था, जिसे वह अपने हुक़्क़े पर रखकर धूम्रपान करेगा ! एक क्षण के लिए ऐसा लगा, मानो उसे बिजली का झटका लग गया हो। फिर एक अजीब सम्मोहन से उसके भीतर एक सुखद अनुभूति पैदा हो गयी। उसने चरतसिंह से चिलम ले ली और पचास गज़ दूर रसोईघर की ओर चल दिया।

"रसोईये को मेरे पास भेज देना," चरतसिंह उसके पीछे से चिल्लाया, "और उसे मेरे लिए चाय लाने के लिए कहना।"

"बहुत अच्छा, हवलदारजी," बक्खा ने कहा और बिना पीछे देखे चला गया, ताकि उसे जो यह अनुपम अवसर मिला था, जो किसी हिन्दू ने उसे अपने मिट्टी की चिलम में कोयले लाने के लिए सौंपकर प्रदान किया था, वह उसके वह अयोग्य सिद्ध न हो जाये। 'क्या ? यह गाली है या सुख ?' बक्खा ने अपने आप से पूछा। 'मुझे आश्चर्य है कि यह भी भ्रष्ट हो सकती है।' वापसी में उत्तर मिला : 'ओह, हां, तम्बाकू अवश्य ही गीला है। निस्सन्देह यह भ्रष्ट हो सकती है।' एक क्षण के लिए उसे सन्देह हुआ कि जब उसने यह काम सौंपा था, क्या चरतसिंह अपने होश में था ? क्या वह भूल गया कि मैं एक भंगी हूं ? वह ऐसा नहीं कर सकता। मैं तो उसके साथ अपने काम के बारे में बात कर रहा था। उसने मुझे आज सवेरे देखा भी था। वह कैसे भूल सकता है ? "इस प्रकार आश्वस्त होकर उसने परमात्मा को धन्यवाद दिया कि चरतसिंह-जैसे लोग मौजूद थे। वह स्थिर क़दमों से, प्रसन्न होकर व जान-बूझकर संभलकर चला कि हवलदार की मिट्टी की चिलम ले जाते देखकर कहीं कोई उत्तेजित न हो जाये। उसने अपने आपको ठोकर खाने से बचाया। उसकी आत्मा उस व्यक्ति के लिए प्यार और श्रद्धा से लबालब भरी हुई थी, जिसने उसे यह काम सौंपते हुए उपयुक्त समझा था।

वह गया और रसोई की कोठरी के सामने खड़ा हो गया, जहां एक रसोइया मिट्टी के चूल्हे के पास बैठा आलू छील रहा था। वहां पीतल की एक बड़ी देगची के ढक्कन के नीचे से भाप के छल्ले निकल रहे थे।

"क्या आप मेहरबानी करके मुझे हवलदार चरतसिंह के लिए कुछ जलते हुए कोयले देंगे ?"

रसोइये ने एक क्षण के लिए बक्खा की ओर देखा, मानो पूछना चाहता हो, 'तू कौन है ?' उसने सोचा कि उसने इस चेहरे को कहीं देखा है, लेकिन कहां ? हो सकता है कि वह कोई ख़न्दक खोदने वाला सिपाही हो। यह देखकर कि व्यक्ति के हाथ में हवलदार चरतसिंह की मिट्टी की चिलम है, उसने यह निष्कर्ष निकाला; क्योंकि ख़न्दक खोदने वाले अपने काले रंग और गन्दे कपड़ों की बजाय घास काटने वाली

ज़ात के होते हैं, इसलिए कोई भी उन्हें आग लाने-जैसे मामूली-से काम के लिए भेजने में आपत्ति नहीं करता। इसके अलावा, रसोइया हवलदार चरतसिंह का आभारी था। छुट्टी पर जाने से पहले, हवलदार ने उसे एक साफ़ नयी क़मीज़ और एक सफ़ेद पगड़ी जो दी थी। उसने आग में से निकालकर लकड़ी के दो कोयले बक्खा के सामने ज़मीन पर रख दिये। भंगी ने उन जलते हुए कोयलों को एक-एक करके अपने हाथ में उठाया और चिलम पर रख दिया। उसे फ़ौरन ही अपने सुबह के स्वप्न वाली उस छोटी लड़की की आकृति याद आ गयी, जिसके हाथों पर सुनार ने एक जलता हुआ अंगारा रख दिया था।

''मेहरबानी,'' जब वह कोयलों से चिलम को आधा भर चुका, तो बक्खा ने कहा। ''हवलदारजी ने कहा है कि उन्हें चाय चाहिए।'' बक्खा ने अपने वाक्य में विनम्रता घोलने की कोशिश की।

फिर वह उसी जगह वापस चला गया, जहां चरतसिंह एक ईज़ीचेअर पर बैठा था, जिसे वह कहीं से उठा लाया था। बक्खा ने चिलम उसे सौंप दी। हवलदार ने यों ही हाथ बढ़ाकर चिलम ले ली और उसे नारियल की गुड़गुड़ी पर रखकर गुड़गुड़ाने लगा।

बक्खा अब अधीर होता जा रहा था। वह बरामदे के पास एक ईंट पर बैठ गया। वह नहीं जानता था कि इतना अधीर क्यों हो रहा था। शायद यह हुक़्क़े के कारण था। हुक़्क़े के कारण वह सदा ही बेचैन हो जाता था और फिर वह तो हॉकी-स्टिक के लिए उत्सुक था। हवलदार ने उसके बारे में एक शब्द भी नहीं कहा था। 'क्या वह भूल गया है?' बक्खा को आश्चर्य हुआ। इसलिए जब वह बैठा प्रतीक्षा कर रहा था, तो वह अपने और चरतसिंह के बीच पसरी उलझन के कारण थोड़ा-सा बेचैन हो उठा। रसोइया पीतल का एक लम्बा गिलास और एक जग चाय लेकर आया।

''उस कड़ाही को उठा लाओ, जिससे चिड़ियां पानी पीती हैं,'' लकड़ी के एक खम्भे की ओर इशारा करते हुए चरतसिंह ने बक्खा से कहा। ''इसमें से पानी गिरा दो।''

जैसा कहा गया था, बक्खा ने वैसा ही किया और अब उसके हाथ में साफ़ कड़ाही थी। उसके अचरज का ठिकाना न रहा, जब चरतसिंह उठा और उसने अपने गिलास से उसकी कड़ाही में चाय उड़ेलना आरम्भ कर दिया।

''नहीं-नहीं, सर,'' बक्खा ने भारतीय मेहमानों की भांति विरोध करते हुए कहा।

चरतसिंह ने चाय उड़ेल दी।

"पियो, पियो, मेरे बेटे।"

"आपकी बड़ी मेहरबानी हवलदारजी," बक्खा ने कहा। "आप बड़े दयालु हैं।"

"पियो, चाय पियो, तुम बहुत मेहनत करते हो। इससे तुम्हारी थकान दूर हो जायेगी।" चरतसिंह ने कहा।

जब बक्खा चाय पी चुका, तो वह खड़ा हो गया और बर्तन को यथास्थान रख आया। इसी दौरान चरतसिंह ने जग से चाय अपने गिलास में उड़ेल ली और धीरे-धीरे चुस्की लेता रहा।

"अब तुम्हारे लिए हॉकी-स्टिक हो जाये।" हवलदार चरतसिंह ने अपने होंठों और अपनी पतली मूछों पर अपनी जीभ का किनारा फिराते हुए कहा।

बक्खा ने ऊपर की ओर देखा और एक कृतज्ञ मुद्रा बनाने का प्रयास किया। उसे अधिक प्रयत्न नहीं करना पड़ा; क्योंकि एक सेकिण्ड में ही अपने को धरती का सबसे छोटा जीव मानते हुए और बिना कोई शोर किये वह हवलदार के पीछे-पीछे चल दिया। चाय पीने के कारण उसका चेहरा लाल हो गया था, उसके दांत अपनी दासोचित मुसकराहट दिखा रहे थे तथा उसका पूरा शरीर और मन अपने उपकारक के प्रति प्रशंसा और कृतज्ञता से भरे हुए थे। 'अचानक यह क्या हो गया कि मेरी क़िस्मत बदल गयी?' उसने अपने आपसे पूछा। 'हवलदार ने इतनी कृपा की, जो कि हिन्दू है और रेजिमेण्ट के सर्वाधिक महत्त्वपूर्ण लोगों में से एक है।' वह चकित होकर हवलदार चरतसिंह के पीछे-पीछे टकटकी लगाये चल दिया।

हवलदार ने अपने कमरे की बग़ल का एक दरवाज़ा खोला और एक क्षण के लिए ग़ायब हो गया। फिर वह लगभग एक बिल्कुल नयी हॉकी-स्टिक लेकर बाहर आया, जिसे शायद एक बार प्रयोग किया गया होगा। उसने वह हॉकी-स्टिक उतनी ही लापरवाही से बक्खा को दे दी, जितनी लापरवाही से उसने बक्खा को कोयलों से भर लाने के लिए चिलम दे दी थी।

"लेकिन हवलदारजी, यह तो नयी है।" बक्खा ने हॉकी-स्टिक लेते हुए कहा।

"अच्छा-अच्छा, अब भाग जा, नयी है या नहीं, इससे कोई मतलब नहीं है," चरतसिंह ने कहा। "इसे अपने कोट के नीचे छिपा ले और किसी को मत बताना। अब जा, मेरे बेटे।"

बक्खा ने अपना सिर झुकाया और हवलदार की नज़रों से ओझल हो गया। ऐसे

उदार व्यक्ति की ओर वह देख नहीं सका। उस व्यक्ति की दयालुता से बक्खा अभिभूत हो गया था। वह कृतज्ञ था और रुक-रुककर, हिचकिचाते हुए, लड़खड़ाते हुए कृतज्ञता प्रकट कर रहा था। वह इतना कृतज्ञ था कि नहीं समझ सकता था। अपने शुभचिन्तक और दानी मेज़बान की नज़रों से ओझल होने के लिए कोने की ओर दस गज़ चलना भी उसके लिए कठिन हो गया था। पूरा वातावरण किंकर्तव्यविमूढ़ता के कारण भारी हो गया था। जाते समय बक्खा बड़ा घबरा गया था। 'अनोखा! अनूठा! अद्‌भुत! दयालु आदमी है। मुझे पता नहीं था कि वह इतना दयालु है। मुझे पता होना चाहिए था। वह सदा ही मुझसे इतना हंसी-मज़ाक़ करता रहता है। अच्छा-भला आदमी है। उसने मुझे एक नयी हॉकी-स्टिक दे दी! बिल्कुल नयी!' बक्खा ने अधीर होकर अपने ओवरकोट की तहों में से हॉकी-स्टिक बाहर निकाली, जहां उसने उसे छिपाकर रखा हुआ था। वह एक सुन्दर, चौड़े ब्लेडों वाली हॉकी-स्टिक थी, जिस पर विलायती मुहरें चिपकी हुई थीं और इसीलिए बक्खा के लिए यह संसार-भर में बनी सर्वश्रेष्ठ हॉकी-स्टिक थी। उसका हत्था चमड़े का था। 'सुन्दर, अति सुन्दर!' उसका धड़कता हुआ हृदय, मानो चिल्ला रहा था। हड़बड़ी में वह नाले के पार चला गया और इस प्रकार अपने उपकारक की नज़रों से ओझल हो गया—इस बात से आश्वस्त होकर कि कोई भी उसके गर्व और प्रसन्नता को नहीं देख सकेगा, जो उसे इस इनाम से मिला था। उसने हॉकी-स्टिक को ज़मीन पर उस स्थिति में रखा, जिस प्रकार गेंद को मारने से पहले रखा जाता है। उसने उसे झुकाया , वह एकदम लचीली थी, अच्छी तरह मुड़ गयी। बक्खा जानता था कि यही अच्छी हॉकी-स्टिक की कसौटी होती है। उसने अपने हाथों में उठाते हुए फ़ौरन ही हॉकी-स्टिक पर लगी धूल पोंछ डाली, जो उसके निचले हिस्से पर लग गयी थी, मानो उसे डर था कि कोई आकर उससे हॉकी-स्टिक छीन लेगा। उसने अपने आपको सान्त्वना दी और यह विश्वास कर लिया कि हॉकी-स्टिक उसी के पास थी। इस तथ्य के बावजूद कि उसने उसे ढंग से पकड़ा हुआ था, वह इतना अविश्वासी हो गया था कि हॉकी-स्टिक उसी की थी। वह इस आशंका से मुक्त न हो सका कि वह स्वप्न देख रहा है। जब तक कि वह व्यायामशाला के बाहर, भारतीय अफ़सरों के क्वार्टरों के पीछे, खेल के मैदान तक न पहुंच गया और उसने पास पड़े किसी छोटे गोल पत्थर पर प्रहार किया। फिर अचानक ही उसे यह विचार आया कि कहीं स्टिक टूट न जाये या किसी कारण से उस पर निशान न लग जाये, उसने उसे ज़ोर से पकड़ लिया और आपने शरीर के साथ चिपका लिया और फिर याद करने लगा, 'अब मेरा सौभाग्य लौट आया है। काश, सवेरे वह घटना न घटी होती!'

बक्खा ने चरतसिंह के चेहरे को याद करने का प्रयास किया।

उसे भूल जाने का मामूली-सा सन्देह हुआ। 'उसे पता था कि वह क्या कर रहा है।' बक्खा ने सोचा 'वह भुलक्कड़ नहीं है। शायद हो भी। क्या मैं इस स्टिक से खेल सकता हूं? यह ख़राब हो जायेगी और शायद उसे अचानक यह ध्यान आ जाये कि उसने वह चीज़ दे दी है, जो उसे नहीं देनी चाहिए थी। यह तो बड़ी गड़बड़ हो जायेगी; क्योंकि मैं तोड़कर, टूटी हुई या फिर इस्तेमाल की हुई स्टिक वापस नहीं कर सकता। और निस्सन्देह, मैं इस प्रकार की नयी स्टिक भी नहीं ख़रीद सकता। लेकिन इसका तो प्रश्न ही नहीं उठता। उसने नहीं कहा था; नयी है या नहीं, इसे ले और भाग जा, और किसी को इसके बारे में बताना मत। निश्चित ही उसे पता था कि वह क्या कर रहा था। मैं भी कितना पागल हूं, जो सोचता हूं कि वह भुलक्कड़ था। इतना दयालु व्यक्ति और मैं उसके बारे में यह सोच रहा हूं। मैं सूअर हूं।' वह सोचना बिल्कुल नहीं चाहता था; क्योंकि जानता था कि उसके विचार स्वार्थी होते जा रहे हैं। 'कितनी सुन्दर दोपहरी है?' उसने कहा और उत्तर की ओर की पहाड़ियों से आती हवा को सूंघने के लिए अपना चेहरा टेढ़ा किया। वह शरत्काल की पारदर्शी धूप से परिचित था, जो गरम कपड़ों में लिपटे दिल को प्रसन्नता से भर देने के लिए पर्याप्त गरम थी। उस चमकती और शान्त दोपहर में, बक्खा के जीवन का प्याला उसी प्रकार प्रसन्नता से छलाछल भर गया था, जिस प्रकार स्वच्छ और गरम धूप से आकाश का कटोरा भरा हुआ था। वह खुशी से उछल रहा था।

वह जा रहा था। अचानक लगा कि कोई उसे देख रहा है। अवश्य ही कोई था। कोई गुज़रता हुआ सिपाही या कोई लड़का! अत: चलते जाने के अलावा प्रसन्नता को बढ़ाने का कोई रास्ता न था।

उसने चलना आरम्भ कर दिया। वह प्रत्येक क़दम अकड़कर उठा रहा था—सीना तना हुआ, सिर ऊंचा उठा हुआ और टांगें सख़्त, मानो लकड़ी से बनी हों। उसके नितम्बों का झूलना भी एक क्षण के लिए किसी सिपाही की गर्वीली चाल बन गया था।

फिर उसने अपने मूर्खतापूर्ण इठलाने की एक झलक देखी और वह संकोच से भर उठा। वह अचानक रुक गया। उसका कल्पित विश्वास चकनाचूर हो चुका था।

अब वह बेचैन हो उठा। उसने चाहा कि कोई आकर उसे उसके अकेलेपन से मुक्त करा देगा। यदि कोई सिपाही भी पास से गुज़र जाता, तो वह उसे भी देखता और यदि कोई लड़का आ जाता, तो वह स्टिक दिखाता, जो उसे मिली थी। उसकी इच्छा

हुई कि काश छोटा या रामचरण आ जाता! वह उसे अपनी स्टिक दिखाना चाहता था। 'लेकिन नहीं, मुझे रामचरण को स्टिक नहीं दिखानी चाहिए, वरना वह चरतसिंह के पास जाकर और उससे वैसी ही स्टिक मांगकर उसे परेशान कर देगा। हवलदार ने कहा था कि मुझे किसी को नहीं बताना है। यदि रामचरण वहां जाकर उससे एक स्टिक मांगता है, तो वह मुझ पर नाराज़ होगा।' उसकी इच्छा हुई कि बाबू के बेटे वहां आयेंगे। उनके पास बॉल थी। बड़े लड़के ने तो उसे अंगरेजी का सबक़ पढ़ाने का वादा किया था। 'शायद मैं खेल आरम्भ होने से पहले उसे स्टिक दे दूं।' उसे प्रतीक्षा थी कि कोई तो आयेगा।

अब वह निरुद्देश्य घूम रहा था। उसके अंग शिथिल पड़ गये थे। किसी अर्धचेतनावस्था में देखते हुए वह अपना चेहरा कभी इधर, तो कभी उधर घुमा रहा था। आख़िरकार उसे बाबू का छोटा बेटा, अपने घर के हॉल से भागकर बाहर आते हुए, हाथ में बड़ी स्टिक पकड़े, मुंह में खाना भरे और अपने कुरते में मिठाइयां बांधे हुए दिखाई दिया। बक्खा जानता था कि वह छोटा लड़का हॉकी खेलने के लिए कितना उत्सुक रहता था। अपनी निम्न स्थिति को ध्यान में रखते हुए और अपने चेहरे पर विनम्र मुस्कान लिए उसने बच्चे की ओर धीरे- धीरे क़दम बढ़ाये। वह बाबू के बेटों को चाहता था, उनका आदर करता था, इसलिए नहीं कि वे ऊंची ज़ात के हिन्दू थे, जिन्हें उसे भंगी होने के कारण आदर देना ही था, बल्कि इसलिए कि उनके पिता को रेजिमेण्ट में कर्नल साहब से दूसरे स्थान पर अत्यन्त महत्त्वपूर्ण एवं विशेष पद प्राप्त था।

छोटा लड़का उत्साह के उद्दाम आवेश में भागते हुए बक्खा के पास आया और बोला, "यह देखो, यह है मेरी नयी स्टिक, जिसके बारे में मैंने तुम्हें सवेरे बताया था। चरतसिंह ने मुझे दी है।"

"ओह, यह तो बहुत सुन्दर है," बक्खा ने कहा। "लेकिन मेरी हॉकी- स्टिक को देखो, यह तुम्हारी से भी अच्छी है। हा-हा, मेरी स्टिक तुम्हारी से अधिक सुन्दर है।" बक्खा हंसी में कहता गया।

"मुझे देखने दो," छोटे लड़के ने कहा।

बक्खा ने स्टिक उसे दे दी।

"ओह, यह तो बिल्कुल वैसी ही है।" लड़का चिल्लाया।

बक्खा को लगा कि चरतसिंह ने उसके साथ कोई विशेष पक्षपात नहीं किया है। लेकिन फिर भी वह पक्षपात तो था ही।

'बाबू के लड़के, तो बाबू के बेटे हैं। निस्सन्देह, वह उन्हें तो स्टिक देगा ही। उसने मुझे भी एक स्टिक दी है, एक भंगी को, तो यह एक विशेष उपहार ही तो है।'

"क्या तुम मैच के लिए तैयार हो ? ओए बक्खे," बच्चे ने इस प्रकार कहा, मानो वह कोई पूर्णत: विकसित कप्तान हो।

"हां, मैं तैयार हूं।" बच्चे के प्रति उत्पन्न हुई सहानुभूति के कारण और उसे उत्साहित देखते हुए और यह जानते हुए कि उसे खेलने नहीं दिया जायेगा, बक्खा ने मुसकराते हुए कहा। वह उस छोटे लड़के को बहुत चाहता था।

"तुम्हारा बड़ा भाई कहां है ?" बक्खा ने बच्चे से पूछा।

"वह खाना खा रहा है। अभी आ रहा है। मैं जाकर हॉकी-स्टिक और बॉल ले आऊं। जल्दी ही दूसरे लड़के भी यहां आ जायेंगे।" और यह कहते हुए वह बक्खा को छोड़कर अचानक ही घर की ओर दौड़ गया।

"बेचारा छोटा लड़का, वे उसे खेलने नहीं देंगे! वह कितना उत्सुक है ? जब वह बड़ा हो जायेगा, तो एक विशिष्ट व्यक्ति बन जायेगा। शायद बड़ा बाबू या फिर कोई साहब! उसकी आंखें कितनी चमकीली हैं ?"

"ओए बक्खे," किसी ने उसके विचारों को झटका दिया। उसने घूमकर देखा। अनेक लड़कों के आगे-आगे छोटा और रामचरण चले आ रहे थे। शस्त्र बनाने वाले के बेटे नियामत और अस्मत, दर्ज़ी का बेटा इब्राहीम, बैंड मास्टर के बेटे अली, अब्दुल्ला, हसन और हुसैन और अनेक अजनबी, शायद 31वीं पंजाबी रेजिमेण्ट के लड़के भी थे। बक्खा उनकी ओर आगे बढ़ा। छोटा उसकी ओर भागते हुए आया और उसके कान में फुसफुसाया, "मैंने उन्हें बता दिया है कि तुम साहब के बेयरे हो, उन्हें नहीं पता कि तुम एक भंगी हो।"

"ठीक है," बक्खा समझ गया। वह जानता था कि यह सब 31वीं पंजाबी टीम के कुछ पुरातनपन्थी लड़कों का सन्देह दूर करने के लिए किया गया था।

"देख, मेरे पास एक नयी स्टिक है।" बक्खा ने कहा। उसने अपने मित्र को स्टिक दिखायी। फिर वह बोला, "इसके बारे में रामचरण को मत बताना। यह मुझे चरतसिंह ने दी है। अब मैं इसके साथ गोल-पर-गोल दागूंगा।"

"बहुत अच्छे, बहुत अच्छे, अद्भुत है, सुन्दर है।" छोटा आश्चर्यचकित हो गया। "साले, तू तो भाग्यवान् है।" उसने बक्खा की कमर पर एक थप्पड़ मारा और उसके मोटे कोट से धूल का एक छोटा-सा बादल उड़ गया।

उसने घूमते हुए चिल्लाकर कहा, "लड़को, तैयार हो जाओ।"

जब टीम चुनने का समय आया, तो बाबू के छोटे बेटे ने छोटा के सामने हॉकियों का ढेर लगा दिया और अपने इनाम की आशा करने लगा। लेकिन छोटा ने अपने ग्यारह खिलाड़ी पहले ही चुन लिये थे।

''बच्चे को खेलने दो,'' बक्खा ने छोटे बच्चे की ख़ातिर कहा।

''नहीं, वह बखेड़ा खड़ा कर देगा।'' छोटा फुसफुसाया। ''हम उसे नहीं खिला सकते। बड़े लड़कों के साथ मैच है। उसे चोट लग जायेगी और फिर मुसीबत होगी।''

बक्खा अधिक ज़ोर देना नहीं चाहता था। वह जानता था कि छोटा और उस छोटे लड़के की आपस में पटती नहीं थी। वह बेबस था; क्योंकि वह दोनों को समान रूप से चाहता था। उसके बड़े भाई को छोड़कर, बच्चे की उपेक्षा होते देख, सब उसे यह कहकर दिलासा दे रहे थे कि उसे नहीं खिलाया जायेगा; क्योंकि मैच बहुत महत्त्वपूर्ण था और बड़े-बड़े लड़कों के बीच था।

समय आने पर, अपने भाई द्वारा आश्वासन दिये जाने के बाद छोटे बच्चे ने चुपचाप सहन कर लिया और बक्खा के मुसकराने पर उपेक्षित और असहमत होकर उसने मैच का रेफ़री बनना पसन्द कर लिया। लेकिन छोटा उसे रेफ़री बनाने को भी राज़ी नहीं था। मैच आरम्भ हो चुका था। बच्चा और भी उदास हो गया और वह हॉकी के मैदान में एक ओर रखे हुए लड़कों के कपड़ों के ढेर के पास जा खड़ा हुआ। उसने सोचा, जब वह भी छोटा जितना बड़ा होगा, तब उसे भी खेलने के लिए कहा जायेगा। तब वह भी छोटा के समान नेकर पहन सकेगा और असली साहब दिखाई देगा; क्योंकि उसका रंग छोटा की भांति काला नहीं है।

बक्खा एक सेकिण्ड के लिए छोटे बच्चे के पास अपना ओवरकोट उतारकर रखने के लिए आया। उसने बिना कोट उतारे ही खेलना आरम्भ कर दिया था।

''इसका ध्यान रखना, छोटे भाई, रखोगे न?'' उसने बच्चे से कहा, मानो टीम में न लिये जाने के लिए उसे सान्त्वना दे रहा हो। फिर वह अपने स्थान की ओर दौड़ गया।

छोटा लड़का रो पड़ा होता, लेकिन उसी समय बक्खा गोल करने वाला था।

बड़ा ही अद्भुत दृश्य था। मैदान में बच्चों की भीड़ टिड्डों की भांति इधर-उधर उछल-कूद रही थी। बक्खा गेंद को घुमाते-फिराते, इधर-उधर दौड़ाते व लुढ़काते हुए 31वीं पंजाबी लड़कों के गोल तक ले गया। लेकिन तभी उसे गोल बचाने वाली भीड़ के द्वारा पकड़ लिया गया, जो गेंद को बाहर निकालने की कोशिश कर रही थी, चिल्ला रही थी और एक-दूसरे को धकेल रही थी। बक्खा ने गेंद को किसी प्रकार

नियन्त्रित किया, सब लड़कों की टांगों के आगे से होकर गोल तक जा पहुंचा और गेंद को खम्बों के बीच की ख़ाली जगह में धकेल दिया।

बेहतर तकनीक के कारण हार जाने पर गोलकीपर ने बक्खा की टांगों पर एक प्रहार किया। इस पर छोटा, रामचरण, अली, अब्दुल्ला और 38वीं डोगरा रेजिमेण्ट के सभी लड़के 31वीं पंजाबी रेजिमेण्ट के गोलकीपर पर पिल पड़े। खुली मुठभेड़ होने लगी।

"यह बेईमानी है, धोखा है," 31वीं पंजाबी टीम का कप्तान चिल्लाया।

"कोई धोखा नहीं है। कोई बेईमानी नहीं है।" क्रोध में आगबबूला होते हुए छोटा ने उत्तर दिया।

गरम होकर 31वीं पंजाबी टीम का कप्तान उग्र भीड़ को चीरते हुए आगे बढ़ा और उसने छोटा के कालर को कसकर पकड़ लिया। लड़के, एक बार फिर से लड़ने, नोचने, टक्कर मारने, ठोकर मारने और चिल्लाने लगे। एक, दो, तीन, चार, पांच छोटे-छोटे हाथों ने अपनी हॉकी-स्टिक उठा लीं। उजड्डपन के कारण प्रचण्ड भीड़ इतनी उत्तेजित हो गयी कि उनमें किसी असभ्य शिकारी की-सी निष्ठुरता देखी जा सकती थी। छोटा ने अपने प्रतिद्वन्द्वी को कन्धे से पकड़ लिया और कुछ समय के लिए दोनों बेतहाशा क्रोधोन्मत्त होकर एक- दूसरे के कपड़ों को फाड़ते हुए और घूंसे मारते हुए कुश्ती लड़ने लगे। फिर छोटा का शत्रु आक्रमण झेलने में असहाय होने के कारण अपने साथियों को बुलाने के लिए कुछ गज़ पीछे दौड़ा।

"उन पर पत्थर फेंको, पत्थर," छोटा चिल्लाया।

इस पर 38वीं डोगरा टीम के लड़के अपने दुश्मनों से अलग होते दिखाई दिये, एक ओर को भाग निकले और उन पर छोटे-छोटे पत्थर फेंकने लगे।

प्रचण्ड आवेश में उन्होंने इस ओर कोई ध्यान नहीं दिया कि पत्थरबाज़ी का पूरा असर उनके और उनके शत्रुओं के कपड़ों के पास खड़े छोटे लड़के पर पड़ रहा था। अधिकतर पत्थर किसी प्रकार बच्चे के सिर के ऊपर से निकल गये। वह डर गया, लेकिन सुरक्षित था। लेकिन रामचरण के हाथ से फेंका गया एक पत्थर उसकी खोपड़ी पर जा लगा। उसने एक तेज़ व मर्माहत चीख़ निकाली और बेहोश होकर गिर पड़ा। सब लड़के उसकी ओर दौड़ पड़े। उसके सिर के पिछले हिस्से से रक्त की धाराएं बह रही थीं। बक्खा ने उसे अपनी बांहों में उठाया और उसे उसके घर के हॉल कमरे तक ले गया। दुर्भाग्यवश, बच्चे की मां ने उनके द्वारा मचाये जा रहे झगड़े को सुन लिया था और वह यूं ही बाहर आ गयी थी कि उसके बच्चे सुरक्षित तो हैं। उसने बक्खा को

आमने-सामने देखा और कहने लगी, ''तू खसमा नूं खाणें, तू गन्दे भंगी! तूने मेरे बेटे के साथ यह क्या किया है?''

बक्खा अपना मुंह खोलकर उसे बताने ही जा रहा था कि क्या हुआ था, लेकिन जब वह पूछ रही थी, तो अपने बेटे की खोपड़ी से टपकते हुए ख़ून को देखकर वह उसके मृत्युवत् पीले और बेहोश चेहरे से ही सब कुछ समझ गयी।

''ओए, तू खसमा नूं खाणें! यह तूने क्या किया है? तूने मेरे बेटे को मार डाला है।'' वह अपने हाथों को अपनी छातियों पर मारते हुए और डर के मारे नीली-पीली होते हुए बिलखने लगी।

''उसे मुझे दे! मेरा बच्चा मुझे दे। मेरे बेटे को ज़ख़्मी करने के अलावा तूने मेरे घर को भी भ्रष्ट कर दिया।''

''मां-मां, आप यह क्या कह रही हैं?'' उसके बड़े बेटे ने बीच में हस्तक्षेप करते हुए कहा। ''उसने उसे घायल नहीं किया। वह तो धोबी का बेटा रामचरण था।''

''दूर हट, दूर हट, तू खसमां नूं खाणें,'' महिला उस पर भी चिल्लायी।

''तू मर जाये! तूने अपने भाई की देख-रेख क्यों नहीं की?''

बक्खा ने बच्चे को सौंप दिया और डरा हुआ, विनम्र, किसी भूत की भांति शान्त, पीछे हट गया। वह उदास और निहायत अभागा महसूस कर रहा था। क्या चरतसिंह की उदारता के सुख का आनन्द केवल आधे घण्टे के लिए ही था? वह बच्चे को प्यार करता था। जब छोटा ने उसे खेल में सम्मिलित होने के लिए मना किया था, तो बक्खा ने बहुत बुरा मनाया था। फिर लड़के की मां ने उसे गाली क्यों दी, जबकि उसने भलाई करने का प्रयास किया था, उसने उसे यह भी नहीं बताने दिया कि क्या हुआ था।

निस्सन्देह, मैंने बच्चे को भ्रष्ट कर दिया था। मैं ऐसा करने से रुक नहीं सका। मैं जानता था कि मेरे छूने से वह भ्रष्ट हो जायेगा, लेकिन उसे न उठाना असम्भव था। वह स्तब्ध हो गया था। इतनी-सी बात थी और उसने मुझे गालियां दी गयीं। मैं जहां भी जाता हूं, वहीं मुझे केवल गालियां मिलती हैं और मेरा मज़ाक़ उड़ाया जाता है। भ्रष्ट, भ्रष्ट! क्या मैं लोगों को भ्रष्ट करने के सिवा कुछ भी नहीं करता? वे सब कहते हैं 'भ्रष्ट कर दिया, भ्रष्ट कर दिया।' शायद यही न्यायसंगत था? उसका बेटा ज़ख़्मी हो गया है। वह कुछ भी कह सकती है। इसमें मेरा और दूसरे लड़कों का भी कुसूर था। हमने वह झगड़ा शुरू ही क्यों किया? अगर मेरे गोल कर देने के कारण यह सब शुरू हुआ, तो मुझ पर लानत है! बेचारा बच्चा! आशा है, उसे अधिक चोट नहीं आयी है। यदि छोटा उसे खेल में शामिल कर लेता और वह बेचारा वहां न खड़ा रहता, जहां वह

खड़ा था। फिर, शायद वह ज़ख़्मी होने से बच जाता। अब सारे लड़के कहां चले गये?

पहली बार बक्खा को लगा कि वह अकेला चल रहा है। उसने चारों ओर देखा, दोपहर बाद की पीली रोशनी में भंगियों की गली की बेकार पड़ी ज़मीन पर केवल कुछ चिड़ियां ही, मानो उस पर इल्ज़ाम लगाती हुई ताने मार रही थीं। थकान के कारण अचानक ही उसने स्टिक को जकड़ लिया, जिसे वह अपने बाज़ू के नीचे दबाकर ले जा रहा था और पड़ोस की एक गली में मुड़ गया, जो अखरोट के वृक्षों के बीच से होती हुई उसके घर की ओर जाती थी।

इससे पहले कि उसका घर उसे दिखाई देता, वह रुक गया और एक ऐसे सुविधाजनक स्थान को खोजने लगा, जहां वह अपनी हॉकी-स्टिक को छिपा सके। वह उसे घर में नहीं ले जा सकता था। उसका बापू उसके खेलने के कारण एकदम क्रोध में उबल पड़ता, मूल्यवान् समय को बरबाद करने के लिए, जबकि शौचालयों में सारा काम करने को पड़ा था। रास्ते से दूर नागफनी का लम्बा बाड़ा था। वह उस की ओर मुड़ गया। झाड़ी के बीचोबीच एक सुविधाजनक गड्ढा था। वह एक ऊंचा क़दम बढ़ाकर गड्ढे में उतर गया और स्टिक को वहां छिपा आया। फिर वह नीचे झुका और बुरे मौसम से बचाव के लिए चप्पू के आकार के नागफनी के कुछ पत्ते उस पर डाल कर उसे ढक दिया। उसके बाद उसने जल्दी की, ताकि कोई उसे स्टिक छिपाते हुए देख न ले और बाद में आकर उड़ाकर न ले जाये।

बक्खा जब लौटा, तो उसका बापू खपच्ची से बनी अंगरेजी कुर्सी पर बैठा अपनी गुड़गुड़ी पी रहा था। वह अपने बेटे के आने से बेख़बर था। फिर अचानक ही वह अपनी कुर्सी से उठा और अपने मुट्ठी- बंधे हाथ से बक्खा को धमकाते हुए चिल्लाने-चीखने लगा।

''सूअर की औलाद! कुत्ते के पिल्ले! तू भाग गया! सारी दोपहर दूर रहने के बाद अब वापस आया है! हरामी! क्या तू नवाब बन गया है, जो इधर-उधर घूमता-फिरता है? तू जानता है कि यहां तेरे लिए काम पड़ा हुआ है? सिपाही चिल्ला रहे हैं।''

ऐसे उत्तेजक स्वागत के सामने बक्खा ठण्डा ही बना रहा। वह पुनर्जीवित हो गयी यादों के कारण बहुत चिन्तित था। वह किसी भी चीज़ का सामना करने के लिए तैयार था। वह शान्त बनकर खड़ा रहा, लेकिन उसके बापू की फटकार चालू थी।

''सूअर के बच्चे! तुझे अपने बूढ़े बाप की कोई फ़िक्र नहीं है? तू सुबह-सवेरे बाहर निकल जाता है और रात को वापस आता है। शौचालयों में काम करने के लिए

कौन जा रहा है ? मैंने तुझे पाला-पोसा, क्या तू मुझे इस बुढ़ापे में थोड़ा आराम भी नहीं देगा ? तू साहब बनना चाहता है, जबकि तू एक भंगी का बेटा है ? हराम की औलाद ! कुत्ते, सूअर !''

गालियों की बरसात के बीच बक्खा शौचालयों की ओर जाने के लिए धीरे-से हिला। वह झाड़ू उठाने ही जा रहा था, लेकिन उसने देखा कि झाड़ू उसके भाई रक्खा ने उठा ली थी। वह वहीं रुक गया और अपने भाई की ओर देखने लगा।

''तो तू वापस आ गया है,'' रक्खा घमण्ड से चिल्लाया। उसने अपने बड़े भाई को ज़ोर से घूरा। उसकी आंखों में पिता के कृपापात्र हांने का गर्व था।

बक्खा जानता था कि रक्खा घमण्ड कर रहा था; क्योंकि उसने दोपहर में काम किया था और बापू की तरफ़दारी जीत चुका था। उसके उद्धत ढंग के लिए बक्खा ने उससे घृणा नहीं की। उसने उसे एक बालक ही समझा, वह उसे प्यार करता था। वह उसकी ढिठाई को भी सह जाता और अपने बाप की गालियों को भी, लेकिन रक्खा ने उसे झाड़ू देने से इनकार कर दिया और उसका बापू भी उसकी निन्दा करने पर डटा रहा।

''सूअर के बच्चे, हराम की औलाद ! तुझे कोई शरम नहीं है। खेल, खेल, खेल और सारा दिन घूमना। जैसे कोई काम करने के लिए नहीं है।''

बक्खा को लगा कि वह उन्हीं बातों को लगातार दोहराये जाना नहीं सह सकेगा। वह जानता था कि उसका बापू किस प्रकार उसे तंग करता था, बिना सांस रोके, लगातार, अड़ियल बनकर। उसने शौचालयों की ओर रुख़ किया।

''दूर हो, सूअर, मेरे सामने से भाग जा,'' उसका बापू चिल्लाया। उस झाड़ू को हाथ भी मत लगा, वरना मैं तुझे जान से मार डालूंगा। दूर चला जा। मेरे घर से निकल जा और वापस मत आना। अपना मुंह दोबारा मत दिखाना।''

इससे पहले, बक्खा प्रायः अपने दुःख के आवेग को भाग्य की विडम्बना समझकर सह चुका था। अपने बापू की गालियों और व्यंग्यों और कभी-कभार पिटाई को भी शान्त भाव से सह चुका था। उसने अपने बचाव में कभी अपना सिर या हाथ किसी के विरुद्ध नहीं उठाया था। आज भी वह बहुत कुछ सह चुका था। आग की जो चिनगारी उसके भीतर अब तक दबी पड़ी थी, वह आज सुबह प्रदीप्त हो उठी थी और सुलग रही थी। थोड़ा-सा ईंधन पाकर वह जंगल की आग की भांति भड़क उठी।

वह बिना पीछे देखे मैदान के पार चला गया। यह कुछ ऐसा था, मानो किसी शैतान ने उसे दबोच लिया हो। वह उस क्षण से अनभिज्ञ था, जिसने अचानक ही

उसका पलायन निश्चित कर दिया था। न ही वह परिवर्तन की उस भावना से परिचित था, जो उस क्षण उसके मन में भर गयी थी। ऐसा लगा, मानो उसके भीतर छिपे शैतान ने एक क्रूर तलवार ले ली थी, जिसके द्वारा उसने रास्ते में आने वाली किसी भी चीज़ के टुकड़े कर डाले थे। अपनी तीव्रता और अलौकिक मोहक रूपान्तरण से उसने और भी अधिक शक्ति प्राप्त कर ली थी।

वह उत्सुकतापूर्वक आगे बढ़ता गया। उसकी दायीं ओर असन्तोष की एक नदी थी, जो किसी तूफ़ानी समुद्र की भांति पसरी पड़ी थी, जिसकी पर्वताकार लहरों को हवा वहां तक बहा ले गयी थी, जहां तक गोल पत्थर और चट्टानें चाकू के किनारों की भांति आकाश की ओर ऊंचे उठ गये थे अथवा शान्त होकर धरती पर लुढ़क गये थे। उसके बायीं ओर रेतीले, बैगनी, चांदी-जैसे और घूसर मैदान की नीरसता थी, जहां सूर्य-किरणें शिखर पर और गहरी बैगनी परछाइयां दरारों और उसकी परतों में खेल रही थीं।

जब बक्खा मैदान के सामने समतल धरती के सीमान्त पर जा रहा था, तो उलटे आसमान का घेरा दोपहर बाद के सूर्य का सुनहरी और रुपहला रंग ले रहा था। दुनिया गहरे लाल के फ़ीते में लिपटी पड़ी थी। उसने अपनी चाल को धीमा कर दिया; क्योंकि यहीं उसने अपनी हड्डियों में रेंगती हुई प्रातःकाल के सूर्य की पहली झलक महसूस की थी। इसी मैदान से वह साहस की भावना से भरकर दुनिया में गया था।

खुला आकाश ख़ाली था। उन लोगों के अतिरिक्त, जो अपने कीचड़ के घरों में जा रहे थे, जो कुकुरमुत्तों की भांति उत्तर दिशा में झुण्ड के रूप में उठे कूड़े के ढेरों से घिरे, टूटी हुई बोतलों, पुराने टिनों, भरी हुई किल्लियों और कीचड़ में घंसे हुए थे। क्रोध में उसकी मनोदशा इतनी ऊंची उठ गयी कि उसे एक बड़ा दैत्य हो जाने की और पहाड़ियों व गड्ढों के पूरे परिदृश्य की प्रत्येक चीज़ पर शासन करने की अनुभूति होने लगी।

"बड़ा दुर्भाग्यपूर्ण दिन है! यह सब पाने के लिए मैंने क्या कर दिया?" बक्खा उत्तेजना में चिल्ला उठा।

एक सिपाही शौचालयों की ओर जा रहा था। बक्खा किनारे के एक गड्ढे में कूद गया, ताकि दिखाई न दे सके। वह किसी से भी मिलना नहीं चाहता था। अकेला और शान्त रहना चाहता था, ताकि अपने आप को संभाल सके। जब वह व्यक्ति चला गया, तो वह रेंगकर बाहर आया और पीपल के एक वृक्ष की ओर चल दिया, जो मिट्टी के चबूतरे से घिरे मैदान में खड़ा था। बक्खा सूरज की ओर मुंह करके उसके नीचे बैठ

गया।

अब उसने एकाकी महसूस किया और उसके सामने यह तथ्य उभरकर आया कि वह गृहहीन है। उसे प्रायः इस प्रकार घर से निकाल दिया जाता था। वास्तव में, जब उसका बापू क्रोधित होता था, तो घर से बाहर निकाल देने की कहकर उसे और उसके भाई को हमेशा डराया करता था। उसे याद आया कि उसकी मां के निधन के पश्चात् एक बार उसके बापू ने उसे पूरी रात घर से बाहर निकालकर भीतर से ताला लगा लिया था; क्योंकि उसने घर की देखभाल ढंग से नहीं की थी। वह सर्दी की रात थी। पूर्वी हवा चल रही थी और उसे नींद आ रही थी। वह दिन-भर काम करने के बाद थका हुआ था और जम्हाई ले रहा था और कूड़े की दो टोकरियों के पीछे अपने ओवरकोट में गुड़ीमुड़ी होकर पड़ गया था। उस निर्दयता और निर्ममता का दर्द उसने कैसे भोगा था? क्या वह वही बापू था, जो अपने बयान के अनुसार उसकी दवा के लिए हकीम साहब के पास प्रार्थना करने गया था? बक्खा को याद आ गया कि उस घटना के बाद, वह कई दिनों तक अपने बापू से बोला नहीं था। फिर, अपनी स्थिति के प्रति उसका क्रोध कुछ कम उग्र और कम विद्रोही हो गया था। उसने बहुत परिश्रमपूर्वक काम करना आरम्भ कर दिया था। उसे लगा था कि वह सज़ा उसके लिए उचित थी; क्योंकि उस सज़ा के कारण ही उसने काम में दिल लगाना सीख लिया था। वह प्रौढ़ हो गया था। उसने फ़र्शों को साफ़ करना, भोजन बनाना, पानी लाना तथा शौचालयों को साफ़ करने के काम के अतिरिक्त, खाद को बिक्री के लिए खेतों तक लादकर ले जाना भी सीख लिया था। कम पोषण वाले आहार के बावुजूद, अब वह किसी पहलवान की भांति चौड़े कन्धों वाला, भारी नितम्बों वाला, लचीले बाज़ुओं वाला एक तगड़ा व्यक्ति बन गया था, भारतीय आदर्श, जैसा वह होना चाहता था।

लेकिन यह वर्तमान बदनामी! उसने सोचा, इससे कुछ भला नहीं होगा। यह उचित नहीं था। उसके बापू को जीवन में एक बार उसके आधी छुट्टी लेने पर आपत्ति क्यों? विशेषकर, जब वह जानता था कि शहर में सवेरे उसका अपमान हुआ था और उसकी काम करने की इच्छा नहीं थी, फिर उसने दोपहर भी व्यर्थ नहीं बिताई थी। वह एक नयी स्टिक लाया था, लेकिन उसे लगा कि वह एक ऐसी चीज़ थी, जिसकी तारीफ़ उसका बापू नहीं कर सकता था। उसे बक्खा का हॉकी खेलना पसन्द नहीं था। सारी मुसीबत इसीलिए थी। वह बुदबुदाया, 'रक्खा ने अवश्य ही मेरे बारे में बता दिया होगा; क्योंकि वह खेलने नहीं जा सका था। कैसा दिन था मेरे लिए? बिल्कुल अशुभ दिन! काश, मैं मर जाता!' वह अपने सिर को अपने हाथों में थामकर और पूरी तरह

निराश होकर बैठ गया। वह बहुत देर तक उसी प्रकार अपने हाथों में अपना सिर थामे बैठा रहा। यह जानकर कि वह घरविहीन था और उसका बाप भी उसे नहीं चाहता था, वह व्याकुल और दबा-दबा अनुभव करने लगा। उसने अनजाने ही बैठने के लिए ऐसी जगह चुन ली, जहां छोटा या रामचरण अथवा अछूत बस्ती का कोई व्यक्ति उसे पहचान लेता। ज्यों-ज्यों समय गुज़रता गया, वह अपने चारों ओर के ख़ालीपन को पहचान गया। उसे लगा कि जिस हमदर्दी की वह इच्छा कर रहा था, वह उसे कभी मिलने वाली नहीं थी।

लेकिन वह ग़लती पर था। स्थानीय मुक्ति फ़ौज का मुखिया कर्नल हचिंसन अछूत बस्ती से कभी भी बहुत दूर नहीं रहा। वह अपनी नास्तिक पत्नी से हमेशा बहाने बनाया करता था कि वह पहाड़ियों पर घूमने जा रहा है, जहां उसे स्वर्ग का साम्राज्य प्रतीक्षा करता मिलेगा, जबकि वास्तव में, वह यीशू मसीह की ख़ातिर कीचड़ में, कूड़े के ढेरों के बीच, किसी अछूत से ईश्वर और परमात्मा की बातें करने जाया करता था। यदि कोई उसे एक मील दूर से भी देख लेता, तो भी उसे मिले बिना रह नहीं सकता था; क्योंकि वह ईसाई धर्म-प्रचारकों की टोली के जीवित सदस्यों में से एक था, जिनका विचार था कि यदि धर्मान्तरण के वास्तविक लक्ष्य को प्राप्त करना चाहते हैं, तो मुक्ति फ़ौज को आदिवासी लोगों के समान ही कपड़े पहनने चाहिए और उन्हीं के बीच रहना चाहिए। उसने ही कर्नल की उस वर्दी की परिकल्पना की थी, जिसे वह पहना करता था—एक जोड़ी सफ़ेद पतलून, लाल रंग की एक जैकेट, एक सफ़ेद पगड़ी, जिस पर एक लाल फ़ीता लगा होता था। अब वह तगड़ा नहीं रह गया था, लेकिन कभी वह एक तगड़ा व्यक्ति हुआ करता था। उस समय, उसके सिर पर घने बाल हुआ करते थे। दुर्भाग्यवश, अब वह गंजा था। उसकी पत्नी कहा करती थी कि यह सब उस नारकीय पगड़ी के कारण ही हुआ था, जिसे वह पहना करता था। वह पढ़ने का बहुत शौक़ीन था। कभी उसकी ऊपर को उठी हुई मूछें भी हुआ करती थीं, किसी असली कर्नल की भांति, गुच्छेदार और काली। हालांकि वह अब भी गुच्छेदार थीं, लेकिन घूसर होकर झुक गयी थीं। उसकी नटखट पत्नी कहा करती थी और यह आरोप लगाया करती थी कि ईसाइयत का धर्मान्तरण शिष्टमण्डल, उसके हाथों में सम्पूर्णतः असफल हो गया था। पिछले बीस वर्षों में उसके द्वारा धर्मान्तरित किये गये लोगों की संख्या पांच से अधिक नहीं थी और वे पांच भी मुख्यतः गन्दे और काले अछूतों में से थे। लेकिन कर्नल की मूछों की क़सम, यह अवश्य कहा जाना चाहिए कि उसकी पत्नी ईर्ष्यालु हो गयी थी; क्योंकि कर्नल के विरुद्ध उसकी एक व्यक्तिगत शिकायत थी। अपनी जवानी

में कर्नल ने उसे अपनी सुन्दर, काली व सीधी मूछ के कारण आकृष्ट कर लिया था। वह कैम्ब्रिज में एक मधुबाला थी और हचिंसन की मूछों के बालों से उसे प्यार हो गया था। वह जब एक ड्रिंक ले लिया करता था, तो उसके मूछों के बालों पर शराब की बूंदें चमक उठती थीं, जो उसे किसी रत्न की भांति लगती थीं। इसीलिए उसने कर्नल के साथ शादी कर ली। न जाने क्यों, भारत से उसे द्वेष था? वह अपने घर के हब्शी नौकरों से भी न केवल घृणा करती थी, अपितु उसे यह भी पता चल गया था कि उसका पति अत्यधिक सावधान भी था। फिर भी, वह विहस्की के बल पर उसके साथ बहुत वर्षों से रह रही थी। लेकिन हचिंसन की मूछें आयु के बोझ के कारण धूसर हो गयीं और नीचे को झुकने लगीं; क्योंकि अब कर्नल पैंसठ का हो रहा था। इस सबके बावजूद उसकी पत्नी कहा करती थी कि इसके लिए हमें कर्नल हचिंसन को श्रेय देना चाहिए, जिसने कर्तव्य के प्रति अटल निष्ठा को अपना रखा था और उत्तरदायित्व अपने हाथ में ले लिया था। कर्नल आश्चर्यजनक रूप से सक्रिय था। पिछले पैंतीस वर्षों से, मानो वह गहरे गड्ढों में अथवा गन्दगी या गोबर के ढेरों के पीछे अपने आपको छिपाता रहा हो, किसी दुखी अछूत की प्रतीक्षा करते हुए, जो थका हुआ हो और भूखा हो और निराशा में यीशू मसीह के सिद्धान्त को सुनने के लिए उत्सुक हो। वह अपनी बांहों के नीचे हमेशा बाइबिल के हिन्दुस्तानी अनुवाद की अनेक प्रतियां दबाकर ले जाया करता था और किसी भी पास से गुज़रने वाले व्यक्ति के हाथों में ज़बरदस्ती थमाने के लिए अपनी जैकेट और ओवरकोट की जेबों में सेंट ल्यूक के सिद्धान्त ठूंसे रहता था, भले ही वह उत्सुक हो या न हो। वह ठिंगने क़द का व्यक्ति था। अत्यन्त कमज़ोर और अपनी स्टिक के सहारे लड़खड़ाते हुए चला करता था, लेकिन उसकी जीभ कैंची की तरह चलती थी, जो हिन्दुस्तानी आदर्शों के धुरे बखेर देता था, ठीक उसी प्रकार, जैसे कोई तोता अपने भोजन को कुतर डालता है। जिस अन्त:प्रेरणा ने उसे हिन्दुस्तानी सीखने के लिए बाध्य किया था, वह अत्यन्त उदात्त थी, जो उसने अपने लक्ष्य को आरम्भ करने से पहले यह ध्यान में रखते हुए आरम्भ की थी कि उसका स्थान आदिवासियों के बीच है, भाषा के साथ घपला करने की आदत और उसे सही रूप से न सीखना, भारत में अपने तीस वर्षों के निवास के दौरान, परिणाम में अनर्थकारी हुआ करती थी।

"तुम उदास क्यों हो?" बक्खा के कन्धे पर अपना हाथ रखते हुए कर्नल ने पूछा।

भंगी के लड़के को जीवन में पहली बार धक्का-सा लगा। उसने ऐसे व्यक्ति को टूटी-फूटी हिन्दुस्तानी बोलते सुना था, जिसे वह अंगरेज समझता था। उसने चौंककर

ऊपर की ओर देखा। उसे आशा थी कि छोटा या रामचरण अथवा अछूत बस्ती से कोई अवश्य आयेगा और उसे सान्त्वना देगा। लेकिन उसे यह विश्वास नहीं था कि कर्नल हचिंसन–जैसा व्यक्ति उसे आश्चर्यचकित कर देगा, जो आदिवासियों के साथ मुक्त रूप से मिला–जुला करता था, जो अब भी एक साहब था, जो पैण्ट पहनता था और कमोड का प्रयोग करता था। बक्खा ने स्वयं को सम्मानित अनुभव किया कि साहब ने उसके साथ हिन्दुस्तानी में बात करने का इरादा किया, हालांकि वह टूटी–फूटी हिन्दुस्तानी थी। उसने इसे चापलूसी समझा, एक साहब ने उसे दया और सहानुभूति का पात्र मान लिया। निस्सन्देह, वह कर्नल को तुरन्त पहचान गया था। उस धर्मप्रचारक को कौन नहीं जानता था ? लेकिन यह पहला अवसर था कि उसने उसे आमने–सामने देखा था। अत्यन्त संकोची स्वभाव का तथा हीन–भावना से भरा होने के कारण उसने हचिंसन से कभी बात नहीं की थी, हालांकि उसे याद था कि कर्नल प्रायः उसके बापू के पास आया करता था। बक्खा तब बच्चा था। उसे याद आया कि उसका बापू भी साहब से बात किया करता था। कभी पुरानी बातें याद करते हुए वह कहा करता था कि बूढ़ा साहब उसे यीशू मसीह के धर्म में परिवर्तित करना और उन्हें अपने समान साहब बनाना चाहता था। लेकिन उसने यह कहकर हिन्दू धर्म को छोड़ने से मना कर दिया था कि जो धर्म उसके पुरखों के लिए ठीक था, वही उसके लिए भी ठीक है।

"सलाम साहब," बक्खा ने अपने हाथ को माथे से लगाते हुए कहा और वह खड़ा हो गया।

"सलाम, सलाम, तुम बैठो, परेशान मत हो," बक्खा को प्यार से थपथपाते हुए कुछ देर के लिए कर्नल ने खुशी से किलकारी मारते हुए ग़लत और अशुद्ध हिन्दुस्तानी में कहा।

कर्नल ने उस अस्वाभविक वातावरण को स्वाभाविक बनाते हुए जो प्रयास किया था, उसमें कुछ तो आश्चर्यजनक था, लेकिन उसमें जन्म, जाति और रंग का गर्व नहीं था। आदिवासियों के रिवाज़ों को अपनाने के लिए, स्वयं को उनके ढंग के पहनावे को अपनाने के लिए और भारत में मुक्ति फ़ौज बनाने के लिए उसने सारे भार को उतार फेंका था। उसने अपने भीतर उच्च मध्यम वर्ग का अंगरेज होने के दबंग तनाव को भी अपने भीतर समो लिया था। ईसाई मनोभावों के संकीर्ण छद्म आवरण में और अपने चरित्र की अनुदार देशभक्ति को, भयभीत लोकोपकारवाद के उद्धत राष्ट्रवाद में छिपा लिया था।

"क्या हुआ है ? क्या तुम बीमार हो ?" कर्नल ने झुकते हुए पूछा।

बक्खा चकरा गया, दया के इस सैलाब से लज्जित हो उठा। उसने सोचा, 'आज दोपहर में चरतसिंह मुझ पर मेहरबान हुआ था और अब यह साहब मेहरबान हो रहा है।' उसे आश्चर्य हुआ, मानो वह स्वप्न देख रहा हो। उसने कर्नल को अपने सम्मुख बिल्कुल असली रूप में देखा। क्या उसने उस अंगरेज को अजीब, चीं-चीं करती आवाज़ में हिन्दुस्तानी में बोलते नहीं सुना था? 'अच्छी हिन्दुस्तानी थी,' बक्खा ने सोचा। यह सोचते हुए कि वह किसी साहब द्वारा बोली गयी थी, वह जानता था कि साधारणतया साहब बिल्कुल हिन्दुस्तानी नहीं बोलते थे। केवल कुछ उपयोगी शब्द और कुछ गालियां बका करते थे, जैसे—अच्छा, जाओ, जल्दी करो, सूअर का बच्चा, कुत्ते का बच्चा आदि।

"कुछ नहीं साहब, मैं कुछ थक गया था," बक्खा ने शरमाते हुए कहा। "मैं भंगियों के जमादार लक्खा का बेटा यहां भंगी हूं।"

"मैं जानता हूं, जानता हूं! तुम्हारा बापू कैसा है?"

"हुजूर, वह ठीक है।" बक्खा ने जवाब दिया।

"क्या तुम्हारे बापू ने तुम्हें बताया कि मैं कौन हूं?" किसी अंगरेज की भांति मतलब की बात पर आते हुए, कर्नल ने पूछा।

"हां हुजूर, आप साहब हैं।" बक्खा ने कहा।

"नहीं-नहीं," कर्नल ने बहाना बनाया। "मैं कोई साहब नहीं हूं। मैं तुम्हारी तरह हूं। मैं मुक्ति फ़ौज का पादरी हूं।"

"हां साहब, मैं जानता हूं।" बक्खा ने उस सूक्ष्म भेद-भाव को बिना समझे कहा, जो कर्नल आरम्भ करने का प्रयास कर रहा था। इसी कारण उसने स्वयं को पृथक करने का प्रयास किया था कि कहीं उनके कुकृत्य उसके इरादों को बदनाम न कर दें, जो वह विधर्मियों की आत्माओं के कल्याण के लिए कर रहा था। फिर भी, बक्खा के लिए सब साहब ही थे, पैण्ट पहने और टोप लगाये, जो अत्यन्त दयालु थे, अपने रद्द किये हुए कपड़े अपने नौकरों को दे देते थे। कुछ गन्दे भी थे; क्योंकि वे अपने नौकरों को बहुत गालियां दिया करते थे। निस्सन्देह, बक्खा जानता था कि कर्नल पादरी साहब था। लेकिन उसे यह पता नहीं था कि पादरी गिरजाघर के पास रहने के सिवा क्या करता है और अछूतों की बस्ती में लोगों से मिलने के लिए क्यों आता है? उसके लिए तो पादरी भी अपने यूरोपियन कपड़ों के कारण महत्त्वपूर्ण थे। यह पादरी अंगरेज रेजिमेण्ट की बैरकों में रहने वाले पादरी की भांति टोप नहीं पहनता था। वह उसी प्रकार के कपड़े पहनता था, जो साहब लोग पहनते थे और यही साहब उसकी

पीठ थपथपाने के लिए और उससे कुछ परोपकारी शब्द कहने के लिए झुक गया था, यहां तक कि उससे यह पूछने के लिए कि वह इतना उदास क्यों दिख रहा था! एक साहब से इस प्रकार का दयामय व्यवहार मिलने पर, साहबों में पाये जाने वाले उस विरल गुण के सम्पर्क में आने पर प्रसन्नता के कारण वह रो सकता था। इस सबकी अपेक्षा वह उस भेद-भाव से सावधान होने लगा, जिसे कर्नल समझाने का प्रयास कर रहा था।

"मैं पादरी हूं और यीशू मसीह मेरा परमात्मा है।" कर्नल ने ज़ोर देते हुए कहा, 'यदि तुम मुसीबत में हो, तो गिरजाघर में जीसस के पास आओ। तुम सब, जो परिश्रम करते हो, आओ, मैं तुम्हें शान्ति दूंगा।"

बक्खा इस बात से डर गया। पादरी को कैसे पता चल गया कि मैं मुसीबत में हूं? और यह यीशू मसीह कौन है, जिसके धर्म में यह पादरी हमारा धर्मान्तरण करना चाहता था। मेरे बापू ने मुझे बताया था। मुझे आश्चर्य है कि वह गिरजाघर में रहता है? उसे याद आया कि जब भी वह गिरजाघर के पास से निकलता था, तो गिरजाघर उसे कोई रहस्यमय स्थान लगता था।

"यीशू मसीह कौन हैं साहब?" बक्खा ने अपनी जिज्ञासा को शान्त करने की इच्छा से पूछा।

"आओ, मैं तुम्हें बताऊंगा," कर्नल हचिंसन ने कहा। "चर्च में चलो।" और लड़के की बांह पकड़कर उसे घसीटते हुए और किसी रहस्य की भांति बड़बड़ाते हुए उत्साहपूर्वक वह उसे एक गीत सुनाने लगा।

"जीसस में जीवन है
केवल वहीं तुम्हें मिलता है यह
बिना किसी मूल्य अथवा धन के,
यह परमात्मा की भेंट है, जो मुफ़्त भेजी जाती है।"

बक्खा मूक आश्चर्य और उलझन के कारण उत्तेजित हो उठा। उस निमन्त्रण से सम्मानित होकर, जो साहब की ओर से आया था, उसे लगा कि उसकी चापलूसी की जा रही है। भले ही साहब कितना भी आदिवासी दिखता था। वह उत्सुक होकर उस एक-एक शब्द को सुनते हुए, जो कर्नल ने कहा था, उसके पीछे चल दिया।

"जीवन जीसस में पाया जाता है।"

अपने आपमें डूबकर और इस तथ्य से अनजान रहकर कि वह किसी दुखी व्यक्ति का रखवाला बना हुआ है, कर्नल ने दोबारा गाया।

'जीसस! कौन है जीसस? क्या वही यीशू मसीह? वह कौन था? साहब कहता है, वह परमात्मा है। क्या वह राम के समान परमात्मा था, हिन्दुओं का भगवान्, उसका बापू जिसकी पूजा करता है और उसके पुरखों ने जिसकी पूजा की थी, जिसका ज़िक्र प्राय: उसकी मां अपनी प्रार्थनाओं में किया करती थी?' यह विचार बक्खा के चित्त में बह निकले।

कर्नल अपना गाना पूरी तरह से तन्मय होकर गा रहा था।

''जीसस में जीवन है
केवल वहीं तुम्हें मिलता है यह
बिना किसी मूल्य अथवा धन के,
यह परमात्मा की भेंट है, जो मुफ़्त भेजी जाती है।''

''हुज़ूर'' तीसरी बार पाठ की समाप्ति पर बेचैन हुए बक्खा ने कहा, ''जीसस कौन है? वही यीशू मसीह? वह कौन है?''

''वह मर गया, ताकि हमें क्षमा किया जा सके
वह मर गया हमें अच्छा बनाने के लिए
ताकि हम अन्त में स्वर्ग जा सकें
उसके पवित्र रक्त द्वारा बचकर।''

इससे पहले बक्खा जान पाता कि उसने क्या पूछा था, कर्नल ने गाकर तुरन्त उत्तर दिया। बक्खा अभी तक घबराया हुआ था। वह उत्तर, यदि वह उत्तर था, तो उसके लिए तो एक पहेली था, शब्द और शब्द। वह अभिभूत हो गया और व्याकुल अनुभव करने लगा। लेकिन साहब के साथ चलते हुए, निस्सन्देह वह बहुत प्रसन्न था। वह सब कुछ सहन कर गया। वह कर्नल के गाने को याद करने का प्रयत्न कर रहा था और उससे पूछ रहा था कि उसका क्या अर्थ है। लेकिन शब्दों की दबी हुई आवाज़ के सिवा वह कुछ भी नहीं समझ सका।

''साहब! यह यीशू मसीह कौन है?''

''वह ईश्वर का पुत्र है,'' कर्नल हचिंसन ने उत्तर दिया, ''वह मर गया, ताकि हमें क्षमा मिल सके।''

और वह फिर से गाना गाने में जुट गया।

''वह मर गया, ताकि हमें क्षमा किया जा सके
वह मर गया हमें अच्छा बनाने के लिए
ताकि हम अन्त में स्वर्ग जा सकें

उसके पवित्र रक्त द्वारा बचकर।''

'वह मर गया, ताकि हमें क्षमा मिल सके।' बक्खा ने सोचा, इसका अर्थ है कि वह परमात्मा का पुत्र है। कोई परमात्मा का पुत्र कैसे हो सकता है, जबकि मेरी मां ने बताया था कि परमात्मा आसमान में रहता है? उसके यहां पुत्र कैसे हो सकता है? और उसका पुत्र मर गया; क्योंकि हमें क्षमा मिल सके? क्षमा किसलिए? और यह परमात्मा का पुत्र कौन है?

''यीशू मसीह कौन है साहब? क्या वह साहबों का परमात्मा है?'' बक्खा ने कुछ-कुछ डरते हुए पूछा। वह उस पादरी को बहुत अधिक सता रहा था। बक्खा अपने अनुभव से जान गया था कि अंगरेज अधिक बातें करना पसन्द नहीं करते।

''मेरे बच्चे, वह परमात्मा का पुत्र है।'' कर्नल ने भावविभोर होकर अपने सिर को घुमाते हुए उत्तर दिया। ''और वह हम पापियों के लिए मर गया।''

''वह मर गया, ताकि हमें क्षमा किया जा सके
वह मर गया हमें अच्छा बनाने के लिए
ताकि हम अन्त में स्वर्ग जा सकें
उसके पवित्र रक्त द्वारा बचकर।''

पादरी के इस प्रकार भावविभोर होकर भजन गाने के कारण बक्खा थोड़ा ऊब गया था। लेकिन पादरी उससे बात करने के लिए और उसका ध्यान आकर्षित करने के लिए झुक गया था। किसी साहब का सम्पर्क पाकर बक्खा प्रसन्न था। उसने पादरी को दु:ख दिया, यहां तक कि उसकी जानकारी की पुनरावृत्ति भी की।

''क्या आपके गिरजाघर में वे यीशु मसीह से प्रार्थना करते हैं, साहब?''

''हां-हां,'' कर्नल ने एक नये भजन को गुनगुनाते हुए उत्तर दिया।

''जीसस, स्नेही चरवाहे मेरी सुनो।
मेरे पापों के लिए क्षमा दान दो
प्रकाश होने दो
आह, अपना प्रकाश फैलाओ,
इस लड़के के हृदय में।''

बक्खा घबरा गया, वह ऊब गया। वह इन गानों के बारे में कुछ भी न समझ सका। वह साहब के पीछे चलता आया था; क्योंकि साहब ने पैण्ट पहन रखी थी। पैण्ट बक्खा के जीवन का स्वप्न थी। उसे पैण्ट पहने व्यक्ति ने जो मेहरबानी-भरी दिलचस्पी जब से उसके प्रति दिखाई थी, तब से बक्खा ने साहब के कपड़े पहने, साहब की भाषा

बोलते हुए और गार्ड बने अपनी तस्वीरों की स्तुति करना आरम्भ कर दिया था, जिसे वह अपने गांव के पास के रेलवेस्टेशन पर देख चुका था। वह नहीं जानता था कि यीशू मसीह कौन था। साहब अपने धर्म में उसका धर्मान्तरण करना चाहता था, लेकिन बक्खा धर्मान्तरण करना नहीं चाहता था। हालांकि उसे धर्मान्तरण से परहेज़ भी नहीं था, अगर वह जान जाता कि यीशू मसीह कौन था, फिर भी, साहब गा रहा था, अपने लिए गा रहा था और कह रहा था कि यीशू मसीह परमात्मा का पुत्र था। परमात्मा के यहां पुत्र कैसे हो सकता है ? परमात्मा कौन है ? यदि परमात्मा राम के समान है, तो उसका कोई पुत्र नहीं है; क्योंकि उसने कभी नहीं सुना था कि राम के पुत्र था। यह सब इतना उलझन पैदा करने वाला था कि उसने सोचा कि साहब से झूठ बोलकर क्षमा मांग लूं कि मुझे काम पर जाना है, मैं उसके साथ नहीं आ सकता। कर्नल ने बक्खा को पीछे रहते देखा और यह समझते हुए कि वह उसकी बातों में रुचि नहीं ले रहा है, अपने भीतर के उत्साही धर्मप्रचारक के हठधर्म का प्रयोग किया और लड़के की आस्तीन खींचते हुए बोला, ''यीशू मसीह परमात्मा का पुत्र है, मेरे बेटे, जबकि हम सब पापी हैं। वह हमारे लिए मर गया, उसने हमारे लिए स्वयं को बलिदान कर दिया।'' यह कहकर वह दोबारा अपने धार्मिक गाने में तल्लीन हो गया।

''ओ कलवारी ! ओ कलवारी
ईसा मेरे लिए मर गया था
कलवारी के सलीब पर।''

'उसने हमारे लिए स्वयं का बलिदान कर दिया,' पर बक्खा ने विचार किया। बलिदान सम्बन्धी उसका विचार अत्यन्त निश्चित था। उसे याद आया कि जब भी उसके परिवार पर कोई विपत्ति आयी, जैसे कोई महामारी या बीमारी या भुखमरी, उसकी मां देवी काली को चढ़ावा चढ़ाया करती थी। माना जाता था कि एक बकरे या किसी अन्य जानवर की बलि पाकर देवी का क्रोध शान्त हो जाता था और विपत्ति चली जाती थी। अब, इस यीशू मसीह के बलिदान का क्या अर्थ है ? उसने अपना बलिदान क्यों दिया ?

''यीशू मसीह ने अपने आपको बलिदान क्यों किया हुज़ूर ?'' बक्खा ने पूछा।

''वह मर गया, ताकि हमें क्षमा किया जा सके
वह मर गया हमें अच्छा बनाने के लिए
ताकि हम अन्त में स्वर्ग जा सकें
उसके पवित्र रक्त द्वारा बचकर।''

कर्नल ने झुकते हुए उत्तर दिया, जैसा कि वह प्रायः किया करता था। जब भी वह बक्खा के साथ होता था, वह भंगी का लड़का एक शब्द भी नहीं समझता था कि वह क्या गा रहा था। फिर, एक ही क्षण में उसने लड़के के चेहरे पर चिन्ता की रेखाओं को पहचान लिया और समझ गया कि वह बहुत बकबक करता रहा है। "उसने अपने आपको बलिदान कर दिया, हमारे प्यार की ख़ातिर।" कर्नल ने कहा। "उसने अपने आपको बलिदान कर दिया, हम सबकी सहायता करने के लिए; अमीरों और ग़रीबों के लिए; ब्राह्मणों और भंगियों के लिए; उसने अपने आपको बलिदान कर दिया हमारे लिए, अमीरों के लिए, ग़रीबों के लिए, ब्राह्मणों और भंगियों के लिए। इसका अर्थ हुआ कि उसकी नज़रों में अमीर-ग़रीब के बीच, ब्राह्मणों-भंगियों के बीच और उदाहरणार्थ सवेरे वाले पण्डित और उसके बीच कोई अन्तर नहीं था।"

"हां-हां, साहब मैं समझता हूं," बक्खा ने उत्सुकतापूर्वक कहा। "यीशू मसीह ब्राह्मण और मेरे बीच कोई अन्तर नहीं करता।"

"हां, हां, मेरे बेटे। जीसस की नज़रों में हम सब एक समान हैं।" कर्नल ने उत्तर दिया। लेकिन उसने फिर कहना आरम्भ कर दिया, "वह हम सबसे श्रेष्ठ है। वह परमात्मा का पुत्र है। हम सब पापी हैं। वह हमारी ओर से अपने पिता परमात्मा से निवेदन करेगा।"

"वह हमसे श्रेष्ठ है, हम सब पापी हैं। क्यों, क्यों कोई किसी दूसरे से श्रेष्ठ है और हम सब पापी क्यों हैं?" बक्खा ने विचार करना आरम्भ कर दिया।

"हम सब पापी क्यों हैं, साहब?" उसने पूछा।

"हम सब जन्मजात पापी हैं।" कर्नल ने टालमटोल करते हुए उत्तर दिया। उसकी नैतिकता को पाप के सिद्धान्त पर शर्म आ रही थी।

"हमें अपने पापों को स्वीकार कर लेना चाहिए। केवल तब ही वह हमें क्षमा करेगा, वरना हमें नरक की यन्त्रणा को भुगतना पड़ेगा। मैं तुम्हें ईसाई बनाऊं, इससे पहले तुम अपने पापों को मेरे सामने स्वीकार कर लो।"

"लेकिन हुजूर, मैं जानता ही नहीं कि यीशू मसीह कौन है। मैं राम को जानता हूं, लेकिन यीशू मसीह को नहीं जानता।"

"राम मूर्तिपूजकों का देवता है।" कर्नल ने थोड़ा रुककर और कुछ भुलक्कड़पन से कहा, "आओ और अपने पापों को मेरे सामने स्वीकार कर लो। जब तुम मर जाओगे, तो यीशू मसीह स्वर्ग में तुम्हारी अगवानी करेंगे।"

बक्खा पूरी तरह से ऊब चुका था। उसे इसकी भी कोई परवाह नहीं थी कि कोई

साहब उसके साथ था। वह धर्मान्तरण के विचार से डर गया था। जो कुछ उस मुक्ति-सैनिक ने कहा था, बक्खा उसे बहुत कुछ समझ नहीं सका था। उसे पापी कहलाने का विचार पसन्द नहीं आया था। उसने कोई पाप नहीं किया था, जिसे वह याद कर सकता। वह अपने पापों को कैसे स्वीकार कर लेता? अनोखी बात है! पापों को स्वीकार करने से उसका क्या अर्थ है? क्या साहब कोई गुप्त जानकारी प्राप्त करना चाहता है? उसे आश्चर्य हुआ। क्या वह कोई जादू करना अथवा कोई ग़ैरक़ानूनी जानकारी प्राप्त करना चाहता है? बक्खा स्वर्ग जाना नहीं चाहता था। हिन्दू होने के नाते, वह न्यायदिवस में विश्वास नहीं करता था। उसने उसके बारे में कभी सोचा भी नहीं था। उसने लोगों को मरते देखा था और उसने उस तथ्य को न्यायोचित स्वीकार कर लिया था। उसे बताया गया था कि जो लोग मर जाते हैं, वे किसी एक अथवा दूसरे रूप में पुनः जन्म ले लेते हैं। वह डर गया कि कहीं गधे या कुत्ते के रूप में उसका पुनर्जन्म न हो। लेकिन उस सबसे उसे कोई परेशानी नहीं हुई। 'यीशू मसीह अवश्य ही कोई अच्छा व्यक्ति होना चाहिए,' उसने सोचा, 'यदि वह एक ब्राह्मण और एक भंगी को समान मानता है, तो, लेकिन वह कौन था? कहां से आया था? क्या करता था?' उसने राम की कहानी सुनी थी। उसने कृष्ण की कहानी भी सुनी थी, लेकिन उसने यीशू मसीह की कहानी नहीं सुनी थी। 'यह साहब मुझे कहानी नहीं सुनायेगा,' उसने अपने आपसे कहा। लेकिन उसे अब भी आशा थी कि वह उसे अपने रद्दी पैण्टें अवश्य दे देगा। बक्खा आधे-अधूरे मन से उसके पीछे चलता चला गया।

"देखो, वह हमारा घर है," कर्नल ने एक अहाते के दरवाज़े तक पहुंचने पर कहा, जो नीम के वृक्षों के बीच मिट्टी के बने मकानों तक जाता था, जिन पर छप्पर पड़े थे और जिनकी छतें तिरछी थीं।

"मैं जानता हूं, साहब," बक्खा ने कहा। वह प्रायः इनके पास से होकर जाया करता था।

"पहले यह एक औषधालय था, अफ़ीम का एक कारख़ाना," कर्नल ने बड़े गर्व से कहा। "लेकिन पांच वर्ष हुए, हमने इसे ख़रीद लिया।" वह एक क्षण के लिए रुका, उस मुसीबत को याद करने के लिए, जो उसे भवन खड़ा करने के लिए ज़मीन का वह टुकड़ा प्राप्त करने के सिलसिले में उठानी पड़ी थी। फिर वह यीशू मसीह के प्रति कृतज्ञता ज्ञापित करने के आश्चर्य से धर्म-परायण होकर फूट पड़ा। "ओ, लार्ड! आपके काम और आपके विचार कितने गहरे हैं! वास्तव में, परमात्मा ही संसार में प्रकाश लाया है।" इस प्रकार अपने विचारों को नवयुवक की ओर मोड़ते हुए उसने

कहा, "हमने इस जगह से मूर्तिपूजकों को निकाल भगाया है।"

आंगन के बीच खड़े मिट्टी के ऊंचे मकान से एक धुंधला-सा गीत उभरा, जिसे बक्खा गिरजाघर के रूप में जानता था। कर्नल ने इसे उस नवयुवक के लाभ के लिए अपनी अंगुलियां उठाकर और सस्वर पाठ करके बजाया था।

"अपने आशीर्वादों को बांटो, अपने आशीर्वादों को बांटो,
उन्हें प्रतिदिन बांटो,
अपने आशीर्वादों को बांटो, पूरा जीवन एक लम्बा रास्ता है।
अपने आशीर्वादों को बांटो, हालांकि तुम्हारे पास एक है।
और यह आपको आश्चर्यचकित कर देगा
कि कितना अच्छा आपने किया है।"

"जार्ज, जार्ज, चाय तैयार है," एक चीख़ती हुई, ककर्श आवाज़ आयी, जिसने कर्नल के चूं-चूं करते गीत को खण्डित कर दिया।

"आ रहा हूं, आ रहा हूं," कर्नल ने यन्त्रवत् वहीं खड़े रहकर उत्तर दिया, जहां वह खड़ा हुआ था, लेकिन वह घबरा उठा। उसने अपनी पत्नी की आवाज़ सुन ली थी। वह उससे डरता था। उसे समझ में नहीं आ रहा था कि वह बक्खा को मिट्टी के घर के भीतर ले जाये, जिसके दाहिने उसका बंगला था अथवा उसे चर्च में ले जाये। वह हिचकते हुए वहीं खड़ा रह गया।

"तुम कहां हो ? सारी दोपहरी तुम कहां रहे ?" दोबारा वही चीख़ने की आवाज़ आयी और उसी के साथ पीछे से एक गोल चेहरे, बड़े पेट और काले बालों वाली, ठिगनी, अधेड़ उम्र की महिला बाहर निकली, जिसके हाथ में एक सिगरेटकेस था और मुंह में एक सिगरेट थी, जिसके बालों में एक रंगीन फ़ीता बंधा हुआ था और जिसकी छोटी-छोटी आंखों पर नाक-पकड़ चश्मा लगा हुआ था। उसने एक नीचे गले की छपी हुई फ्राक पहन रखी थी, जो उसके लिपे-पुते चेहरे से मेल खा रही थी, पर मुश्किल से उसके घुटनों तक पहुंचती थी।

"आह, क्या यही है, जो तुम फिर से इन काले लोगों के यहां जाकर करते रहे हो ?" वह त्योरियां चढ़ाकर चिल्लायी। उसका पाउडर से पुता चेहरा पुताई के नीचे से शोख लाल रंग की खाल की असली परतें दिखा रहा था। "मैं तुम्हें छोड़ती हूं। वास्तव में, तुम सुधर नहीं सकते। मुझे समझ जाना चाहिए था कि जब उन कांग्रेस वालों ने पिछले सप्ताह तुम्हारी पिटाई की थी, तो तुमने सबक़ सीख लिया होगा।"

"क्या बात है ? मैं अभी आ रहा हूं। मैं आ रहा हूं।" कर्नल ने बेचैन और परेशान

होकर उत्तर दिया। कर्नल को उसकी पत्नी के क्रोध से बचाने की ख़ातिर बक्खा खिसकना चाह रहा था, जिसके लिए वह मुख्यत: अपने आप को दोषी मानता था।

"रुको, रुको," कर्नल ने भंगी के लड़के का हाथ पकड़ते हुए कहा। "मैं तुम्हें चर्च में ले जाऊंगा।"

"ताकि चाय ठण्डी हो जाये।" मैरी हचिंसन ने आश्चर्य से कहा। "मैं सारा दिन तुम्हारा इन्तज़ार नहीं कर सकती, जबकि तुम इन भंगियों और चमारों के साथ समय गंवाते रहो," और यह कहकर वह अपनी बैठक में चली गयी।

बक्खा उसके त्योरी चढ़ाने का सही कारण नहीं जानता था, लेकिन जब उसने *भंगी* और *चमार* शब्द सुने, तो उसने उस महिला के क्रोध को अपने आप से जोड़ लिया।

"सलाम साहब," अपने हाथ को उस बूढ़े व्यक्ति की गिरफ़्त से छुड़ाते हुए उसने कहा। इससे पहले कि वह धर्मप्रचारक समझ पाता कि वह ऐसा क्या कर चुका है, बक्खा सिर पर पांव रखकर भाग लिया।

"रुको, रुको, मेरे बेटे, रुको," पीछे से पादरी चिल्लाया।

लेकिन दोपहर की श्वेत धुन्ध में बक्खा भागता ही गया, मानो कर्नल की पत्नी कोई डाइन हो, जो अपनी बांहें उठाये और टेढ़े पैरों से उसका पीछा कर रही हो।

बूढ़ा पादरी बक्खा की पीछे भागती आकृति की ओर घूरते हुए धर्मनिष्ठ होकर वहां खड़े-खड़े दूसरा भजन सुना रहा था।

"तुम्हारा प्यार धन्य हो, तुम्हारा नाम धन्य हो।"

'हर कोई हमें ही ग़लत समझता है,' बक्खा अपने आपसे कह रहा था और चलता जा रहा था। 'वह चाहता है कि मैं आऊं और अपने पापों को स्वीकार करूं और उसकी मेमसाहब! मैं नहीं जानता कि उसने *भंगियों* और *चमारों* के बारे में क्या कहा। वह साहब से नाराज़ थी। मुझे पूरा विश्वास है कि मेमसाहब के क्रोध का कारण मैं ही हूं। मैंने तो पादरी को आने और मुझसे बातें करने के लिए नहीं कहा था। वह अपने आप आया था। मैं उससे बातें करके कितना खुश था। अगर मेमसाहब नाराज़ न होती, तो मैंने अवश्य ही उससे एक जोड़ी सफ़ेद पैण्टें मांग ली होतीं।'

अपनी यादों को दबाये वह चलता गया। उसने अपने पेट में एक प्रकार की मरोड़ महसूस की, जो उसके भीतर उस समय उठने लगती थी, जब वह मुसीबत में होता था। वह फिर से हतोत्साहित हो गया था, जैसे सुबह अपने भाग्यहीन अनुभवों के बाद हुआ

था। अब, वह केवल अत्यधिक थक गया था। उसने अपने आपको अपनी टांगों के हवाले कर दिया। धूल भरी धरती से—जो उसे रास्ता बता रही थी—गीलेपन की हलकी-सी गन्ध उठ रही थी, एक प्रकार की गीली गरमाहट, जो उसके नथुनों तक पहुंच रही थी। बुलाशाह की घाटियों के ऊपर, दूर-क्षितिज पर, सूरज अटल, अचल और अविलीन खड़ा हुआ था, मानो वह पिघलने के लिए तैयार न हो। पहाड़ियों और मैदानों में, एक प्रकार का अजीब-सा स्पन्दन था। पक्षियों की लम्बी क़तारें ठण्डे-नीले आसमान में अपने घरों की ओर उड़ रही थीं। टिड्डे उत्सुक होकर चीं-चीं कर रहे थे, जबकि वे उन्हीं स्थानों में गिर पड़ते थे, जहां वे भोजन की प्रतीक्षा करते हुए सदा पड़े रहते थे। एक अकेले कीड़े ने कंपकंपाती ठण्डी स्वच्छ हवा में बिजली की लहरों के समान ध्वनि पैदा की। जहां बक्खा चल रहा था, वहां घास की एक-एक पत्ती रास्ते के साथ-साथ, प्रकाश से चमक रही थी।

वह ज्यों-ज्यों धीरे-धीरे लम्बे-लम्बे क़दम भरते हुए चलता गया, उसका सिर झुक गया, उसकी आंखें आधी बन्द हो गयीं, उसका निचला होंठ आगे को बढ़ गया और उसने ख़ून को अपनी नसों में दौड़ते महसूस किया। लगा कि वह थकान की बेचैनी से भर गया है। उस क्षण की उलझन—जब उस धर्मप्रचारक की पत्नी अपने कमरे से निकलकर अपने छप्पर वाले बंगले के बरामदे में दिखाई दी थी और उसने अपने पति को तरेरा था, उसकी आत्मा को और यादों की उन प्रतिध्वनियों को, जिन्होंने उसे सवेरे हिलाकर झकझोर दिया था—उसे झकझोर गयी थी। कर्नल की पत्नी के गोल-सफ़ेद चेहरे और छू गये व्यक्ति के चिपके हुए चेहरे में घृणा का रूप था। उस व्यक्ति का बाहर का निकला हुआ निचला जबड़ा अपना पारदर्शी मांसपेशियों के साथ, उसके बोलने के साथ हिलता हुआ, बक्खा की नज़रों के सामने आ गया। इसके साथ ही उसकी आंखें भी अपने कोटरों से निकल रही थीं। कर्नल की पत्नी ने भी अपनी छोटी-छोटी आंखों को अपने चश्मे के पीछे से उसी प्रकार खोला था। उसने बक्खा को डरा दिया था। उस छू गये व्यक्ति से भी अधिक डरा दिया था। लेकिन वह एक मेमसाहब थी और किसी मेमसाहब के अप्रसन्नता से त्योरी चढ़ाने में अजीब क़िस्म के अनजाने, अज्ञात क्रोध का सागर छिपा था। बक्खा के लिए वे कुछ शब्द, जो उसने कहे थे, उस छू गये व्यक्ति की उत्तेजनापूर्ण गालियों से उपजे क्रोध से सैकड़ों गुना अधिक भयभीत कर देने वाले थे। शायद सवेरे की घटना ऐतिहासिक दस्तावेज़ थी, जो समय और स्थान के साथ दूर हो गयी; क्योंकि किसी गोरे व्यक्ति का क्रोध अधिक महत्त्वपूर्ण होता है। उसके दासोचित मन के लिए मेमसाहब उस छू गये व्यक्ति से अधिक महत्त्वपूर्ण

थीं; वह तो अपने ही देश का काला आदमी था। मेमसाहब को नाराज़ करना उसके लिए एक अपराध था, जिसके लिए कोई भी सज़ा पर्याप्त नहीं थी। उसने सोचा कि वह अपेक्षाकृत आसानी से मुक्त हो गया। उस महिला के बारे में बक्खा निष्ठुरता से सोचने की हिम्मत नहीं कर सका। इसलिए उसने उसके क्रोध के विरुद्ध अपने विरोध को अनजाने सवेरे वाले अपमानजनक मान्य व्यक्तियों के विरुद्ध स्थानान्तरित कर दिया।

उसका ध्यान एक काले कोढ़ी की ओर चला गया, जो अपने फटे-पुराने कपड़ों में लिपटा बैठा था, अपने कच्चे ज़ख़्मों को धूप और रास्ते की मक्खियों की ओर खोले, भीख मांगने के लिए अपने सिलवट पड़े हाथ को उठाये और अपने होठों पर प्रार्थना लिये, 'बाबा पैसा दे।' बक्खा को घृणा का अनुभव हुआ। उसने उस व्यक्ति से मुंह फेर लिया। यह बुलाशाह रेलवे स्टेशन के पास ग्राण्ड ट्रंक रोड थी। पटरियां भिखारियों से भरी हुई थीं। एक औरत एक दुकान के सामने भोजन की प्रतीक्षा कर रही थी। उसकी बांहों में एक छोटा बच्चा था, दूसरा उसकी कमर पर लटके एक थैले में था और तीसरा उसकी क़मीज़ पकड़े हुए था। कुछ लड़के गाड़ियों के पीछे तांबे के पैसे मांगने के लिए भाग रहे थे। भीख मांगते, लेकिन कुछ भी न पाते भिखारियों को भीख के लिए कराहते देखकर बक्खा को एक विचित्र प्रकार के हर्ष की अनुभूति हुई। अपने बिलबिलाने, करहाने और दुआएं देने के कारण वे उसे घृणित लगे। उससे उस पर बड़ा दबाव पड़ा।

बक्खा ने एक रेलगाड़ी की गड़गड़ाहट सुनी, जो उस पैदल पुल के नीचे से गुज़र गयी, जिस पर वह चढ़ रहा था। लगभग उसी समय उसने गोलबाग़ की ओर से आती एक चीख़ सुनी, जिसने ख़ामोश हवा को चीर दिया। धुएं के बादल की परछाईं ने—जिसे इंजन ने ऊपर पुल तक पहुंचा दिया था—बक्खा के गले को घोट दिया और उसकी आंखों को अन्धा कर दिया। फिर धुएं की भभक अदृश्य व अतिसूक्ष्म हिमकणों की भांति अपने पीछे कालिख का एक काला पुछल्ला छोड़ते हुए पिघल गयी। वह भी धूप में पीला पड़ गया। रेलगाड़ी बुलाशाह स्टेशन पर टीन की छत के ठण्डे अंधेरे में घुस गयी।

इसी समय दो वृन्दगानों की आवाज़ों ने हवा को चीरते हुए आकाश को गुंजा दिया। एक उसी प्लेटफ़ार्म से आयी थी, जहां रेलगाड़ी रुक गयी थी और दूसरी गोलबाग़ के वृक्षों की ऊपरी सतह से क्षितिज से क्षितिज तक लहराते हुए आयी थी।

बक्खा पैदल पुल के प्लेटफ़ार्म पर एक क्षण के लिए खड़ा हो गया। सफ़ेद कपड़ों में असंख्य चेहरे बाहर आ रहे थे। उसने गोलबाग़ की ओर देखा। गोल अण्डाकार मैदान में जहां साधारणतया उसने शहर के जिमखाना को क्रिकेट खेलते देखा था,

सफ़ेद कुरतों का एक समुद्र-सा उसे दिखाई दिया। अब वहां एक गहरा सन्नाटा था। उस सन्नाटे में वह प्रतीक्षा करता रहा। फिर उसने सुना, वृन्दगान फिर से शुरू हो गया था। जिस प्रकार बिजली की चिनगारी अचानक ही आकाश को जगमग कर देती है, असंख्य आवाज़ों ने बक्खा के समान स्वर्ग की गोलाई को झपट लिया और प्रज्ज्वलित रंगों में घोषणा लिख दी 'महात्मा गांधी की जय'। कुछ ही देर में उत्सुक भीड़ उसके पीछे 'महात्माजी आ गये, महात्माजी आ गये' चिल्लाते हुए पैदल पुल पर चढ़ रही थी।

इससे पहले कि बक्खा घूमकर उन्हें देख पाता, वे सब पुल की दक्षिणी सीढ़ियां उतर गये। पास से गुज़रते हुए एक व्यक्ति ने उन सभी पैदल चलने वालों की प्रश्न करती निगाहों को सूचित करते हुए उत्तर दिया कि गोलबाग़ में एक सभा होने वाली है, जहां महात्माजी बोलेंगे।

भीड़, जिसमें बक्खा भी शामिल था, अचानक ही गोलबाग़ की ओर दौड़ पड़ी। बक्खा ने स्वयं से नहीं पूछा कि वह कहां जा रहा था। सोचने के लिए वह रुका भी नहीं था। महात्मा शब्द किसी जादुई चुम्बक की भांति था, जिसकी ओर वह भी अन्य लोगों की भांति बिना सोचे-समझे दौड़ पड़ा था। पैदल पुल के लकड़ी के तख़्ते, नीचे उतरती उत्सुक भीड़ और उसके फ़ौजी जूतों से चरमरा उठे। उसने लम्बे-लम्बे डग भरने आरम्भ कर दिये। उसे इतनी जल्दी थी कि यह भी याद नहीं रहा कि वह एक अछूत है और उसने वास्तव में, कई लोगों को छू लिया। लेकिन साथ में झाड़ू और टोकरी न होने और लोगों के जल्दी में होने के कारण किसी ने भी इस पर नहीं ध्यान दिया कि एक भंगी का लड़का उन्हें पीछे से छू गया था। वे जल्दी-जल्दी जा रहे थे।

पुल के नीचे, तांगा और मोटर स्टैण्ड के पास, क़िले की ओर जाने वाली सड़क, जो गोलबाग़ के पीछे के प्रवेश द्वार तक जाती थी, किसी घुड़दौड़ के मैदान की भांति दिखाई दे रही थी। हर वंश, जाति, रंग और धर्म के स्त्री, पुरुष और बच्चे गोल मैदान की ओर दौड़े जा रहे थे। उस भीड़ में रेशमी कपड़ों में सजे-धजे बुलाशाह की कटपीस मार्केट के हिन्दू लाला थे, स्थानीय कालीन फ़ैक्ट्रियों के सफ़ेद सूती कपड़ों में सजे कश्मीरी मुसलमान थे, पास के देहाती गांवों के देहाती, हाथ से कते-बुने कपड़ों में लिपटे, अपने हाथों में डण्डे उठाये और अपनी कमर पर ख़रीदारी का बोझ लादे सिख थे, खूंखार दिखते लाल गालों वाले, लाल रंग की क़मीज़ें पहने, अब्दुल ग़फ़्फ़ार ख़ां के अनुयायी, सीमा प्रान्त के क्रान्तिकारी पठान थे, मुक्ति फ़ौज की बस्ती से आयीं छोटे रंगीन स्कर्ट, ब्लाउज़ और ओढ़नी पहने काले चेहरों वाली भारतीय ईसाई लड़कियां थीं। वहां अछूत बस्ती के लोग भी थे, जिन्हें बक्खा ने दूर से ही पहचान लिया, लेकिन

जिनका अभिवादन करने के लिए वह बहुत दूर था। यहां-वहां इक्का-दुक्का घूमते यूरोपियन भी थे। वहां हर कोई महात्मा से मिलने जा रहा था, मोहनदास करमचन्द गांधी को श्रद्धांजलि देने। बक्खा की भांति, वे भी स्वयं से यह पूछने के लिए नहीं रुके थे कि वे वहां क्यों जा रहे थे। बस, वे जा रहे थे, जा रहे थे, चलते चले जा रहे थे, दौड़ते हुए, भागते हुए, भीतर तक भरे हुए, जिनका प्रमुख उद्देश्य जितना जल्दी सम्भव हो सके वहां किसी भी प्रकार पहुंचना था। बक्खा की इच्छा हुई कि वह भी साथ-साथ तेज़-तेज़ चलता अथवा वहां एक ढलवां पुल बना होता, जहां से वह गोल मैदान तक लुढ़कता हुआ पहुंच जाता।

उसने देखा कि क़िले की ओर जाने वाली सड़क बहुत लम्बी और भीड़-भरी थी। अचानक ही, किसी भौंकते हुए शिकारी कुत्ते की भांति वह एक छोटी दलदल की ओर घूम गया, जो म्युनिसिपल पाइप के पानी के बह निकलने के कारण बन गयी थी। वह गोलबाग़ के कोने में किनारों पर उग आये स्वीट पीज़ और पैंजी के फूलों को पार करते हुए झाड़ी से बाग़ में कूद गया, लेकिन अपने पीछे आती भीड़ को सन्तोष देते हुए, जो भेड़ों की तरह उसका पीछा करती आ रही थी। पुराने हिन्दू राजाओं द्वारा उगाये गये सुन्दर बाग़-बग़ीचे, जो अब तक उपेक्षित पड़े थे, पूरी तरह बरबाद हो गये। बक्खा के पीछे आती भीड़ के कारण ऐसा लगा, मानो भीड़ ने सब कुछ कुचल डालने का निश्चय कर लिया था, कितना भी पुराना सुन्दर, जो भी उस रास्ते में आता था, जिसका समर्थन गांधी कर रहा था। ऐसा लगता था, मानो वे जानते थे कि पुरानी सभ्यता की बातें नष्ट होनी ही चाहिए, ताकि नयों के लिए स्थान बन सके। ऐसा लग रहा था, मानो हरी घास की पत्तियों को कुचलते हुए वे जान-बूझकर क्रूरतापूर्वक अपने ही किसी भाग को कुचल रहे थे, जिससे उन्होंने घृणा करना आरम्भ कर दिया था और जिसे वे गांधी तक पहुंचने के लिए बचाना चाहते थे।

लताकुञ्जों के पीछे, गोल मैदान में, एक हुड़दंग था और हज़ारों की भीड़ थी, जो पूजा करने आई थी। उमड़ पड़ी भीड़ की उत्सुक बड़बड़ाहट, उत्तेजित इशारे और भावनाओं का बहाव एक खेल और एक ही विचार का पूर्वाभास दे रहे थे—गांधी। इस श्रद्धा में हांफती हुई भीड़ का एक आतंक था, आधा सोचा-समझा, आधा छिपा हुआ, जो चारों ओर से आगे बढ़ती आ रही थी। बक्खा जैसे ही क्रिकेट मैदान के पेविलयन तक पहुंचा, वह रुक गया। उसने एक वृक्ष से टेक लगा ली। वह तटस्थ रहना चाहता था। ऐसा नहीं था कि उसने उस भावना को छोड़ दिया था, जो उसे लोगों के उमड़ते बहाव की ओर बहाते हुए ले आई थी। लेकिन वह इस तथ्य के प्रति सचेत हो गया कि

वह एक भंगी था और उसकी गन्दी ख़ाकी वर्दी भीड़ के अधिकतर लोगों के सफ़ेद कपड़ों के साथ भेद पैदा कर रही थी। उसके और भीड़ के बीच जाति की एक अलंघ्य बाधा थी। वह ऐसी चेतना का भाग था, जिसमें वह सम्मिलित तो हो सकता था, लेकिन जिसे अभी तक समझा नहीं था। उसे दूरियों की बाधा में से नाली से उठा लिया गया था, उस जीवन में भाग लेने के लिए, जो उसका था, पर अभी उसका नहीं था। वह एक ऐसी मानवता के बीचोबीच खड़ा था, जिसने उसे अपने साथ सम्मिलित कर लिया था, लेकिन फिर भी बहिष्कृत किया हुआ था, किसी सचेतन, जीवित थरथराते हुए सम्पर्क के साथ। गांधी ने भी उसे उनके साथ मिला दिया, मन में; क्योंकि बक्खा समेत गांधी हर एक के मन में था। गांधी वास्तव में उन्हें जोड़ सकता था। बक्खा गांधी की प्रतीक्षा कर रहा था।

बक्खा उत्सुक, लेकिन अचेत था। उसे वह सब याद आ गया, जो उसने इस व्यक्ति के बारे में सुना था। लोग कहते थे कि वह एक सन्त है, वह विष्णु और कृष्ण आदि देवताओं का अवतार है। अभी हाल ही में उसने सुना था कि एक मकड़ी ने, दिल्ली में लाट साहब (वायसराय) के घर में एक जाला बुन लिया था। एक ज्ञानी की तस्वीर बना दी थी और उसके नीचे अंगरेजी में उसका नाम लिख दिया था। साहबों के लिए यह एक चेतावनी मानी जा रही थी कि वे हिन्दुस्तान से प्रस्थान कर जायें; क्योंकि सर्वशक्तिमान् परमात्मा ने एक छोटे कीड़े को एक सन्देश भेज दिया था कि गांधी पूरे हिन्दुस्तान का राजा होने वाला था। मकड़ी का जाला, जो वायसराय के निवास में प्रकट हुआ था, निश्चित ही इस बात का सूचक था। लोगों का कहना था कि कोई भी तलवार उसके शरीर को काट नहीं सकती, कोई गोली उसकी खाल को भेद नहीं सकती और कोई आग उसे झुलसा नहीं सकती।

"सरकार उससे डरी हुई है," बक्खा के पास खड़े एक लाला ने कहा। "मजिस्ट्रेट ने बुलाशाह में आने के लिए गांधीजी के ख़िलाफ़ आर्डर वापस ले लिये हैं।"

"यह तो कुछ भी नहीं, उन्होंने उन्हें बिना शर्त जेल से रिहा कर दिया है," एक बाबू ने *ट्रिब्यून* में प्रकाशित समाचार का एक खण्ड शानदार ढंग से सुनाते हुए कहा, ताकि अपनी विद्वत्ता दिखा सके।

"क्या वह वाक़ई सरकार का तख़्ता पलट देगा?" एक देहाती ने पूछा।

"उसके पास पूरी दुनिया को बदल डालने की ताक़त है?" बाबू ने उत्तर दिया और फिर उसने गांधी के बारे में वह पूरा लेख ही सुनाना शुरू कर दिया, जो उसने सवेरे ट्रिब्यून से ज़बानी याद कर लिया था। "यह अंगरेजी सरकार कुछ भी नहीं है। यूरोप

और अमरीका में प्रत्येक देश भयंकर क्रान्ति से गुज़र रहा है। विलायत के लोग, अंगरेज लोग अपने स्वाभाविक रूढ़िवाद के कारण कुछ कम हिले हैं, लेकिन बहुत जल्दी ही इस पृथ्वी पर प्रत्येक देश को विलायत समेत ऐसी समस्याओं का सामना करना पड़ेगा, जिसका समाधान बिना मानसिक और नैतिक नज़रिये में मूलभूत बदलाव लाये नहीं हो सकेगा। पश्चिम के दृष्टिकोण में संघर्ष के द्वारा आत्मनियन्त्रण के बाद बिना किसी मूलभूत बदलाव के, जो पश्चिमी सभ्यता का लक्ष्य है, भले ही व्यक्तिगत हो या ग्रुप जीवन में हो, जो भारत की धार्मिक सभ्यता का सार है। भारत दुनिया के शाश्वत धर्म का विशेष सुविधा प्राप्त घर रहा है, जो सिखाता है, कैसे प्रत्येक स्त्री-पुरुष को अपने जन्म और वातावरण के अनुसार स्वधर्म का आचरण करना चाहिए, उसे इन्द्रिय-नियन्त्रण के द्वारा उन्हें अपने उच्चतर स्वरूप को विकसित करना चाहिए और इस प्रकार ईश्वरत्व का, परमानन्द का अनुभव करना चाहिए, जो हर व्यक्ति के दिल में गहरे समाया हुआ है। इस परमानन्द के लिए समस्त मानवता अन्धी होकर लालायित है, यह न जानते हुए कि न सिगरेट, न सिनेमा और न ही इन्द्रिय सुख। धार्मिक अनुशासन के रास्ते पर ले जा सकते हैं, जो अकेला ही उच्चतर परमानन्द को अनुभव कराता है। गांधी इस रास्ते को आधुनिक संसार के सम्मुख प्रदर्शित करेगा, वह हमें परमात्मा को प्यार करने का सच्चा धर्म सिखायेगा, जो सर्वश्रेष्ठ 'स्वराज़' है।

"बाबू, आप बहुत समझदार हैं," किसान ने भाषण देने वाले को घूरते हुए कहा। वह बाबू के भाषण से प्रभावित हो गया था, लेकिन चकरा गया था। उसके लिए गांधी एक दन्तक था, एक परम्परा, एक आप्त पुरुष। उसने सुन रखा था कि पिछले चौदह वर्षों में समय-समय पर गुरु नानक के समान महान् एक सन्त का उदय हुआ था, कृष्णजी महाराज का अवतार, जिससे फिरंगी सरकार बहुत डरी हुई थी। उसकी पत्नी ने उसे उन चमत्कारों के विषय में बता रखा था कि जो यह महात्मा सम्पन्न कर रहा था। कहा जाता था कि एक रात वह एक मन्दिर में देवता की मूर्ति की ओर अपने पैर करके सो गया। जब ब्राह्मणों ने उसे ज़बरदस्ती देवता की ओर पांव करने के लिए सज़ा दी, तो उसने उन्हें बताया कि परमात्मा तो सब कहीं है और उनसे अपने पांव उस दिशा में मोड़ने के लिए कहा, जहां परमात्मा न हो। इस पर पुजारियों ने उसके पांव परमात्मा की मूर्ति से विपरीत दिशा की ओर मोड़ दिये और देखा कि परमात्मा की मूर्ति उसके पैरों की दिशा की ओर मुड़ गयी। वह तब से ही उस सन्त की एक झलक के लिए लालायित है। उसकी पत्नी उस पवित्र व्यक्ति के चरणों से कम किसी चीज़ को छूकर सन्तुष्ट ही नहीं होगी। उस किसान ने बताया कि यदि वह आती, तो लड़के भी उसके

साथ आना चाहते और इस भीड़-भाड़ में कुचलकर मर जाते। अच्छा ही हुआ, जो उन्हें इसका पता न चला। मैं खुश हूं कि मैं उसे देख सकूंगा। सौभाग्य से, वह उस दिन आ रहा है, जब मैं ख़रीदारी करने के लिए आया।"

बाबू को समझने में बक्खा को कठिनाई हुई। हालांकि वह उसके प्रत्येक वाक्य को नहीं समझ सका, फिर भी, उसने किसी प्रकार इस सब का तत्त्व तो समझ ही लिया था।

बक्खा ने उस देहाती को फ़ैल्ट हैट पहने और चश्मा लगाये व्यक्ति से कहते सुना, जिसने भाषण दिया था, "बाबू, मुझे बताओ कि क्या फिरंगियों के जाने के बाद वह नहरों की देखभाल करेगा?" ऐसा लगा कि गांधी के बारे में किसान के विचार कुछ अस्पष्ट थे।

"भाईजी, क्या आप नहीं जानते कि मिस्टर राधाकुमुद मुखर्जी के अनुसार ईसा से पहले हमारे भारत में चार हज़ार नहरें थीं; ग्राण्ड ट्रंक रोड किसने बनायी? अंगरेजों ने नहीं!"

"लेकिन मुक़द्दमों का क्या होगा?" एक देहाती जाट ने पूछा।

"मेरे गांव के पांच बुजुर्ग लोग अपने दुश्मनों से बदला लेने के लिए या गांव के नीचों पर दबाव डालने के लिए पंचायत करते थे। और मैं तो सुनता हूं कि गांधी कहता है कि हमें सरकारी अदालतों में नहीं जाना चाहिए, अपने झगड़ों को पंचायतों में ले जाना चाहिए।"

"एक अच्छी पंचायत," बाबू ने प्रभावशाली उत्तर दिया, "गांव वालों को कटाव या अन्य कारणों से बचाव के लिए समय-समय पर अपनी ओर से कुछ करने के लिए कह सकती है। अब यह एक अच्छी अदालती समिति नहीं हो सकती, लेकिन पहले यह थी और सदा ऐसी ही रही है। जहां तक कार्यकारिणी की कार्रवाई का सम्बन्ध है, आप जानते हैं कि पंचायतों ने इस देश की सेवा के लिए बहुत कुछ अच्छा किया है, साधारणतया अच्छे प्रशासन के लिए, कुएं बनवाने के लिए, दोबारा सड़कें बनवाने के लिए और इसी प्रकार...।"

किसान की समझ में कुछ नहीं आया। बक्खा भी कुछ नहीं समझा। लेकिन किसान के द्वारा गांव के नीचों के उल्लेख से बक्खा को वह तथ्य याद आ गया, जो वह सुन चुका था कि गांधी अछूतों के उद्धार के लिए अत्यन्त उत्सुक था। क्या अछूतों की बस्ती तक यह अफ़वाह नहीं पहुंची कि भंगियों और चमारों की ख़ातिर गांधी भूख हड़ताल कर रहा है? बक्खा बिल्कुल नहीं समझ सका कि अछूतों की सहायता के

साथ भूख हड़ताल का क्या काम है। 'शायद वह सोचता है कि हम ग़रीब हैं और भोजन प्राप्त नहीं कर सकते,' उसने कुछ अनुमान लगाया, 'इसलिए वह यह दिखाने का प्रयास करता है कि उसने भी कई दिनों से कुछ नहीं खाया।'

''हम जो भी कर सकते हैं, वह सब करने के लिए तैयार हैं।'' बाबू और लाला के एक नाटकीय संकेत ने बक्खा के चिन्तन को भंग कर दिया। यदि इसका अर्थ यह हो कि अन्त में स्वदेशी कपड़े पर हमारा एकाधिकार होगा, तो हम मानचैस्टर के सूती और ब्रेडफ़ोर्ड के महंगे कपड़ों का बहिष्कार कर सकते हैं। फिर भी, मैंने सुना है कि गांधीजी जापान के साथ समझौता कर रहे हैं।''

''तुम्हें इसके बारे में महात्माजी से ज़रूर पूछना चाहिए,'' बाबू ने घबराकर उत्तर दिया; क्योंकि उसने दरवाज़े से आती हुई आवाज़ें सुन ली थीं। उसने अनुमान लगा लिया था कि वहां से गांधीजी आ रहे थे। वह उस स्थान पर पहुंच जाना चाहता था, जहां से वह उस महान् व्यक्ति को भली प्रकार से देख सके।

''महात्माजी स्वदेशी या सविनय अवज्ञा के बारे में नहीं बोल रहे हैं,'' एक कांग्रेसी वालण्टियर ने अधिकारपूर्वक बताया। ''सरकार ने उन्हें इसी शर्त पर जेल से रिहा किया है कि वह अपने प्रचार को छूआछूत के निराकरण के लिए कड़ाई से हरिजनों तक ही सीमित रखेंगे।'' इस भाषण के बाद वह अपनी वह गरिमा दिखाते हुए चलता बना, जो उसने अपनी शक्तिशाली स्थिति के कारण, समाज की सेवा के लिए एक अफ़सर नियुक्त होने पर, गांधी के स्वागत करने के दौरान प्राप्त कर ली थी।

'हरिजन!' बक्खा को आश्चर्य हुआ कि इसका क्या अर्थ है? उसने इस शब्द को गांधी के सम्बन्ध में पहले भी सुना था। 'लेकिन इसका सम्बन्ध हम भंगियों और चमारों से है,' उसने अपने आप से कहा। 'हम हरिजन हैं।' उसे याद आया कि किस प्रकार कुछ कांग्रेसी लोग एक महीना पहले अछूतों की बस्ती में आये थे और उन्होंने हरिजनों के बारे में लेक्चर दिया था। कहा था कि वे हिन्दुओं से किसी प्रकार से अलग नहीं हैं और उनके छू जाने का अर्थ भ्रष्ट हो जाना नहीं है। यह वाक्य, ज्यों ही उस वालिण्टयर के मुंह से निकला कि बक्खा की आत्मा और उसके शरीर में प्रवेश कर गया। वह समझ गया कि इसका सम्बन्ध उससे था। उसने सोचा, 'अच्छा हुआ कि मैं आ गया। क्या वह वास्तव में हम अछूतों के बारे में बातें करना चाहता है, हमारे बारे में, छोटा, रामचरण, मेरे बापू और मेरे बारे में? ताज्जुब है, वह क्या कहेगा? कितनी अजीब बात है कि मुक्ति फ़ौज के साहब ने भी कहा था कि अमीर और ग़रीब, ब्राह्मण और भंगी सब एक समान हैं। अब गांधी महात्मा भी हमारे बारे में बोलेंगे! अच्छा हुआ,

मैं आ गया। काश, वह जानता कि आज सवेरे मेरे साथ क्या हुआ था ? मैं उठकर उसे बताना चाहूंगा।'' जब सब कुछ शान्त हो गया और सभा आरम्भ हो चुकी, तो उसने अपने मंच पर खड़े होने की कल्पना की, महात्माजी को यह बताते हुए कि उसी शहर से एक व्यक्ति ने, जहां वह छूआछूत मिटाने आये हैं, उसे गाली दी है, अचानक उससे छू जाने पर और उसे पीटा भी है। फिर वह महात्मा शायद उस व्यक्ति को सज़ा देगा अथवा कम-से-कम वह यहां के निवासियों को डांटेगा और वे लोग मेरे साथ दोबारा वैसा व्यवहार नहीं करेगे, जैसा उन्होंने आज सवेरे किया था। इस दृश्य में स्वयं के होने की कल्पना करके उसे सिहरन-सी महसूस होने लगी। उसे यह नाटकीय-सा प्रतीत हुआ। फिर उसके पेट में अजीब-सी हलचल होनी आरम्भ हो गयी। वह उलझन में पड़ गया। उसका चेहरा लाल हो गया और उसके कान भी लाल हो गये। उसकी सांस जल्दी-जल्दी आने-जाने लगी। 'महात्मा गांधी की जय' के वृन्दगान ने उसे तनाव से मुक्ति और उसके शरीर को ठण्डक प्रदान की, लेकिन इसके साथ ही उसके मन में डर भी समा गया।

उसने इधर-उधर देखा। एक विशाल भीड़ गोलबाग़ के दरवाज़ों की ओर दौड़ पड़ी थी और उसने एक मोटरकार को घेर लिया था, शायद उसमें महात्माजी यात्रा कर रहे थे। बक्खा नहीं जानता था कि वह क्या करे, चुपचाप खड़ा रहे या दौड़ पड़े। वह समझ गया कि वह दौड़ नहीं सकता था, हालांकि उस दिन सभी जाति-भेद समाप्त कर दिया गया था। वह किसी को भी छू सकता था और वहां एक दृश्य उपस्थित हो जाता। वहां आकर उसकी सहायता करने के लिए महात्मा उस समय बहुत दूर होगा। वह एक क्षण के लिए हिचकिचाया और अपने सिर पर एक वृक्ष की ओर देखा। वहां कुछ लोग चीलों की भांति, अपने शिकार की प्रतीक्षा करते हुए टहनियों पर टिके हुए थे। वह भी एक शाखा पर चढ़ गया। उसके फ़ौजी जूते एक बाधा थे, लेकिन वह हाथों-पैरों के बल उस गोल शाखा के चारों ओर अपने पांव का प्रयोग करते हुए चढ़ गया। जब वह सड़क के साथ आगे बढ़ते हुए जुलूस को देख रहा था, तब किसी लंगूर की भांति लग रहा था।

उत्साही भक्तों द्वारा बरसाई गयी फूलों की पंखड़ियों के परदे के पीछे, अनेक रंगीन झण्डों के नीचे, गले में गेंदा, चमेली और मौलसिरी के हार पहने 'महात्मा गांधी की जय' के नारों के बीच, 'हिन्दू-मुस्लिम-सिख की जय, हरिजन की जय' के बीच एक छोटा-सा व्यक्ति दिखाई दिया। उसका शरीर एक दूधिया सफ़ेद कम्बल में लिपटा हुआ था और केवल उसका काला, मुंड़ा हुआ सिर ही दिखाई दे रहा था, बड़े-बड़े व

बाहर को निकले हुए कान, उसका विस्तृत माथा, लम्बी नाक, जो एक जोड़ी चश्में से जुड़ी हुई थी, जो दो लैंस में बंटा हुआ था, ऊपर वाला देखने के लिए और नीचे वाला पढ़ने के लिए। उसके मुंह और उसकी छोटी गरदन पर टिके लम्बे दन्तविहीन जबड़ों के एकदम नीचे उसके पतले होंठों पर कटु स्वभाव वाली और दृढ़ संकल्पी एक कल्पना-प्रधान मुसकान थी। लेकिन इसके अतिरिक्त उसके चेहरे पर सुन्दर और सन्तों-जैसी कोई चीज़ थो, चाहे वह तेल लगी खाल हो, जो चमक रही थी। उसके सिर पर बालों के छोटे-से गुच्छे के गिर्द अथवा नक्षत्र-सम्बन्धी परिमल था, जो उसके चारों ओर चमक रहा था किसी प्रभा-मण्डल की भांति।

बक्खा ने आश्चर्य और भय की मिश्रित भावना के साथ महात्मा को देखा। उसे वह सन्त किसी बच्चे के समान लगा; क्योंकि वह दो महिलाओं के बीच गठरी बना बैठा था, जिनमें से एक महिला भारतीय थी और दूसरी अंगरेज थी।

"वह श्रीमती कस्तूरबा गांधी हैं," बक्खा ने किसी स्कूली बच्चे को अपने मित्र के कान में फुसफुसाते हुए सुना, जो उसके आगे वृक्ष की एक शाखा पर बैठे थे।

"और वह दूसरी महिला कौन है?" उस लड़के ने पूछा।

"महात्माजी की अंगरेज शिष्या, मिस स्लेड, मीराबेन। वह एक अंगरेज एडमिरल की बेटी हैं।"

'वह मेरे-जैसा काला है,' बक्खा ने अपने आपसे कहा, 'लेकिन वास्तव में, वह बहुत पढ़ा-लिखा होगा।' और वह बेचैन होकर कार की प्रतीक्षा करने लगा, जो ठीक उसकी आंखों के नीचे, स्त्री-पुरुषों की भीड़ के बीच छोड़ दी गयी थी, जो महात्मा के पांव छूना चाहते थे।

तुर्की टोपियों, पगड़ियों और किश्तीनुमा गांधी टोपियों के बीच से कार को आगे बढ़ाने के लिए कांग्रेस के स्वयंसेवक किसी प्रकार रास्ता बनाने का प्रयास कर रहे थे। आधी धकेली गयी और आधी खींची गयी, इंजन को बन्द करके, कामचलाऊ ढंग से मैदान के एक ओर तक चालक कार को दरवाज़े तक ले आया, जहां केले के पेड़ों के चौड़े पत्तों को फूलों और काग़ज़ की झालरों से सजाया गया था।

बक्खा ने एक पीले चेहरे वाले अंगरेज को देखा, जिसे वह ज़िला पुलिस अधीक्षक के रूप में जानता था। वह सड़क के किनारे खड़ा था। ख़ाक़ी वर्दी में बिरजिस, पॉलिश किये हुए चमड़े के गेटर और नीली पगड़ी, ख़ाकी सोलर हैलमेट लगाये वह मिलिटरी के अफ़सरों की भांति चुस्त नहीं था, लेकिन फिर भी, बक्खा के हिसाब से साहबों के कपड़ों की सभी विशेषताएं उसमें थीं। इस समय, न जाने क्यों

बक्खा की रुचि साहबों में नहीं थी। शायद भारतीय लोगों की विशाल भीड़ में होने के कारण, जो अपने नेता के उत्साह के लिए उत्तेजित थे, उसे वह विदेशी अनुपयुक्त, महत्त्वहीन, उस आदेश का प्रतिनिधि लग रहा था, जिसे आदिवासियों से कुछ लेना-देना नहीं था।

'महात्मा गांधी की जय, महात्मा गांधी की जय,' चिल्लाहट बड़ी तेज़ी से ऊपर धुएं की गन्धमयी सन्ध्या तक पहुंच गयी। यहां तक कि बक्खा का ध्यान भी उस व्यक्ति की ओर से हट गया, जो अपने दुर्जेय डण्डे के रूप में ब्रिटिश राज्य की राजसत्ता संभाले हुए था और महात्मा की छोटी आकृति की ओर देखने लगा, जो अब धीरे-धीरे सीढ़ियों पर चढ़कर आये, अपने भक्तों से घिरा, कांग्रेस के पण्डाल की मुख्य गद्दी पर बैठा था। वे सब अपने प्रधान को हाथ जोड़कर सम्मानपूर्वक उसके पांव की धूल को छूते हुए और उसके चारों ओर बैठने के लिए छितर गये।

महात्मा ने अपनी शॉल की तहों में से अपना दाहिना हाथ ऊपर उठाया और भीड़ को अपना आशीर्वाद दिया। लोगों का प्रलाप थम गया, मानो उसके अपने पैरों के पास एकत्र हुई भीड़ को बिजली का झटका लग गया हो। लगा कि इस अद्भुत व्यक्ति में कोई विशेषता है। एक नाटकीय क्रिया के द्वारा, उसने विभिन्न रंगों और विभिन्न भाषा-भाषी भारत को अपनी ओर एकत्र कर लिया। कोई व्यक्ति एक भजन गाने के लिए उठ खड़ा हुआ। महात्मा ने अपनी आंखें बन्द कर ली थीं और वह प्रार्थना कर रहा था। उस क्षण के सन्नाटे में बक्खा दिन-भर के अपने अनुभव का सारा विवरण भूल गया, वह छू गया व्यक्ति, पादरी, गली वाली महिला, अपना बापू, छोटा, रामचरण, पहाड़ियों पर चढ़ना, धर्मप्रचारक और उसकी पत्नी सबको। सिवा घास पर सामने बैठे पगड़ीधारी, टोपी पहने, सिर ढके स्त्री-पुरुषों के। उसकी आंखें केवल एक चीज़ पर एकाग्र थीं और वह एक चीज़ थी, केवल गांधी। फिर उसने हिन्दू भजन का एक-एक अक्षर ध्यानपूर्वक सुना :

उठ जाग मुसाफ़िर भोर भयी, अब रैन कहां, जो सोवत है।
जो जागत है, सो पावत है, जो सोवत है, सो खोवत है॥
टुक नींद से अखियां खोल ज़रा, और अपने प्रभु से ध्यान लगा।
यह प्रीति करन की रीति नहीं, प्रभु जागत हैं, तू सोवत है॥
जो कल करना है, आज कर ले, जो आज करना है, अब कर ले।
जब चिड़ियों ने चुग खेत लिया, फिर पछताये क्या होवत है॥
नादान भुगत करनी अपनी, ओ पापी पाप में चैन कहां।

जब पाप की गठरी सीस धरी, फिर सीस पकड़ क्यों रोवत है॥

फिर उसका ध्यान शिथिल पड़ने लगा। उसका मन भटक गया। उसने उस दौड़ के बारे में सोचा, जो उसे यहां तक पहुंचने के लिए लगानी पड़ी थी। हर किसी को गम्भीर देखना उसे कष्टप्रद लगा। मौन उसे परेशान करने लगा। लेकिन उसे अपना एक भाग उड़ गया लगा, मानो भाप बन गया हो। उसे लगा कि उसका कुछ खो गया है, जिसके कारण वह इतना उदास हो गया। फिर भी वह प्रसन्न एवं भावविह्वल हो गया था। उसने महसूस किया कि महात्मा के सम्मुख एकत्र हुई भीड़ का एक भाग बनने का सौभाग्य उसे प्राप्त हो गया था। भजन अत्यन्त बोझिल लगा। फिर भी, दूसरा भाव हलका था। उसे वह सन्त निष्पाप लगा। उसके विषय में कुछ आत्मीय और उत्तेजक था। वह किसी बालक की भांति मुसकराया था। बक्खा ने उसे नज़र भरकर देखा था। यही एक रास्ता था, जिससे वह संकोची अनुभव से बच सकता था। ऐसा करने से वह स्वयं और अन्य सभी को भूल गया। उसे लगा कि ऐसा ही होना चाहिए था। उसके नीचे के झूठे और काले चेहरे शान्त हर्षोन्माद से भरे हुए थे। उसने भी उन्हीं के समान, सावधानीपूर्वक आत्मसात हो जाना चाहा। बक्खा के सौभाग्य से, उसी समय महात्मा ने अपना भाषण आरम्भ कर दिया। आरम्भ में तो महात्मा की आवाज़ फुसफुसाती-सी लगी; क्योंकि लाउडस्पीकर में से आ रही थी।

''मैं सामने आ गया हूं,'' उसने धीरे-से कहा, मानो वह प्रत्येक शब्द को तोल रहा था और किसी अन्य की अपेक्षा स्वयं से अधिक बात कर रहा था। ''तपस्या की अग्नि परीक्षा से, जो मैंने उस काम के लिए किया था, जो मेरे लिए उतना ही प्रिय है, जितना जीवन। ब्रिटिश सरकार ने 'लड़वाओ और राज करो' की नीति अपनाकर हमारे हरिजन भाइयों को सभा-समितियों में अलग निर्वाचन-मण्डल देकर निशाना साधा था, जो नये संविधान के द्वारा बनाया जायेगा। मुझे विश्वास नहीं कि नौकरशाही नये संविधान को प्रतिपादित करने के अपने प्रयासों के प्रति ईमानदार है। लेकिन यह उन शर्तों में से एक है, जिन्हें लगाकर मुझे जेल से रिहा किया गया है कि मैं सरकार के विरुद्ध कोई प्रचार नहीं करूंगा। इसलिए मैं उसके बारे में कुछ नहीं कहूंगा। मैं केवल तथाकथित 'अछूतों' के विषय में ही बोलूंगा, जिन्हें सरकार ने एक अलग क़ानूनी और राजनीतिक पद देकर हिन्दू धर्म से दूर रखने की कोशिश की है।

''जैसा कि आप सबं जानते हैं कि हम किसी विदेशी राष्ट्र के चंगुल से आज़ादी की बात करते हैं; क्योंकि हम स्वयं सदियों से पैरों तले कुचले गये लाखों लोग हैं। बिना अपनी जांच-पड़ताल के लिए तनिक भी पश्चात्ताप के मेरे लिए इन लोगों का

प्रश्न नैतिक और धार्मिक है। जब मैंने इनकी ख़ातिर आजीवन भूख हड़ताल आरम्भ की, तो यह मेरी आत्मा की आवाज़ का आज्ञा- पालन करना था।''

बक्खा इन शब्दों को नहीं समझा। वह बेचैन था। उसे आशा थी कि महात्मा उन्हीं बातों के बारे में नहीं बोलता रहेगा, जो वह (बक्खा) नहीं समझ सकता। उसे अपनी इच्छा पूरी हो गयी लगी; क्योंकि एक प्रभावशाली शब्द ने उसके विचारों को प्रस्तुत कर दिया था।

''मैं छूआछूत को हिन्दू धर्म पर एक सबसे बड़ा दाग़ मानता हूं। मेरा यह दृष्टिकोण मुझे उस समय की याद दिलाता है, जब मैं एक बच्चा था।''

अब दिलचस्पी बढ़ रही थी। बक्खा ने अपने कान खड़े कर लिये। ''मैं अभी मुश्किल से बारह बरस का था, जब यह विचार मेरे दिमाग़ में आया। एक भंगी, जिसका नाम ऊका था, एक अछूत, हमारे घर शौचालयों को साफ़ करने के लिए आया करता था। मैं अपनी मां से प्राय: पूछा करता था कि उसे छूना क्यों ग़लत था और मुझे ऐसा करने से क्यों रोका जाता था ? यदि संयोग से मैं उसको छू लेता था, तो मुझे स्नान करने को कहा जाता था और हालांकि मैं स्वाभाविक तौर पर मुसकराते हुए उसे छू लेता था, लेकिन छूआछूत को धर्म के द्वारा स्वीकृति नहीं थी और यह असम्भव था कि इसे ऐसा होना चाहिए था। मैं एक आज्ञाकारी और कर्तव्यपरायण बच्चा था, लेकिन जहां तक मेरे माता-पिता के आदर-सम्मान के अनुकूल होने का प्रश्न था, इस विषय पर मेरी उनके साथ लड़ाई हो जाती थी। मैंने अपनी मां से कह दिया कि ऊका के साथ शारीरिक सम्पर्क को उनका पापाचार समझना नितान्त ग़लत था; यह नहीं हो सकता था।

''स्कूल जाते समय मैं अछूतों को छुआ करता था। मैं अपने माता-पिता से यह बात कभी नहीं छिपाता था, इसलिए मेरी मां शुद्धिकरण के लिए एक सबसे छोटा रास्ता बताया करती थी कि किसी अपवित्र व्यक्ति से छू जाने पर किसी पास से जाते हुए मुसलमान को छू लेने से उसकी काट हो जाती है। इसलिए अपनी मां के प्रति आदर और श्रद्धा की ख़ातिर मैं प्राय: वैसा कर लेता था, लेकिन इसके धार्मिक कर्तव्य होने पर मैंने कभी विश्वास नहीं किया।''

जिस प्रकार महात्मा ने कहानी के आरम्भ में बताया था कि छूआछूत के बारे में उनकी रुचि बचपन से ही थी, बक्खा ने महसूस किया कि काश वह ऊका भंगी होता। इस प्रकार महसूस करने के बाद उसने सोचा, तो वह महात्मा के और भी नज़दीक होता, जो एक वास्तविक और असली हमदर्द लगता था।

'लेकिन वह भाषण, वह भाषण,' वह सचेत हो गया कि वह महात्मा के भाषण के शब्दों को भूल रहा था। वह उत्सुकतापूर्वक ध्यान देने का प्रयास करने लगा और महात्मा के वर्णन को पकड़ लिया :

"यह तथ्य कि हम परमात्मा को भ्रष्ट आत्माओं को शुद्ध करने वाला कहकर पुकारते हैं, इसे एक पाप मानता है कि हिन्दू धर्म में प्रत्येक व्यक्ति, जो जन्म लेता है, वह शूद्र है—ऐसा करना शैतानी है। मैं यह दोहराते हुए कभी नहीं थका कि यह एक महापाप है। मैं यह नहीं कहता कि उस बात ने मुझे बारह वर्ष की आयु में प्रभावित किया, लेकिन मैं यह अवश्य कहता हूं कि मैंने छूआछूत को कभी पाप नहीं माना।

"राष्ट्रीय दिवस पर मैं नैल्लोर में था। वहां मैं अछूतों से मिला और मैंने प्रार्थना की, जैसी मैंने आज की है। मैं आत्मिक उद्धार चाहता हूं। मैं दोबारा जन्म लेना नहीं चाहता। लेकिन यदि मुझे जन्म लेना ही पड़ा, तो मैं एक अछूत के रूप में जन्म लेना चाहूंगा, ताकि मैं उनके दु:खों का उनकी तकलीफ़ों का और उस अपमान का सहभागी बन सकूं, जो उन पर थोपा जाता है, ताकि मैं स्वयं को और उनको उनकी दु:खभरी स्थिति से स्वतन्त्र कराने का प्रयास कर सकूं। इसलिए मैंने प्रार्थना भी की कि यदि मुझे दोबारा जन्म लेना पड़े, तो मुझे वैसा ही जन्म चाहिए, ब्राह्मण, क्षत्रिय, वैश्य, शूद्र-जैसा नहीं, बल्कि एक निम्न जाति के जैसा, एक अछूत के जैसा।

"मुझे भंगी होना पसन्द है। मेरे आश्रम में एक अठारह वर्षीय ब्राह्मण का बेटा भंगी का काम कर रहा है, ताकि आश्रम के भंगी को सफ़ाई करना सिखाया जा सके। वह लड़का कोई सुधारक नहीं है। वह रूढ़िवाद में जन्मा और पला है। वह गीता का नियमित पाठक है और पूरी निष्ठापूर्वक अपनी प्रार्थनाएं करता है। जब वह प्रार्थना का संचालन करता है, तो उसकी मधुर ध्वनि सुनकर कोई भी प्यार में खो जाता है। लेकिन उसे लगा कि जब तक वह एक निपुण भंगी नहीं बन जाता, उसकी उपलब्धियां अपूर्ण हैं। उसने महसूस किया कि यदि उस आश्रम का भंगी अपना काम अच्छी प्रकार करता रहे, तो उसे भी यह काम स्वयं करना चाहिए और एक उदाहरण प्रस्तुत करना चाहिए।"

बक्खा हड्डियों के भीतर तक सिहर उठा। महात्मा अछूत के रूप में जन्म लेना चाहता है! वह भंगी के काम को पसन्द करता है! उसने लोगों को प्यार किया है! उसे लगा कि उसे अपना जीवन उसके हाथों में रख देना चाहिए और उससे कह देना चाहिए कि वह इसका जो चाहे, करे। उसके लिए वह कुछ भी करेगा। वह उसके आश्रम में पहुंचकर भंगी होना चाहेगा। 'तब मैं उससे बात कर सकूंगा,' उसने अपने आप से कहा। 'लेकिन मैं सुन नहीं रहा, मैं सुन नहीं रहा; मुझे सुनना चाहिए।'

"अगर यहां कोई अछूत हैं," उसने महात्मा को कहते हुए सुना, "तो उन्हें समझ लेना चाहिए कि वे हिन्दू समाज को साफ़ कर रहे हैं।" उसने चिल्लाकर कहना चाहा कि वह एक अछूत है, लेकिन वह नहीं जानता था कि 'हिन्दू समाज का साफ़ करने' से महात्मा का क्या मतलब था। उसने धड़कते दिल से, शब्दों पर ध्यान देते हुए सुना : "इसलिए उन्हें अपने जीवन को शुद्ध करना होगा। उन्हें सफ़ाई की आदतें सीखनी होंगी, ताकि कोई भी उन पर अंगुलि न उठा सके। उनमें से कुछ शराब पीने और जुआ खेलने के आदी हैं, उन्हें इन सबको छोड़ना होगा।

"वे हिन्दू होने का दावा करते हैं। वे धर्मग्रन्थ पढ़ते हैं। इसलिए यदि हिन्दू उन्हें दबाते हैं, तो उन्हें समझ लेना चाहिए कि ग़लती हिन्दू धर्म में नहीं है, अपितु उनमें है, जो इसका प्रदर्शन करते हैं। अपना उद्धार करने के लिए उन्हें अपने आपको शुद्ध करना चाहिए। उन्हें बुरी आदतों से पीछा छुड़ाना चाहिए, जैसे शराब पीना या सड़ा-गला मांस खाना।"

लेकिन अब, अब महात्मा हम पर आरोप लगा रहा है, बक्खा ने महसूस किया। 'यह ठीक नहीं है।' वह पिछले उद्धरणों को भूल जाना चाहता था, जो उसने सुने थे। वह महात्मा की ओर पलटा।

"उन्हें उच्च वर्ग के हिन्दुओं द्वारा प्लेटों में छोड़ी गयी ज़ूठन को स्वीकार करना छोड़ देना चाहिए, भले ही वे कितने भी साफ़ होने का दावा करें। उन्हें केवल अनाज लेना चाहिए—अच्छा, साफ़-सुथरा अनाज, गला-सड़ा अनाज नहीं और वह भी तब, जबकि वह सौजन्यतापूर्वक दिया गया हो। यदि वे ऐसा कर सकते हैं, जैसा मैंने उन्हें करने को कहा है, तो वे अपना उद्धार कर लेंगे।"

यह बक्खा को अधिक पसन्द आया। उसे लगा कि वह पलटकर महात्मा से कहे : 'महात्माजी, अब आपने कुछ कहा है।' उसे लगा कि वह उन्हें बताना चाहेगा कि उसी दिन और उसी नगर में, जहां वह बोल रहा था, बक्खा को नाली के पास से रोटी उठानी पड़ी थी; और आज, वहीं, उसी नगर में, उसके भाई को सिपाहियों की प्लेटों से बची झूठन स्वीकार करनी पड़ी है; और यह भी कि उन सबको यह खानी भी पड़ी है। बक्खा ने महात्मा को अपने ऊपर तरस खाते अपने मन की आंखों से उसे सान्त्वना देते देखा। यह मरहम-जैसा था, यह इतना आरामदायक था, उस महान् व्यक्ति की सहानुभूति! काश वह जाकर मेरे बापू से कह सकता कि वह मुझ पर सख़्ती न बरते! काश वह जाकर उसे बता देता कि मैंने कितना सहा है, काश वह जाकर मेरे बापू को तुरन्त मुझे वापस स्वीकार करने और आज के बाद सदा दयालु होने के लिए कह

सकता!

"मैं एक रूढ़िवादी हिन्दू हूं और मैं जानता हूं कि हिन्दू स्वभाव से पापी नहीं हैं।" बक्खा ने महात्मा को निन्दा करते हुए सुना। "वे अज्ञान में डूबे हुए हैं। सभी सार्वजनिक कुएं, मन्दिर, सड़कें, स्कूल, आरोग्य-आश्रम अछूतों के लिए खुले घोषित कर देने चाहिए; और यदि आप सब मुझसे प्यार करने की घोषणा करते हो, तो मुझे छुआछूत की प्रथा के विरुद्ध प्रचार को चलाते रहने का अपने प्यार का सच्चा प्रमाण दो। यह सब करो, लेकिन इस लक्ष्य की प्राप्ति के लिए किसी दबाव या किसी क्रूर शक्ति का प्रयोग नहीं होना चाहिए। शान्तिपूर्ण ढंग से समझाना-बुझाना ही एकमात्र साधन है। मेरी दो इच्छाएं हैं, जो मुझे जीवित रखे हुए हैं—अछूतों का उद्धार और गाय की सुरक्षा। जब मेरी दो इच्छाएं पूरी हो जाती हैं, तो यही स्वराज होगा और इसी में मेरी आत्मा की मुक्ति है। परमात्मा आपको शक्ति दे, ताकि आप अपनी आत्मा की मुक्ति के लिए अन्त तक काम कर सकें।"

महात्मा के भाषण के बाद जब भीड़ तितर-बितर हो गयी, तो बक्खा पेड़ की शाखा पर मन्त्र-मुग्ध बैठा था। महात्मा के भाषण के अन्तिम अंश का एक-एक शब्द बक्खा को गूंजता हुआ लगा, इतना गहरा और जोश से भरा, जैसा उसका अपना उस भेद-भाव पर था, जो सवर्ण हिन्दुओं ने अपने और अछूतों के बीच बना लिया था। ऐसा लगा, मानो महात्मा ने उसकी आत्मा के अन्तरतम को छू लिया था। 'अवश्य ही, वह एक अच्छा आदमी है,' बक्खा ने कहा।

'महात्माजी की जय,' 'हिन्दू-मुसलमान की जय', 'हरिजन की जय' भीड़ के बीच से दोबारा दबी-दबी आवाज़ें उठीं। बक्खा समझ गया कि महात्मा मंच से दरवाज़े की ओर जा रहा था। वह उसी स्थिति में, पेड़ से चिपक गया और उसे अपना धीरज का इनाम भी मिल गया। उसने महात्मा को अपने नीचे से जाते हुए देख लिया था।

एक व्यक्ति अपने पास एक बालटी लिये लकड़ी के एक ऊंचे तख़्ते पर बैठा था, जो चांदी के कटोरों में लाल चेहरों वाले मुसलमानों और गांधी टोपी पहने हिन्दुओं को पानी पिला रहा था।

"उसने हिन्दू और मुसलमान को एक कर दिया है," एक नागरिक ने कहा, जो भाईचारे और मानवतावाद की चमक से उत्तेजित हो उठा था, जो महात्मा उसके लिए छोड़ गया था।

"आओ, हम विलायती कपड़ों को फेंक दें। आओ, हम इन्हें जला दें!" कांग्रेसी स्वयंसेवक चिल्ला रहे थे। और सच, बक्खा ने लोगों को अपने फ़ैल्ट टोप, अपनी

रेशमी क़मीज़ों और ओढ़नों को एक ढेर में फेंकते हुए देखा, जो शीघ्र ही एक धधकता हुआ अलाव बन गया।

"बहिन," एक अन्य नागरिक ने एक घास काटने वाले की पत्नी से कहा, जो अपने दो बच्चों को घर ले जाने के लिए अपनी भारी घाघरे को संभालने में लगी थी, "आओ, भीड़ में से निकलने में मैं तुम्हारी मदद कर दूं। बड़े लड़के को मुझे पकड़ा दो।"

वहां केवल एक अनोखी आवाज़ थी, जो इस सबका विरोध कर रही थी।

"गांधी कपटी है," वह कह रही थी। "वह मूर्ख है, वह ढोंगी है। एक सांस में कहता है कि वह छुआछूत को हटाना चाहता है और दूसरे में दावा करता है कि वह एक रूढ़िवादी हिन्दू है। वह हमारी पीढ़ी की भावना के साथ खिलवाड़ कर रहा है, जो लोकतन्त्र है। वह ईसा पूर्व चौथी शताब्दी में अपने स्वदेशी और अपने चरखे के साथ रह रहा है। हम बीसवीं शताब्दी में रहते हैं। मैंने रूसो, हॉब्स, बैन्थम और जॉन स्टुआर्ट मिल को पढ़ा है और मैं..."

बक्खा एक काले भालू की भांति पेड़ से नीचे उतरा और अपने हास्यास्पद दर्शन से उस लोकतन्त्रवादी के ध्यान को जकड़ लिया। वह शरमाकर, लुक-छिपकर भाग जाना चाहता था, लेकिन उस गौर-वर्ण मुसलमान ने, जो शानदार अंगरेजी सूट पहने हुए था, बक्खा को रोक दिया।

"ए, ए काले आदमी, यहां आओ। जाओ और साहब के लिए सोडावाटर की एक बोतल ले आओ।"

बक्खा चौंककर वापस आया और घूरते हुए उस विशिष्ट व्यक्ति के सामने खड़ा हो गया, जिसने उसे बुलाया था। उस व्यक्ति ने बिना फ्रेम का एक शीशे वाला चश्मा अपनी बायीं आंख पर पहन रखा था। बक्खा ने इस प्रकार की कोई चीज़ पहले कभी नहीं देखी थी। वह आश्चर्य कर रहा था कि बिना फ्रेम के एक अकेला शीशा आंख पर कैसे टिका रह सकता है।

"मुझे घूरकर मत देखो।" वह व्यक्ति चिल्लाया, जबकि बक्खा आश्चर्य कर रहा था कि वह व्यक्ति कौन हो सकता है, अत्यन्त पीले चेहरे वाला अंगरेज या अत्यन्त श्वेत वर्ण वाला भारतीय और ऐसे शानदार कपड़ों में सजा, हाथों पर पीले दस्ताने और हिरन के चमड़े से बने जूतों पर सफ़ेद कपड़ा पहने!

"हम देसी साहब, मुझे घूरकर मत देखो," उस व्यक्ति ने जान-बूझकर अंगरेजों द्वारा बोली जाने वाली ग़लत हिन्दुस्तानी का प्रयोग करते हुए, लेकिन एक क्षण के

लिए थोड़ा नरम होते हुए कहा। "मैं अभी-अभी विलायत से आया हूं। क्या यहां पास में सोडावाटर की दुकान है?"

बक्खा हक्का-बक्का रह गया। वह अपने को इस दृश्य के अनुकूल नहीं बना सका। इसलिए उसने अपना सिर हिला दिया, यह संकेत करने के लिए कि वह नहीं जानता। उसके सौभाग्य से उस व्यक्ति का ध्यान अपने मित्र की ओर चला गया था, जो एक सुकुमार, धूर्त चेहरे वाला नवयुवक था। चमकदार काली आंखें और लम्बे, काले धुंधराले बालों से सुशोभित वह किसी कवि के समान भारतीय कपड़े पहने उसके पास खड़ा था। इसलिए बक्खा के अपर्याप्त उत्तर ने, लोकतन्त्रवादी की बेंत के उद्धत पैंतरे को उत्पन्न नहीं किया, जैसा कि वह कर सकता था।

"यह तो सरासर अनुचित है कि तुम महात्मा को गाली दो," बक्खा ने नवयुवक कवि को नम्रतापूर्वक कहते हुए सुना, जबकि वह उन दो लोगों से दूर जा रहा था, जिन्हें अब लोगों के झुण्ड ने घेर लिया था। "वह आज के युग की सबसे महान् मुक्ति प्रदान करने वाली शक्ति है। उसकी अपनी सीमाएं हैं, हालांकि, लेकिन...."

"ठीक," बक्खा ने उसके साथी को टोकते हुए सुना। "ठीक, यही मैं भी कहता हूं। और मेरा दावा है कि..."

"हां, लेकिन सुनो। मैंने अभी अपनी बात समाप्त नहीं की है," कवि कह रहा था। "उसकी अपनी सीमाएं हैं, लेकिन मूलत: वह निर्दोष है। अपने चरखे के पुनरुद्धार का प्रचार करके भारत को शेष दुनिया से अलग करने में वह ग़लत हो सकता है; लेकिन उस विषय में भी वह सही है, यह भारत का दोष नहीं है कि वह ग़रीब है, यह दुनिया का दोष है कि दुनिया अमीर है।"

"तुम विरोध में बोल रहे हो। तुम शॉ को पढ़ते रहे हो।" एक चश्मे वाले सज्जन ने टोका।

"ओह, भूल जाओ शॉ को! मैं तुम्हारी तरह ह्रासोन्मुख भारतीय नहीं हूं, जो यूरोपियन फ़िल्म स्टारों की दलाली करते फिरते हैं।" कवि ने कहा। "लेकिन तुम जानते हो कि यह केवल आर्थिक सिद्धान्तों तक ही है कि भारत दुनिया के अन्य देशों से पीछे है। वास्तव में, यह सर्वाधिक अमीर देशों में से एक है, इसके पास प्रचुर प्राकृतिक सम्पदा है। इसने केवल खेती-बाड़ी तक ही सीमित रहना चाहा है और मशीनों को स्वीकार न करने के कारण ही इसने इतना सहा है। निस्सन्देह, हमें इसका इलाज करना होगा। मैं मशीन से घृणा करता हूं। मैं मशीन को पसन्द नहीं करता, लेकिन मैं गांधी के विरुद्ध जाऊंगा और इसे स्वीकार करूंगा। मुझे विश्वास है कि

समय आने पर सब इसे प्यार करना सीख जायेंगे। और हम अपने ग़ुलाम बनाने वालों को उनके ही खेल में मात दे देंगे।''

''वे तुम्हें जेल में डाल देंगे,'' भीड़ में से किसी ने टोका।

''उसकी परवाह मत करो। मैं जेल से नहीं डरता। मैं पहले ही हिज़ मैजैस्टी के बोर्डिंग-हाउस में अपने लाखों साथियों के साथ मेहमान रह चुका हूं, जिन्हें पिछले वर्ष जेल में डाला गया था।''

''वह किसान, जो इस दुनिया को भ्रम मानता है, वह मशीन से काम नहीं लेगा।'' घमण्डी व्यक्ति ने टिप्पणी की, जिसने मोज़े पहने हुए थे; और वह अपने एक शीशे वाले चश्मे को व्यवस्थित कर रहा था, ताकि अपनी आंख से निन्दा करने वाले की झलक देख सके।

''सब चीज़ों को स्वीकार कर लेना भारत की प्रवृत्ति है।'' कवि ने उग्र होकर कहा। ''शुरू से अन्त तक, अपने लम्बे इतिहास में, हम यथार्थवादी रहे हैं, इस दुनियादारी में विश्वास करते हुए, यहां और अभी में, सगे-सम्बन्धियों में। व्यक्ति ने जन्म और पुनर्जन्म लिया है, उपनिषदों के अनुसार इस दुनिया में, और जब वह एक अमर सन्त भी बन जाता है, तब भी उसे कोई मुक्ति नहीं; क्योंकि वह ब्रह्माण्ड की चीज़ का रूप धारण कर लेता है और पुनः जन्म ले लेता है। हम दूसरी दुनिया में विश्वास नहीं करते, जैसा यूरोपियन विश्वास करते हैं। भारत में केवल एक व्यक्ति हुआ है, जिसका विश्वास था कि यह जगत् मिथ्या है, भ्रम है—शंकराचार्य। लेकिन वह एक क्षयरोगी था, जिसके कारण वह विक्षिप्त हो गया। प्राचीन यूरोपियन विद्वानों को उपनिषदों का मूल पाठ नहीं मिल सका, इसलिए वे शंकराचार्य की टिप्पणी से ही भारतीय विज्ञान की व्याख्या करते रहे। माया शब्द का अर्थ भ्रम नहीं है, इसका अर्थ है जादू। नवीनतम हिन्दू अनुवादक डॉक्टर कुमार स्वामी का यही कथन है और इस अर्थ में माया शब्द उन विचारों के निकट जा पहुंचता है, जो आपके लाड़ले वैज्ञानिकों—एडिंगटन और जीन्स—ने भौतिक जगत् के स्वरूप पर व्यक्त किये हैं। पुरातनपन्थियों ने हमें इसका ग़लत अर्थ समझाया। यह इस प्रकार था, मानो भारत के विषय में अपने कारनामों को दार्शनिक पृष्ठभूमि प्रदान करने के लिए उन्होंने अपने बुद्धि-कौशल से एक छोटी-सी सुन्दर कहानी गढ़ ली : 'तुम इस दुनिया पर विश्वास मत करो; तुम्हारे लिए यह सब माया है। आओ, हम तुम्हारे लिए, तुम्हारे देश की रखवाली करें, ताकि तुम निर्वाण प्राप्त करने के लिए स्वयं को धर्मार्पण कर सको।' लेकिन अब, यह सब समाप्त हो गया है। उन लोगों के चरणचिह्नों पर चलते हुए, जिन्होंने दुनिया को स्वीकार

किया और भारतीय वास्तुकला और मूर्तिकला के अत्यन्त अलंकृत नमूने प्रचुरता से प्रस्तुत किये, हम मशीन से काम लेंगे और उसे स्वीकार करेंगे। लेकिन हम होश में रहकर यह सब करेंगे। हम उन यूरोपियनों की मूर्खता को समझ सकते हैं, जिन्होंने धन का विरोध किया। वे असभ्य थे और उन्होंने स्वर्ण की पूजा करने में अपनी जानें गंवा दीं। हम उन ख़तरों को आसानी से पार कर सकते हैं; क्योंकि हमें छह हज़ार वर्ष पुराना जातीय-सजगता का लाभ प्राप्त है, जिसने समस्त दृश्य और अदृश्य मूल्यों को स्वीकार कर लिया था। हम जीवन को जानते हैं। हम इसके गुप्त प्रवाह को भी जानते हैं। हम इसकी लय पर नाचे हैं। हमने इसे प्यार किया है, व्यक्तिगत संवेदना के द्वारा भावुकता में नहीं, लेकिन व्यापक रूप में, स्वयं को अपने हृदयों से इतनी दूर बाहर की ओर खींचते हुए, इतनी दूर, लगा कि जीवन असीम है और चमत्कार सम्भव दिखाई दिये। हम नयी संवेदनाओं का अनुभव कर सकते हैं। हम एक नयी जानकारी के साथ, समझदार होना सीख सकते हैं। हम अपनी गहरे ब्राउन शरीर की प्रसुप्त गरमी से नयी नस्ल को पैदा करने की संभावना का सामना कर सकते हैं। हमारे लिए जीवन अब भी एक साहसिक कार्य है। सीखने के लिए हम अब भी तैयार हैं। हम ग़लती नहीं कर सकते। हमें ग़ुलाम बनाने वाली चीज़ों में घालमेल करते हैं। हम चीज़ों को स्पष्ट देख सकते हैं। जहां तक मशीनों का प्रश्न है, हम जायेंगे, सम्पूर्णता से, पूरे दिल से, जबकि वे भाप के इंजनों की सहायता से ही घबराते हुए अपना रास्ता टटोलते हैं और अपने सिर को ऊंचा उठाये रखेंगे, इस बीच। हम स्वर्ण के दास नहीं हो जायेंगे। हम जीवन को निरन्तर और सम्पूर्ण देखने में विश्वास करते हैं।''

भाषण प्रभावशाली था। इतने जोश के साथ दिया गया था कि न केवल भीड़ प्रभावित हुई, अपितु वह अंगरेज बना भारतीय भी चुप हो गया था। बक्खा पर गांधी का इतना प्रभाव पड़ गया था कि वह अन्य किसी को भी सुनने के लिए तैयार नहीं था और उसने, उस सबको नहीं माना, जो कवि ने कहा था, हालांकि उसने उसके शब्दों को पूरी शक्ति लगाकर समझने का प्रयास किया था।

''यह कौन है?'' भीड़ में से किसी ने जानना चाहा।

''इक़बालनाथ सरशार, वह नौजवान कवि जो 'नवां जग' का सम्पादन करता है और उनके साथी हैं, मिस्टर आर.एन. बशीर, बी. ए. बैरिस्टर एट ला,'' किसी ने बताया। सहमति और सम्मान के बारे में खुसुरपुसुर होने लगी थी, लेकिन मिस्टर बशीर की आवाज़ एक उपहासपूर्ण मामूली-सी दबी हुई हंसी में दूसरों से ऊपर उठ गयी।

"हा, हा, हो, हो! लेकिन इस सबका छुआछूत से क्या लेना है? गांधीजी की दलील तो उनकी हीन-भावना की अभिव्यक्ति है। मैं सोचता हूं..."

"मैं जानता हूं कि तुम क्या सोचते हो," अपने मुंहतोड़ उत्तर के साथ और कुछ मनोरंजन पैदा करते हुए कवि ने ज़ोर देकर कहा। "मैं तुम्हें बताऊं कि छुआछूत के सम्बन्ध में महात्मा ने अपने राजनीतिक और अधिक दृष्टिकोण से अधिक कहा है। आक्सफ़ोर्ड युनिवर्सिटी में बिना उनका अर्थ सोचे-समझे तुमने उन तमाम मुहावरों पर विश्वास कर लिया है, हीन-भावना और उच्च-भावना के विषय में तुम हर बात में ग़ुलामों की तरह अंगरेजों की नक़ल करते हो।

"यह ठीक है!" एक कांग्रेसी स्वयंसेवक चिल्लाया। "उसकी रेशमी नेकटाई को और विलायती कपड़ों को, सूट को देखो, जो उसने पहन रखा है। लानत है!"

"भिन्न-भिन्न लोगों की आनुवंशिकता और वातावरण अलग-अलग होता है," कवि अभद्र कांग्रेस वाले को अपना हाथ हिलाते हुए, चुप करने के लिए कहता गया। "हममें से कुछ बड़े सिर लेकर पैदा होते हैं, कुछ छोटे, कुछ सम्भवतः अधिक शारीरिक शक्ति लेकर, कुछ कम शक्ति लेकर। यह पहला सन्त है, लाखों लोगों के लिए समस्त सामान्य योग्य व्यक्तियों के समूह के लिए एक महान् व्यक्ति। लेकिन मूलतः या कहें कि मनुष्य की दृष्टि से, सब व्यक्ति एक समान हैं। किसी हलवाहे को हल से अलग करके उसकी गन्दगी को धो डालो और वह किसी राज्य पर शासन करने के योग्य हो गया। यह एक पुरानी कहावत हैं। हमारे किसानों का शिष्टाचार, समझ और सर्वाधिक ग़रीब व्यक्ति-जैसी गम्भीरता, इसका प्रमाण है। जाओ, और एक देहाती से बात करो और देखो वह कितना स्नेही है, वह किस प्रकार सम्मान से भरा हुआ है और कितने सुरुचिपूर्ण ढंग से बोलता है। उसके लिए व्यक्ति की समानता कोई नया विचार नहीं है। यदि चालाक ब्राह्मणों और पुजारियों के प्रपंच न होते, जो अपनी श्वेत चमड़ी के घमण्ड में आये थे, कर्म के शुद्ध दार्शनिक विचार को उठा देते कि कर्म और क्रिया गतिशील हैं कि यह सब निरन्तर परिवर्तनशील है, द्रविड़ों से लेकर और इसका ग़लत अर्थ लगाया गया है तथा यह मानने के लिए कि जन्म और पुनर्जन्म, इस दुनिया में, पिछले जन्म के अच्छे-बुरे कर्मों के द्वारा शासित किये जाते हैं, तो भारत ने गणतन्त्र का सर्वश्रेष्ठ उदाहरण प्रस्तुत कर दिया होता। जिस प्रकार यह माना है कि जाति एक बौद्धिक कुलीन वर्ग है, पण्डितों के अहंकार पर आधारित है, अन्यथा पूर्णतया गणतन्त्र होता। उच्च कुलीन, उच्च न्यायालाय का न्यायाधीश अपनी जाति के कुली के साथ स्वतन्त्रापूर्वक खाता है। इसी प्रकार हम अपनी असमानताओं को आसानी से नष्ट कर

सकते हैं। हमारे जीवन के पुराने नियमों को समाप्त हो जाना चाहिए, पुराने रूढ़िवादी ढांचों को नये गतिवाद के लिए हट जाना चाहिए। हम भारतीय अपने सम्पर्कों में गहरे रहते हैं; हम अपने रक्त प्रवाह को अत्यन्त उत्कट रूप से जानते हैं...''

''तुम्हारा क्या मतलब है, मैं नहीं समझ सकता,'' बशीर ने चिढ़कर टोका।

''ठीक है, हमें जाति को अवश्य नष्ट कर देना चाहिए। हमें जन्म की असमानताओं को नष्ट कर डालना चाहिए और अपरिवर्तनीय व्यवसायों को सबके लिए अधिकारों की समानता, विशेषाधिकारों और अवसरों को मान्यता देनी चाहिए। महात्मा ने ऐसा नहीं कहा, लेकिन ब्रिटिश इण्डियन पैनल कोड के द्वारा क़ानूनी और जाति का समाज वैज्ञानिक आधार टूट जाने से, जो कोर्ट के सम्मुख प्रत्येक व्यक्ति के अधिकारों को स्वीकार करता है, जाति का निर्धारण मुख्यत: व्यवसाय के द्वारा किया जाता है। जब भंगी अपना व्यवसाय कर लेंगे, वे अधिक देर तक अछूत नहीं रहेंगे। ऐसा वे जल्दी कर सकते हैं, इसके लिए हमें सबसे पहले मशीनों को अपनाना होगा। जब हम मशीनों को अपना लेंगे, तो पहला काम जो हम करेंगे, वह ऐसी मशीन को प्रस्तुत करना होगा, जो बिना किसी के हाथ लगाये, गोबर को साफ़ कर देती है, पानी बहाकर साफ़ कर देनी वाली प्रणाली। तब भंगी छुआछूत के कलंक से आज़ाद हो सकते हैं और अपनी हैसियत की गरिमा की कल्पना कर सकते हैं, जो एक जातिविहीन और वर्गविहीन समाज के उपयोगी सदस्य होने के नाते उनका अधिकार है।''

''वास्तव में,'' बशीर ने मज़ाक़ किया, ''उल्लेखनीय योग्यता श्रेष्ठ विक्रय-कला अधिक बड़े पैमाने पर उत्पादन मानकीकरण, भंगियों की तानाशाही, मार्क्सवादी भौतिकवाद और वही सब।''

''हां, हां, वही सब, लेकिन कोई नारा नहीं, कोई घटिया मुहावरा नहीं। परिवर्तन संघटित होगा, मशीनी नहीं।'

''ठीक है, ठीक है, आओ, यहां नहीं खड़े होते, मेरा दम घुट रहा है।'' अपने चेहरे को पोंछने के लिए एक रेशमी रूमाल निकालते हुए मिस्टर बशीर ने कहा।

भीड़ ने उन प्रसिद्ध व्यक्तियों को देखा, प्रेमपूर्वक देखा, आश्चर्य से आंखें फाड़कर देखा और उनका पीछा किया, जब तक वे लोगों की असीम भीड़ में, गोलबाग़ से बाहर जाते हुए अदृश्य नहीं हो गये।

बक्खा एक ओर खड़ा हो गया था, प्रदूषण फैलाती दूरी से परे, अस्पष्ट रूप से उन बातों के बारे में सोचते हुए, जो वह कवि के उद्गारों से समझ चुका था। उसे लगा कि उस कवि ने बक्खा की आत्मा के अत्यन्त निजी प्रश्नों के उत्तर दे दिया होता, यदि

उसने उन बड़े-बड़े शब्दों का प्रयोग न किया होता। "वह मशीन," उसने सोचा, "जो गोबर को हटा सकती है, बिना किसी के द्वारा हाथ लगाये, मुझे आश्चर्य है, यह कैसी लगती है? यदि कहीं उस 'जेण्टलमैन' ने कवि को घसीट न लिया होता, तो मैं उससे पूछ सकता था।"

सूर्यास्त की लालिमा पश्चिमी क्षितिज पर धधक रही थी। बक्खा ने ज्यों ही आसमान के किनारे पर उस शानदार पिण्ड को भीषण रूप से चमकते हुए देखा, उसने अपने भीतर एक सुलगती हुई सनसनी महसूस की। उसका चेहरा—जो एक क्षण पहले पीला पड़ चुका था और विचारों के कारण संकुचित हो गया था—निराशा के विलक्षण संघर्ष में लाल हो गया। वह नहीं जानता था कि अब क्या करे, कहां जाये। दुःख के कारण उसे अपना गला घुटता-सा लगा। जहां पर वह वृक्ष से उतरा था, वहीं खड़ा रह गया, उसका सिर झुका हुआ था, मानो वह थका हुआ और टूट चुका हो। फिर महात्मा के भाषण के अन्तिम शब्द उसके कानों में गूंजते-से लगे : "परमात्मा तुम्हें शक्ति प्रदान करे, अपनी आत्मा की मुक्ति के लिए, अन्त तक लगातार काम करते रहने की।" 'उसका क्या अर्थ था?' बक्खा ने अपने आपसे पूछा। उसे महात्मा का चेहरा अपने आगे एक पहेली-सा सर्वव्यापी लगा। उसमें कोई उत्तर नहीं खोजा जा सकता था। फिर भी, उसमें एक विचित्र प्रकार की शक्ति थी, जिसे प्राप्त किया जा सकता था। बक्खा ने उसके भाषण के शब्दों को पुनः एकत्र किया। वह सब उसके मस्तिष्क में स्पष्ट दिखाई दिया, उसका एक-एक अंश, विशेष रूप से ऊका की कहानी वापस लौट आयी। महात्मा ने एक ब्राह्मण का ज़िक्र किया था, जो उसके आश्रम में भंगी का काम किया करता था। 'तो क्या इसका अर्थ यह था कि मैं भंगी का काम करता रहूं?' बक्खा ने अपने आप से पूछा।

'हां,' ज़ोरदार उत्तर आया। 'हां, जो गांधी कहता है, मैं वही करता रहूंगा, लेकिन क्या मैं कभी शौचालयों को छोड़ नहीं सकूंगा?' घबरा देने वाला विचार आया। 'लेकिन मैं कर सकता हूं। क्या उस कवि ने नहीं कहा था कि एक मशीन है, जो मेरा काम कर सकती है?' साहबों-जैसे कपड़े कभी न पहन पाने अथवा कभी साहब-जैसा योग्य न बन पाने की सम्भावना अत्यन्त भयंकर थी। 'लेकिन, कोई बात नहीं,' उसने अपने आपको सान्त्वना देने के लिए कहा और अपने मन में उस अंगरेज पुलिस वाले की तस्वीर का ध्यान किया, जिसे उसने सभा से पहले वहां खड़े हुए, लेकिन हर किसी द्वारा उपेक्षित देखा था।

उसने खिसकना आरम्भ कर दिया। उसके सद्‌गुण उसकी चिपकी हुई अस्थियों और उसके लम्बे श्वास लेने योग्य भाव में सो गये। वह उस प्रत्येक बात के विषय में सोच रहा था, जो उसने सुनी थी, हालांकि वह उसे बिल्कुल भी समझ नहीं सका था। जब वह चल रहा था, तो शान्त था। उसकी आत्मा में उठ रहा विवाद समाप्त नहीं हुआ था। वह गांधी के प्रति अपने उत्साह और अपनी निष्कपट एवं अनुपयुक्त मुसीबतों के बीच टूट चुका था।

सूर्य नीचे उतर गया, क्षितिज का पीला, बैगनी और कासनी रंग गहरे नीले रंग के साथ मिल गया। आसमान के सीने पर मुट्‌ठी-भर तारे टिमटिमा रहे थे। वह बाग़ की हरियाली से धूल की एक धुंधली परत में निकल आया, जो सड़कों और रास्तों से उठ आई थी।

ज्यों ही एक संक्षिप्त-सा झुटपुटा आया, एक आत्मिक प्रेरणा आकाश और काल के परिवर्तन में फूट निकली और उसने उन सभी तत्त्वों को एकत्र कर लिया, जो बक्खा की आत्मा में तितर-बितर हो गये थे, एक कामचलाऊ निश्चय में। 'मैं जाकर बापू को वह सब बताऊंगा, जो गांधी ने हमारे बारे में कहा था,' उसने अपने आपसे फुसफुसाकर कहा, 'और वह सब भी, जो उस शाइर ने कहा था। शायद मैं किसी दिन उस शाइर से मिल सकूं और उससे उसकी मशीन के बारे में पूछ सकूं।'

वह घर की ओर आगे बढ़ गया।

* * *